Marion Foster

Wenn die Macht ihr Netz auswirft

Aus dem kanadischen Englisch
von Monika Brinkmann

Ariadne Krimi 1035
Argument

Titel der englischen Originalausgabe: Legal Tender

Firebrand Books, 141 The Commons, Ithaca, New York 14850

Lektorat: Else Laudan

Deutsche Erstausgabe
November 1992

Rentzelstraße 1, 20146 Hamburg
Telefon 040 / 45 36 80 — Telefax 040 / 44 51 89
Titelgraphik: Johannes Nawrath
Signet: Martin Grundmann
Texterfassung durch die Übersetzerin
Fotosatz: Comptext, Berlin
Druck: Clausen & Bosse, Leck
ISBN 3-88619-535-X
Zweite Auflage 1993

1. Kapitel

Heilige Muttergottes, sie war wunderschön.

Sprungbereit stand sie am Rand einer Klippe, die sich wie ein Wall aus dem Wasser erhob. Das Teleobjektiv holte sie so nah heran, daß er meinte, seine Hände nur ausstrecken zu müssen, um sie zu berühren. Ein warmes Gefühl breitete sich in seinem Bauch aus und seine Hände zitterten so sehr, daß es seine Sicht behinderte.

Klar, er hatte schon vorher nackte Frauen gesehen. Eine ganze Menge sogar. In seinem Alter hatte man schon reichlich weibliche Körperteile aus nächster Nähe betrachtet. Aber das hier war anders. Eine natürliche, unbefangene Nacktheit, so frei von jedem Hintergedanken, daß es dem Betrachten einer prächtigen Skulptur gleichkam. Nur daß dies keine Skulptur war. Nein, keine Skulptur — es war aus Fleisch und Blut. Leuchtendem, sanft schimmerndem Fleisch.

Wer war sie? Nicht die Frau auf dem Foto, das man ihm gegeben hatte. Die war blond, diese hier war dunkelhaarig. Von durchschnittlicher Größe, doch so schlank, daß sie größer erschien. Die Brüste nicht gerade üppig, aber genug, um die Hände eines Mannes zu füllen. Ein Dreieck aus dunklem, dichtem Haar, in dem ein Mann versinken konnte. Glatte, zarte Haut, die in der Sonne ein tiefes, kupfernes Braun annehmen würde.

Mit einer grobknochigen Hand fuhr er sich entnervt über die Augen. Er hätte diesen Job nie annehmen sollen. Hätte nie einwilligen dürfen, eine unbekannte Frau aus Gott weiß was für einem Grund Gott weiß wohin zu verfolgen. Ein Mann sollte bei dem bleiben, was ihm am besten lag. In seinem Fall das Zusammentragen der Daten von schäbigen kleinen Stelldicheins. Kameraaufzeichnungen von verbotenen Seitensprüngen. Oder das Aufspüren leiblicher Eltern von Adoptivkindern auf der Suche nach Wurzeln, die besser unentdeckt blieben. Jobs, die in der bequemen Anonymität der

Großstadt ausgeführt wurden, unsichtbar in der geschäftigen Menge, die sich um nichts kümmerte.

Aber ja. Ein Mann sollte bei seinen Leisten bleiben. Wäre da nicht dieses saftige Honorar gewesen, dann säße er jetzt mit einem Bier in der Hand in Toronto — anstatt hier im Gestrüpp auf der Lauer zu liegen und eine Insel zu observieren, die für das bloße Auge kaum mehr war als ein Klecks in der Ferne.

Er war zu alt für körperliche Anstrengungen. Zu alt für viele Dinge. In der Unterwäsche von gestern herumzulaufen zum Beispiel. In Socken, die er seit Tagen nicht gewechselt hatte, und einem Hemd mit speckigem Kragen. Verdammt viel zu alt für verlauste Motels wie das letzte Nacht und für muffige Sandwiches in Zellophanbeuteln, von denen er Gott sei Dank einen Vorrat mitgenommen hatte, aber oh, was hätte er jetzt für ein dickes, saftiges Steak gegeben.

Kilometerweit war er durch unzugängliches Dickicht gefahren, hatte herzlich wenige Anzeichen von Leben gesehen, und all das nur, um das Ende der Straße zu erreichen und die falsche Frau zu finden.

Ein schwarzer Schatten stieß über seinem Kopf herab, wild mit den Flügeln schlagend, einen Schrei der Herausforderung in der Kehle. Verdammte Krähe. Erschreckte ihn fast zu Tode. Jäh an seinen Auftrag erinnert, hob er wieder die Kamera, und diesmal erwischte er sie im freien Fall. Sein Blick folgte ihr, bis sie, die Arme ausgestreckt, der Körper eine lange, makellose Linie, ins Wasser eintauchte, scheinbar ohne es zu durchbrechen. Er suchte die Oberfläche ab, doch sie blieb verschwunden. Dann, als er sich weiter dem Rand näherte, sah er auf der Klippe eine Bewegung — oder meinte, etwas zu sehen. Er stellte die Kamera schärfer. Und grunzte erleichtert.

Er brauchte das Foto, das man ihm gegeben hatte, nicht noch einmal anzusehen. Das distanzierte, arrogante Gesicht hatte sich ihm eingeprägt. So hell wie die andere dunkel war. Eingewickelt in ein übergroßes, rotes Badetuch, reglos und versunken, wartete auch sie darauf, daß die Schwimmerin wieder auftauchte.

Er hatte sie gefunden. Das war alles, was man von ihm verlangt hatte. Die Kamera hatte er mitgenommen, weil es guter Geschäftssinn war, ein bißchen mehr zu tun. In diesem Fall würde eine Fotoserie als Beweis für die erfüllte Mission dienen — vielleicht war sogar eine Prämie drin. Natürlich hing das von dem Grund ab, weshalb man sie verfolgen ließ — ein Grund, der ihn nichts anging. Er hatte getan, wofür man ihn bezahlte, und konnte seiner Wege gehen.

Die lähmende Müdigkeit fiel von ihm ab. Es war ein verdammt langer Weg zurück in die Zivilisation, aber zur Not würde er die ganze Nacht durchfahren. Und doch noch zu seinem Steak kommen. Und in Zukunft würde er für diesen Stadtschnösel keine Expeditionen in die Einöde mehr machen.

Dennoch, einen flüchtigen Moment lang war er entschädigt worden. Das Bild dieser außergewöhnlichen Gestalt, die in perfekter Balance auf einem Granitsockel stand, würde er mit sich nehmen. Der herrliche Körper eingerahmt von hohen Kiefern. Das sich vertiefende Blau eines spätnachmittäglichen, wolkenlosen Himmels. Das kristallklare Wasser tief unten, das die Konturen wie ein Spiegel reflektierte. Es gab Dinge im Leben, die man am besten mit niemandem teilte. Dieses Foto war eines davon.

Während er den Wagen vorsichtig auf die enge Straße zurückmanövrierte, war ein jugendliches Leuchten in Tuppers Augen. Er würde das Mädchen auf dem Felsrand im Gedächtnis behalten. Ihr Anblick hatte etwas in ihm wiedererweckt, das er schon fast vergessen hatte. Eine längst verlorene Unschuld. Einen abgelegten Idealismus. Auf eine unbegreifliche, geheimnisvolle Weise hatte sie ihn an das erinnert, was er sich einst vom Leben erhofft hatte. Was es vielleicht, so Gott wollte, noch für ihn bereithielt.

An die Dunkelhaarige würde er sich erinnern. Die Blonde wollte er vergessen. Es gab Zeiten, da war es besser, so wenig wie möglich zu wissen. Tupper Brack hatte aus Erfahrung gelernt, daß Unwissenheit nicht nur glücklich machte — sie ließ einen auch ruhig schlafen. Und falls ihn sein Instinkt nicht furchtbar täuschte, war dies hier ein solcher Fall.

2. Kapitel

Nur Zuschauerin zu sein gehörte nicht unbedingt zu Harriet Fordham Crofts Stärken. Es war leicht, ins Rampenlicht zu geraten, wenn man in einer selbstgewählten Welt agierte, auf einer Bühne, die auf die eigenen Fähigkeiten zugeschnitten war. Aber dies war nicht ihre Welt, hier gab es kein Forum, und es erfüllte sie mit Zufriedenheit, einfach zu *sein* statt zu handeln.

Die lange Fahrt von Toronto hatte sich endlos hingezogen. Es wäre besser gewesen, wenn sie zusammen hergekommen wären, aber Leslie hatte darauf bestanden, alles allein vorzubereiten. Es gibt viel zu tun, hatte sie gesagt und auf Nachfrage eine eindrucksvolle Liste heruntergerasselt. Das Boot aus dem Depot holen. Die Verschläge vor den Fenstern entfernen. Das Fallobst verschwinden lassen. Die Räume gut lüften. Die Wasserpumpe überprüfen. Den Stromgenerator anwerfen.

»Du verstehst doch hoffentlich«, — zum x-ten Mal — »daß die Installationen ziemlich primitiv sind. Wir haben fließendes Wasser, aber es kommt direkt aus dem See. Heißes Wasser machen wir uns auf dem Herd. Es gibt eine chemische Toilette, aber meistens gehen wir dafür nach draußen auf den Hügel. Wir kochen auf einem Holzofen, und wenn der Generator nicht geht, müssen wir auf Öllampen zurückgreifen.«

Aus Sorge über Harriets großstädtisches Unvermögen, das karge Pionierleben zu bewältigen, hatte Leslie darauf bestanden vorauszufahren. Harriet wiederum hatte sich Sorgen um die enorme Arbeit gemacht, die Leslie allein erledigen mußte. Sie hatte erst eingelenkt, als ihr ruhig, aber bestimmt versichert wurde, daß Leslie auf jeden Fall vorausfuhr, daß sie nachkommen könne und daß jede weitere Diskussion zwecklos sei.

Bewaffnet mit einem handskizzierten Plan, der mehr einer Anleitung zur Schnitzeljagd als einer Landkarte ähnelte — »an der Tankstelle links, an der roten Scheune rechts, am Briefkasten der Lakkonen-Farm nimmst du die nächste Abzweigung und parkst auf der Lichtung am Regierungsdock, blinke mit den Scheinwerfern und hupe dreimal« — hatte sie sich von Spruce Falls aus auf den Weg gemacht, nachdem sie bei Emily und Adam Taylor, Leslies Eltern, eine kurze Zwischenstation eingelegt hatte. Das war gestern nachmittag gewesen. Auf ihrem Weg nach Westen hatte sie bei Einbruch der Dunkelheit die Autobahn verlassen und war für die Nacht in einem Motel mit abgenutztem Linoleumfußboden und Wasserflecken an der Decke untergekommen. Das Kopfkissen hatte sie nach einem kurzen Blick unter den Bezug beiseitegelegt. Die Matratze war klumpig, aber einigermaßen sauber. Zu müde, um sich noch um irgend etwas zu sorgen, war sie schließlich eingeschlafen.

Im Tageslicht war der Raum noch deprimierender. Sie stand früh auf und fuhr fast unverzüglich weiter. Es war ein wunderschöner Morgen, der Himmel klar und strahlend und die Luft wunderbar frisch, doch das deprimierende Gefühl wollte sie nicht verlassen. Es war ihre Idee gewesen, ein paar Tage allein mit Leslie auf der Taylorschen Insel zu verbringen. Leslie hatte die Idee nicht gerade begeistert aufgenommen. Erst als sie davon überzeugt war, daß Harriet sich wirklich auf einen Urlaub im »Gelobten Land« der unberührten Natur freute, erst nachdem jede Hürde, die sie errichtete, beiseitegefegt worden war — erst dann hatte sie eingewilligt, jedoch nicht ohne zuvor noch klarzustellen, daß sie sofort wieder abreisen würden, wenn Harriet es so wollte.

Zu Hause in ihrem Luxusapartment war Harriets Abenteuerlust durch den Mangel an Bequemlichkeit auf der Insel noch verstärkt worden. Sie war entschlossen, Leslie mit ihrer Fähigkeit, jede Lage zu meistern, zu beeindrucken — wie lange war es her, daß sie zuletzt versucht hatte, jemanden zu beeindrucken? — und so hatte sie ihre Seidenblusen und Kaschmirpullover und Bügelfaltenhosen beiseitegelegt. Hatte sich für strapazierfähige Designer-Baumwollkleidung im Safaristil entschieden, hergestellt in Toronto, getragen auf der ganzen Welt, vom spesenreisenden Diplomaten bis hin zum lauffreudigen Rucksacktouristen. Ausgestattet mit schnörkelloser Buschkleidung und einer Flasche Vecchia Romagna in Reichweite, fühlte sie sich mehr als bereit für, wie sie es nannte, »das Gelobte Land«. Was für ein Ausdruck. Was für ein Euphemismus. Das Motel war schon schlimm genug gewesen, aber je weiter sie vordrang, desto öder wurde die Landschaft. Spärlich gesäte Bäume. Dürres Gesträuch. Vorbei an Sümpfen und von Feuern versengten Landstrichen. Immer wieder versicherte sie sich, daß sie es durchstehen würde, ohne sich zu beklagen, und daß sie eine unvergeßliche Zeit verleben würde, und wenn es sie umbrachte.

Und dann, als ihre Laune sich dem absoluten Tiefpunkt näherte, hatte sie die Lakkonen-Farm erreicht, so beruhigend in ihrem Anstrich aus weißer Farbe, auf der Leine frischgewaschene Wäsche wie leuchtende Flaggen, hin und her getragen von einem sanften Wind. Sie bog ab und fuhr einen mit Kies bedeckten Weg hinauf, zu beiden Seiten Zedern, die die Luft mit einem aromatischen Duft erfüllten. Der Anstieg zog sich mühsam dahin. Als sich urplötzlich Himmel und Wasser und ein weiter Horizont vor ihren Augen ausbreiteten, hielt sie für einen Moment den Atem an. Sie fühlte sich in ihre Kindheit zurückversetzt, wie damals, als sie mit ihrer Mutter in der Kirche gesessen hatte, während die Sonne durch die Buntglasfenster strömte und die Stimmen des Kirchenchors sich jubelnd erhoben. Sie hatte sich schon lange von der

Kirche abgewandt, aber es gab Momente — seltene Momente —, in denen sie dieselbe Euphorie verspürte. Eine Mischung aus Ehrfurcht und Staunen und tiefer Traurigkeit.

Der Weg führte zum Wasser und zu einem schmalen Strand mit einer verwitterten Anlegestelle und der dazugehörigen Rampe. Die kleine Bucht wurde zur Linken von gebirgigen, turmhohen Klippen und zur Rechten von einem sanft ansteigenden, dichtbewaldeten, tiefgrünen Hang geschützt. Und geradeaus, im Sonnenlicht schimmernd und sich nordwärts so weit erstreckend wie das Auge blicken konnte, lag der Huronsee, seine Oberfläche nur durchbrochen von einer Kette kleiner Inseln. Grüne Perlen unterschiedlicher Größe, von der nächstliegenden und größten, die den Taylors gehörte, bis hin zur kleinsten, die nicht mehr als ein Punkt in der Ferne war. Bis auf die Straße und die Anlegestelle war das Land noch so, wie es den frühen Pionieren erschienen war. Das Land, das die Huronen und die Ojibwa bewohnt hatten.

Mit sich deutlich bessernder Laune war sie den Hügel hinabgefahren bis in die Niederung, in der sie laut Anweisung parken sollte. In der Gewißheit, daß alles glatt gehen würde. In der Gewißheit, daß alles wunderbar sein würde, selbst wenn sie in einer Einzimmerhütte hausen müßten. Als sie von der Straße hinunter in Richtung der schützenden Bäume gefahren war, hatte sie Leslies Auto unter dem sich herabneigenden Laubwerk eines riesigen Ahornbaums gesehen und für einen kurzen Moment das wilde Herzklopfen eines verliebten Schulmädchens verspürt. Anstatt sie zu beunruhigen, hatte das Gefühl sie unglaublich erheitert. *Ein Auto macht dich an? Harriet Croft, du hast nicht mehr alle Tassen im Schrank.* Gutgelaunt blinkte sie mit den Scheinwerfern und hupte — drei schmetternde Töne, die die Stille zerrissen und eine Eichelhäherfamilie veranlaßten, schimpfend davonzufliegen. Gleichzeitig bewirkten sie das Aufheulen eines leistungsstarken Motors, ein kaum vernehmbares Stampfen, das sich zu einem Dröhnen steigerte, als das Boot die Landspitze umrundete und sich dem Ufer näherte.

Es war nicht einmal einen Monat her, seit sie das Wochenende gemeinsam in Toronto verbracht hatten, dennoch hatte Leslies Anblick, wie sie hinter dem Steuerrad stand, einen mächtigen Adrenalinschub ausgelöst. Nach einer längeren Trennung war ihr Zusammentreffen immer von einer emotionalen Wucht, einer fiebrigen Erregung, deren Intensität Harriet aus der Fassung brachte.

Und nun war sie hier, und die Geschehnisse dieses ersten Augenblicks liefen wie ein Film erneut vor ihren Augen ab. Leslie, die das Boot mit sicherer Hand am Steg anlegt. Leslie, die an Land springt, in abgetragenem T-Shirt und ausgefransten Jeans — mit leuchtenden Augen und strahlendem Gesicht. Leslie, die sie in einer langen Umarmung gefangenhält und in einem ebenso langen Kuß, bis sie, Harriet, schließlich zurückweicht und mit unsicherer Stimme sagt: »Hast du keine Angst, die Nachbarn zu schockieren?« und Leslie, die lachend antwortet: »Welche Nachbarn, Liebling?« Dann sausten sie über die Bucht, eine Spur von Schaumkronen hinter sich aufwirbelnd, während Duchess in wilder Begrüßung am Ufer auf- und ablief.

Der Tag war wie im Flug vergangen. War nun fast vorbei. Und es gab keinen Ort auf der Welt, wo sie lieber gewesen wäre. Den feuchten Körper in ein schweres Badetuch gehüllt, genügte es Harriet, nur einfach dazusitzen, als einzige Zuschauerin, den Blick fest auf den schlanken Körper gerichtet, der am Rand der Klippe verharrte. Sie hatten sich in der Taylorschen Sauna geliebt. Ein ungeplantes, spontanes Zusammenkommen, ganz anders als beide es erwartet hatten. Die Haut, heiß unter den Berührungen und seidig weich, das langsame träge Verschmelzen der Körper, das zu einer brennenden Leidenschaft aufgeflammt war, die sie am Ende in stille weiße Höhen jenseits von Zeit und Raum geführt hatte. »Tust du das öfter?« hatte sie matt gefragt, nachdem sie auf die Erde zurückgekehrt waren. »Es gibt für alles ein erstes Mal«, hatte Leslie geraunt. »Ich weiß nicht, ob ich mich jemals wieder mit einer gewöhnlichen Sauna begnügen werde.«

Harriet würde dieses Erlebnis niemals vergessen. Auch diesen zeitlosen Moment nicht, da Leslie, auf dem Felsvorsprung balancierend, prüfend in das Wasser unter sich blickte. Die Sonne näherte sich dem Horizont. Die Luft wurde zunehmend kühler. Von Leslies Haut, noch erhitzt vom Dampfbad, stieg ein feiner Dunst auf. Die gespenstische Aura erzeugte eine unwirkliche Atmosphäre.

Ein leichtes Zittern. Eine schnelle Drehung des Kopfes. Mit einem Blick auf Harriet sagte Leslie: »Ich habe das Gefühl, beobachtet zu werden.«

»Das wirst du auch.« Harriet griff nach Duchess und drückte sie an sich. »Dein Anblick raubt uns den Atem.«

Ein kurzes Grinsen. Die Dauer eines Herzschlags. Gerade und glatt wie ein Pfeil sprang Leslie in die Höhe und verschwand in hohem Bogen aus dem Blickfeld. Der Anblick der fast vollkommenen Gestalt erfüllte Harriet mit tiefer Freude. Der unverzüglich eine lähmende Furcht folgte. Angenommen der Wasserspiegel wäre abgesunken. Oder ein Stück Treibholz läge halb verdeckt unter der Wasseroberfläche. Oder das eisige Wasser würde einen Krampf auslösen.

Mit klopfendem Herzen näherte Harriet sich dem Rand der Klippe und suchte die Wasseroberfläche in der Tiefe ab. Nichts, nur ein sanftes Kräuseln der Wellen. Und dann tauchte der dunkelhaarige Kopf auf, und die Anspannung schwand, und sie dachte, *die Liebe macht Feiglinge aus uns allen,* und es kam ihr fast unanständig vor, sich um eine zu sorgen, die sich als so fähig erwiesen hatte wie Leslie. Sie eilte hinter Duchess her und fand Leslie, die sich am Ende des Docks festklammerte und mit den Füßen paddelte, um nicht unterzugehen.

»Komm rein. Das Wasser ist toll.« Und als Harriet zögerte: »Eine anständige finnische Sauna muß mit einer Runde Nacktbaden abgeschlossen werden.«

»Ich bin nicht gerade die beste Schwimmerin der Welt.«

»Das ist egal. Ich habe das bronzene Abzeichen der Königlichen Lebensrettungsgesellschaft. Vertrau mir.«

Vertrau mir, wie ich dir vertraute. Der grüblerische Gesichtsausdruck verriet Harriet, daß Leslie sich der dunklen Tage im Gerichtssaal erinnerte. Sich in sich selbst verschließend. Des Mordes angeklagt und fest entschlossen, sich schuldig zu bekennen. Harriet ebenso entschlossen, ihre Unschuld zu beweisen. Mit dieser Erinnerung ließ sie ihr Handtuch zu Boden sinken und glitt ins Wasser. Überraschenderweise fühlte es sich lauwarm an. Überhitzt von einer Stunde im feuchten Dampf wäre vermutlich sogar ein Bad in einer Schneewehe erträglich. Aber warum zitterte sie dann?

Die Sonne war untergegangen, doch es war noch nicht dunkel. Dämmerung. Nicht die Dämmerung der Stadt mit ihrem ewigen Smog und den blinkenden Neonlichtern. Hier war die Luft ein dunkelblauer Schimmer und das Wasser schwarz, bis auf das silberne Band des Mondlichts. Unter freiem Himmel hatten sie Steaks gegrillt und in der heißen Asche Kartoffeln gebacken. Leslie hatte sich um alles gekümmert, selbst beim Spülen jede Hilfe abgelehnt. Harriet hatte sich verwöhnen lassen, ihr Gewissen mit dem Versprechen beruhigt, daß sie sich morgen dafür revanchieren würde. Wenn morgen jemals kam. Sie hatte ihr Zeitgefühl verloren und hätte diesen Moment gern für immer festgehalten. Die Veranda, geschützt und doch offen für die frische Luft und die leisen scharrenden Geräusche der kleinen Nachtgeschöpfe, die ganz in der Nähe herumkrochen. Der Emaillebecher mit starkem schwarzem Kaffee und der halbvolle Cognacschwenker neben ihr. Der dunkle Umriß von Duchess, die auf der Türschwelle Wache lag, und die beruhigende Nähe Leslies nur eine Handbreit entfernt. Jedes Mehr wäre jetzt weniger.

Urplötzlich zerriß das Echo eines wilden, markerschütternden

Schreis die Stille der Bucht. Alarmiert schreckte Harriet aus ihrer Trägheit hoch. »Mein Gott, was war das?«

Leslie griff nach ihrer Hand und hielt sie fest, warm und beruhigend. »Liebling, es ist nur ein Seetaucher. Du bist jetzt eine echte Nordländerin. Wenn du erst den Schrei eines Seetauchers an einem der nördlichen Seen gehört hast, dann ist der Norden in deinem Blut. Du wirst immer wieder zurückkommen.«

»So wie mit dem Sand auf Hawaii?«

»Nicht ganz. Mehr wie ein akustisches Implantat. Eines Tages wirst du in deinem Büro sitzen oder vor den Geschworenen deine Nummer abziehen und du wirst es hören und im selben Moment hier sein.«

»Solche Träumereien sind nicht mein Stil, Liebste. Wie du wissen solltest.«

»Was ich weiß, ist, daß es langsam zu kühl wird.« Leslie sammelte Becher und Gläser ein und ging voran ins Haus. Harriet steuerte auf das weichgepolsterte Bauhaus-Sofa vor dem Kamin zu. Ein Steinkamin, der vom Boden bis zur Decke reichte und den Raum mit tanzenden Schatten und dem Duft von brennendem Zedernholz erfüllte. Sie schloß die Augen und als sie sie wieder öffnete, nur Momente später, wie ihr schien, war das Feuer erloschen und der Himmel fahl im ersten Licht der Morgendämmerung. Sie war noch vollständig angezogen, aber Leslie hatte ihr ein Kissen unter den Kopf geschoben und sie mit einer Mohairdecke zugedeckt. Hellwach und voller Energie schlich sie auf Zehenspitzen aus der Hütte und lief hinunter zur Anlegestelle. Nebel tanzte über dem See, Vorbote eines sonnigen Tages, und über ihr zog ein Habicht seine Kreise, das einzige Anzeichen von Leben.

Harriet kniete sich auf die harten Planken und tauchte ihren Kopf in das eiskalte Wasser. Als sie pitschnaß wieder auftauchte und ihre Augen öffnete, sah sie, wie ein Kanu die nächstgelegene Landspitze umrundete. »Ich hätte nicht gedacht, daß die Welt dich vor Mittag zu Gesicht bekommt«, rief Leslie, während sie das Paddel aus der Hand legte und versuchte, die Balance nicht zu verlieren, als Duchess mit wackligen Beinen aufsprang.

»Und ich dachte, ich überrasche dich mit Kaffee im Bett. Wo bist du gewesen?«

»Hab' unser Frühstück gefangen.« Sie griff über den Bootsrand und zog eine Schnur mit Fischen hoch. »Ich hoffe, du magst Hecht.«

»Ich weiß etwas, das ich viel lieber mag.«

Es war fast Mittag, als sie beide zum zweiten Mal an diesem Morgen aufstanden. Harriet, die an das gnadenlose Tempo der Großstadt gewöhnt war, schien es, als sei Toronto Kontinente entfernt. Glücklicherweise war ihr nicht bewußt, wie nah ihr die Stadt — *ihre* Stadt — wirklich war.

3. Kapitel

Die Luft war verraucht und roch nach verschüttetem Bier. Weiß Gott kein Yuppie-Treff, dieser Laden, sondern eine gute alte Kneipe in Torontos heruntergekommener Queen St. East Street. Tupper holte tief Luft. Es war großartig, zu Hause zu sein. Großartig, wieder in der gewohnten Umgebung zu sein. Sie konnten ihre frische Luft und ihre weiten Flächen behalten. Genug, um einen umzubringen. Wie diesen Typen in der Reklame, der auf einem Felsen sitzt, Gesundheitsfutter ißt und sagt, daß er sich nie besser gefühlt habe. Abgeschmiert wie ein Knallfrosch, das arme Schwein.

Nur gut, daß er früh dran war. Zeit genug, sich noch ein paar hinter die Binde zu gießen, bevor der große Chef kam. Normalerweise würde er zu Hause warten. In dem kleinen Hinterzimmer, das er als Büro nutzte. Dieser spezielle Klient hatte allerdings darauf bestanden, sich irgendwo in der Stadt zu treffen. Unter Menschen, die bessere Deckung boten. Deckung? Man hätte meinen können, sie wären zwei Agenten, bis über beide Ohren in geheime Angelegenheiten verwickelt. Aber was sollte es? Jeder nach seiner Fasson. Ihm konnte es egal sein, und wenn sie sich in der U-Bahn trafen.

Sie hatten sich zum ersten und bisher einzigen Mal vor drei Tagen gegenübergesessen. Auch hier im Queen's. An Tuppers Stammtisch hinten in der Ecke. Und er war froh gewesen, daß sie sich *nicht* bei ihm zu Hause getroffen hatten, das mußte er zugeben. Er hatte sofort kapiert, daß dieser Typ ein Mittelsmann war. Ärgernis Nummer Eins. Er wußte gern, mit *wem* er es zu tun hatte, obwohl es Zeiten gab, da er es vorzog, nicht nach dem *Warum* zu fragen.

Zum Glück waren die meisten seiner Klienten ganz gewöhnliche Leute und die meisten seiner Aufträge ganz gewöhnliche Suchaktionen. Langweilig, aber ohne gräßliche Konsequenzen. In seinem tiefsten Inneren wußte er, daß dieser Fall ihm nicht lag, obwohl es ihm gelungen war, sich das Gegenteil einzureden, nachdem man ihm 1000 Dollar pro Tag plus Spesen geboten hatte, keine weiteren Fragen, aber Diskretion eine Priorität. Nun, er hatte seinen Auftrag erfüllt und noch dazu Fotos gemacht, und jetzt würde er sein Geld kassieren, und das wär's gewesen.

Johnny der Kellner stellte ein zweites Bier vor ihn hin und flüsterte: »Mr. Aalglatt ist da.« Soviel zur Anonymität an öffentlichen Orten.

Mr. Aalglatt. Der Name paßte wie die Faust aufs Auge. Der Mann sah sowas von aalglatt aus. Blasse, feuchtschimmernde Augen. Blasse Haut, straff und glänzend wie bei Frauen, die ein Gummiband unterm Haaransatz trugen. Ein blasser Polyester-Anzug mit schellackähnlicher Appretur. Alles an ihm war blaß und glänzend und ... aalglatt.

»Sie haben etwas für mich?« Sogar die Stimme war farblos. Flach, kontrolliert, monoton.

Tupper legte den Umschlag auf den Tisch. »Es ist alles hier

drin. Wie ich sagte – ich arbeite zur vollsten Zufriedenheit meiner Klienten.«

»Gab es irgendwelche Probleme?«

»Klar gab's Probleme. Ungeziefer. Lausiges Essen. Kilometerweit nichts als Gestrüpp. Es war wahrlich keine Vergnügungsfahrt.«

Er hörte nicht zu. Er kippte den Inhalt des Umschlags auf den Tisch, studierte die Karte, die Tupper skizziert hatte, mit den dazugehörigen Anweisungen und sagte: »Sie erwarten doch wohl nicht, daß irgend jemand diesem Plan folgt, oder? An der roten Scheune abbiegen. Die zweite Straße nach dem Sumpf links. Das ist nichts als Kauderwelsch.«

Tupper fühlte Wut in sich aufsteigen. »Wir reden hier nicht über die Stadt. Das ist ein verdammter Dschungel. Sie wollten wissen, wo sie ist. Sie ist hier.« Sein Finger zeigte auf einen mit X markierten Punkt. »Eine küstennahe Insel. Genauso wie ich's skizziert habe. Sie werden sie auf keiner Karte finden. Sie ist nicht groß genug. Aber sie ist genau da, wo ich sie hingezeichnet habe.« Er holte tief Luft. »Ich hab' sogar ein paar Fotos geschossen, damit Sie sich eine Vorstellung von der Umgebung machen können. Das war nicht Teil der Vereinbarung. Wenn Sie sie haben wollen, müssen Sie noch was drauflegen.«

»Sie haben sie während der Zeit, für die wir Sie bezahlen, geschossen?«

Wir? Der Plural bestätigte Tuppers Vermutungen. Mr. Aalglatt war nicht der alleinige Auftraggeber. Er war wahrscheinlich bloß ein Mittelsmann. Und doch besaß er die Stirn, wie der Herrgott persönlich dazusitzen. Zur Hölle mit diesem Scheißkerl. »Sie haben bekommen, wofür Sie bezahlt haben.« Tupper streckte seine Hand aus, Handfläche nach oben.

»Nicht ganz. Ich fürchte, Sie werden mich hinbringen müssen.«

Tupper erstarrte. »Auf keinen Fall. Das war nicht Teil der Abmachung.«

»Mr. Brack, ich werde meine Zeit nicht damit vergeuden, Ihre Kritzeleien zu entziffern.« Sein regloses Pokergesicht hatte etwas Beunruhigendes. »Wir fahren morgen früh.« Er zog einen Umschlag aus seiner Innentasche und fügte einen Zehndollarschein hinzu. »Dies sollte für einen neuen Film reichen. Ich nehme die Bilder.«

Dieser miese Kerl. Bekam wohl immer seinen Willen. Aber nicht mit mir, dachte Tupper. Gut, daß er sie nicht zu dem anderen Zeug gelegt hatte. Er schob den Zehner zurück und sagte: »Sie sind noch nicht entwickelt.«

Eisiges Schweigen, durchbrochen von einer eisigen Stimme. »Bringen Sie sie morgen mit.«

»Ich habe morgen zu tun.« Wann wird eine kleine Notlüge zu einer großen, ausgewachsenen Lüge? »Ich hab' einen Auftrag, den ich wegen Ihnen schon mal verschoben habe. Nochmal kommt das nicht in Frage.« In der Gegenwart von Leuten, die er kannte, auf Territorium, das er als das seine betrachtete, ließ sich Mut leicht vortäuschen.

»Ein paar Stunden, Mr. Brack. Wir fliegen morgens hin und sind mittags wieder zurück.«

Fliegen? Wer waren diese Leute überhaupt? Nahmen den Luftweg offenbar so selbstverständlich, wie andere ein Taxi heranwinkten. Was hatte sie getan, die Puppe im Badetuch? Und wenn man genauer darüber nachdachte — wie konnten die von ihm erwarten, diesen winzigen Fleck auf dem Wasser, ohne irgendwelche Anhaltspunkte auf der Erde unter ihnen, aus der Luft zu finden? Sie hätten das Flugzeug auch durch einen Drachen ersetzen können, es wäre auf dasselbe rausgekommen.

Aber am Ende bekam Mr. Aalglatt seinen Willen. Ein Kompromiß. Tupper bekam drei Tage Aufschub — (vielleicht wurden die ja des Wartens müde und flogen ohne ihn). Er würde die Bilder abgeben — (nicht alle). Und ob die Mission erfolgreich verlief oder nicht — (um den winzigen Punkt aus der Luft zu finden, brauchten sie mehr Glück als einen guten

Führer) — wie auch immer, Tupper Brack wäre aus dem Schneider. Seine Verwicklung in die Angelegenheit beendet. Vorbei. Finis.

Er wußte, daß er sich erst wieder wohlfühlen würde, wenn Mr. Aalglatt aus seinem Leben verschwunden war. Aber eine innere Stimme sagte ihm, daß es noch nicht soweit war — daß es noch längst nicht soweit war.

4. Kapitel

»Es ist wundervoll.«

»Was ist wundervoll?« Leslie hielt mitten in der Paddelbewegung inne und ließ das Kanu treiben.

»Alles.« Harriet blickte über ihre Schulter. »Das Gefühl, aufzutauchen. Festzustellen, daß all die Dinge, von denen du dachtest, daß sie wichtig wären, es nicht sind, und umgekehrt. Ich hasse den Gedanken, von hier fortzugehen.«

»Ich auch. Wenn wir doch den ganzen Sommer hier bleiben könnten.« *Wenn das Wörtchen wenn nicht wär.*

Das Paddel durchschnitt die Fluten, und das Kanu schoß vorwärts. Vor ihnen tauchte das Ufer auf, felsig und steinig, umrahmt von überhängenden Ästen, erhob es sich steil als dicht mit Tannen bewachsener Hang. Harriet, die sich schon auf die Anstrengungen einer Kletterpartie gefaßt gemacht hatte, entspannte sich, als das Kanu unvermittelt durch die Äste hindurch in eine kleine Bucht glitt. Geschützt durch einen Vorhang von Grün lag der winzige Strand vollkommen versteckt. »Das ist mein geheimer Ort«, sagte Leslie sanft. »Niemand kennt ihn außer mir. Nicht mal Dad. Hier habe ich Stunden damit verbracht, mir vorzustellen, ich sei Pauline Johnson.«

Harriet wußte Bescheid über Pauline Johnson. Sie war in Chiefswood gewesen, dem restaurierten Heim der berühmten Mohikanerfamilie. Sie hatte Fotografien der jungen Dichterin gesehen, in Wildleder gehüllt, mit Bärenzahn und Adlerfeder. Hatte ihre Gedichte gelesen, natürlich auch den berühmten 'Song My Paddle Sings'. Und sie hatte die eleganten Kleider gesehen, deren Taillen man mit zwei Händen umfassen konnte und die von ihrem doppelten Erbe zeugten. Eine überwältigende junge Frau mit eindrucksvollem Auftreten. Ein geeignetes Vorbild für die junge Leslie, die die Sommer wild und frei im Norden Ontarios verlebte.

Die drei Tage auf der Insel hatten Harriet eine Seite Leslies gezeigt, die in der Stadt nicht zur Geltung kam. Der Körper, nach dem sich die Köpfe reihenweise umdrehten, konnte vollkommen lautlos einen Pfad entlangeilen. Derselbe Körper — so zierlich und feingliedrig — konnte Berge von Holz zerhacken, unermüdlich durch eisige Wellen schwimmen, Wassereimer für das Dampfbad heranschleppen, ohne außer Atem zu geraten. Wie die junge Mohikanerin, die sie so bewunderte, hatte Leslie die Ausdauer und lässige Anmut eines Wesens, das vollkommen im Einklang mit der Natur ist.

Duchess kam angelaufen, legte ihr einen Stock vor die Füße. Harriet warf ihn ins Wasser und sagte träge: »Wie hast du dieses Fleckchen gefunden? Man könnte unzählige Male daran vorbeifahren, ohne es zu bemerken.«

»Ich kenne die Insel wie meine Westentasche. Ich hab' die Sommer mit Entdeckungsreisen verbracht. Da oben im Kalksteingebirge gibt es eine Höhle. Und einen Sumpf eine halbe Meile entfernt. Im Sommer trocknet er aus, aber um diese Jahreszeit ist es ein richtiges Feuchtgebiet. Die Vögel machen auf ihrem Weg nach Norden hier Zwischenstation. Und es ist auch prächtiges Land für den Fiddlehead-Farn — wie du gleich sehen wirst, mein Schatz.«

»Ich habe mich schon gefragt, wofür der Korb ist.« Harriet wich Duchess aus, die den Stock zurückgebracht hatte und nun Anstalten machte, sich trocken zu schütteln. »Ich dachte, Fiddleheads wachsen nur an der Ostküste.«

»Viele Leute glauben das. Ich weiß nicht warum. Der Fiddlehead ist nur ein Baby-Farn und davon gibt's hier weiß Gott genug. Wir haben Glück. In einigen Ländern sind sie so beliebt, daß Gesetze zu ihrem Schutz erlassen werden mußten.«

Harriet folgte Leslie auf dem Weg landeinwärts und versuchte, ihre Füße mit derselben lautlosen Präzision aufzusetzen wie die Frau vor ihr. Es war nicht einfach. Zweige zerbrachen unter ihrem Tritt und Laubwerk raschelte, wenn sie es im Vorbeigehen streifte — in der Stille war es so laut wie das Tapsen eines hungrigen Bären. Ein wenig verzweifelt rief sie schließlich: »Wie machst du das — dich so lautlos fortbewegen?«

»Übung.« Leslie wartete, bis Harriet sie eingeholt hatte. »Mokassins sind ganz nützlich. Sie ermöglichen es dir, den Untergrund zu spüren. Willst du dich für eine Weile ausruhen?«

»Nicht bevor wir da sind, wo wir hin wollen.« Harriet atmete tief ein. Die Luft, erfüllt mit Zederndult, war frisch und belebte sie. Sie fühlte sich energiegeladen, hätte kilometerweit laufen können. Sie marschierten bergaufwärts, bis in Regionen, in denen die Zedern und Ahornbäume hohen, schlanken Kiefern wichen. Der Boden war bedeckt mit einem dicken Nadelteppich, rötlichbraun im diffusen Sonnenlicht. Duchess folgte irgendwo einer Fährte. Leslie war ein Riesenstück voraus. Einem Impuls folgend verkleinerte Harriet den Abstand, griff nach Leslie und versenkte ihre Lippen in dem dunklen Haar. »Ich habe mich schon immer gefragt, wie das wohl wäre.« Ihre Hände glitten unter das T-Shirt. Umschlossen die festen, hohen Brüste.

»Es wäre höllisch unbequem.« Und dann, neckend: »Hast du nicht eben erst erzählt, wie egal dir die Freuden des Fleisches sind? Daß du nicht wüßtest, warum soviel Aufhebens darum gemacht wird? Und die ganze Zeit hast du dich gefragt, wie das wohl wäre, sich um 12 Uhr mittags zu lieben. Unter freiem Himmel. Auf einer Insel, von deren Existenz du nicht einmal wußtest.«

»Es lag verborgen unter Schichten der Entsagung.« Harriet entledigte sich ihrer Shorts und ihres T-Shirts und breitete sie auf dem Boden aus. »Da. Jedes Problem trägt seine Lösung schon in sich.«

»Schöne Lösung.« Leslie betrachtete die spärlichen Kleidungsstücke und zog eine Grimasse. Momente später drängte sie sich gegen Harriet, blickte in Augen, die so grün waren wie junges Frühlingslaub, und vergaß das nadelige Bett unter sich. Vergaß alles außer dieser stillen leuchtenden Höhe, in die sie sich erhoben, wo nichts und niemand existierte, nur dieser Leib, der mit dem ihren verschmolzen war. An Harriet geschmiegt blickte sie in den Himmel, fragte sich, wer von den Leuten, die über Liebe sprachen, über sie schrieben und lasen, wer von denen wohl schon mal eine solche Vereinigung von Geist, Körper und Seele erlebt hatte.

»Liebling.« Harriet schüttelte sie leicht. »Du solltest glücklich aussehen. Nicht so, als hättest du gerade deine beste Freundin verloren.«

»Ich bin glücklich.« Sie zog Harriet an sich, hielt sie, als wolle sie sie nie mehr loslassen. »Ich bin so glücklich, daß es mich traurig macht.«

»Du meine Güte.« Harriet sprang auf. »Welch' Wankelmut. Traurig, weil du glücklich bist. Mögen alle Heiligen uns vor den düsteren irischen Launen bewahren.« Sie zog Leslie hoch. »Weißt du, wieviele Leute durchs Leben gehen, ohne jemals wirklich glücklich zu sein? Und ich lande ausgerechnet bei einer, die es niederschmettert, weil sie es ist. Das ist verrückt.«

»*Ich* bin verrückt.« Es war die Wahrheit. Seit diesem ersten herrlichen Augenblick ihrer gemeinsamen Entdeckung. Nach der Verhandlung in Spruce Falls, als sie erwartet hatte, daß Harriet nach dem Freispruch, den sie für Leslie erkämpft hatte, so schnell aus ihrem Leben verschwinden würde wie sie es betreten hatte. Was ihr wie das Ende vorgekommen war, hatte sich als der Anfang erwiesen. Es war wundervoll gewesen. War es immer noch. Doch es war schon mehr als erschreckend, wie schnell sich ihre düstere Welt in ein farbenfrohes Spektakel verwandelt hatte. Konnte man sich jemals mit weniger begnügen, wenn man einmal soviel besessen hatte? Genieße es, solange du es hast, sagte sie sich und brachte ein schnelles Grinsen zustande, das ihr schmales, finsteres Gesicht aufhellte. Sie strich die Nadeln von ihrer Haut und sagte scherzhaft: »Diese Fakire auf ihren Nagelbrettern haben mir nichts voraus. Als nächstes wirst du mich dazu bringen, über glühende Kohlen zu laufen.«

»Als nächstes werde ich dich dazu bringen, daß du einmal das genießt, was ist, und vergißt, was kommen könnte. Du bist eine hoffnungslose Schwarzseherin. Dabei fällt mir ein« — sie hob ihre Shorts auf und schüttelte sie aus — »was ist mit Duchess passiert? Sie wird doch nicht in deinem Sumpf festsitzen, oder?«

»Und wer ist jetzt die Schwarzseherin?« Leslie pfiff und mit aufgestellten Ohren und wedelndem Schwanz sprang Duchess mit einem Satz herbei. Während sie sie streichelte, sagte Leslie: »Ich wünschte, ich hätte deine Energie.« Und dann zu Harriet: »Du hast mich vollkommen erschöpft. Ich kann kaum noch einen Fuß vor den anderen setzen.«

»Du wirst es schon schaffen, da bin ich mir sicher.« Ein Sonnenstrahl berührte Harriets Haar und verlieh ihm einen sanften Schimmer. »Du erholst dich im allgemeinen erstaunlich schnell, Liebling. Der reinste Phönix aus der Asche.«

Mit einem gemurmelten »schöner Phönix« ging Leslie durch die Kiefern hindurch voran. Der Weg führte sie über eine karg bewachsene Ebene hin zu einer weiten, offenen Lichtung mit sumpfigem Boden und einem einzelnen abgestorbenen Baum, der sich knorrig und geisterhaft gegen den Himmel erhob. Das einzige Anzeichen von Leben war ein

Habicht, der über ihnen kreiste, geräuschvoll und selbstverständlich. Das gespenstische Gefühl, nicht willkommen zu sein, jagte Harriet einen Schauer über den Rücken.

Leslie wandte sich um. »Ich habe mir immer vorgestellt, dies sei ein heiliger indianischer Friedhof.«

»Warum flüsterst du?«

»Tut mir leid. Irgend etwas liegt hier in der Luft. Man möchte nur auf Zehenspitzen laufen.« Mit normaler Stimme sagte sie: »Dies hier ist mein freundlicher Supermarkt gleich um die Ecke. Frisches Gemüse umsonst. Natürlich nur zur richtigen Jahreszeit. Schade, daß es für Himbeeren zu früh ist. Sie sind besser als die, die es zu kaufen gibt. Und die Pilze sind unglaublich. Nicht zu vergleichen mit denen im Laden.«

»*Wilde* Pilze? Die können dich umbringen.«

»Viele Dinge können dich umbringen.« Für einen kurzen Moment flackerte Angst in Leslies Augen — als ob die beiläufige Bemerkung, einmal ausgesprochen, eine neue, unheilvolle Bedeutung bekam. Erschauernd gab sie einer Wolkenwand, die sich vor die Sonne schob und sie ihren Blicken entzog, die Schuld für die plötzliche Kälte. »Es kommt ein Sturm auf. Wir beeilen uns besser.« Sie machte einen Bogen um den Sumpf, ging vorbei an einer Reihe junger Schößlinge. »Die kannst du links liegen lassen« — sie wies mit der Hand darauf — »zum Essen eignet sich der Straußenfarn am besten. An den Ausläufern zum See gibt es eine dichtbewachsene Böschung.«

In Windeseile füllte sich der Korb. Und der Wind wurde stärker. Und Leslies Stimme, die nach Duchess rief, drängender. Harriet legte den letzten Farn in den Korb, als Leslie im Eiltempo an ihr vorbeiging.

Als sie den Strand erreichten, setzte der Regen ein. Große, eisige Tropfen platschten gegen das Laub und hinterließen kleine Krater im Sand. »Das wird ein schlimmer Sturm.« Leslie legte den Kopf in den Nacken und lauschte dem Donner, der in der Ferne grollte. »Er kommt hierher. Sollen wir es riskieren?«

»Das überlasse ich dir.« Obwohl Harriet in den letzten Tagen gelernt hatte, in ruhigem Wasser mit dem Kanu umzugehen, war ihr klar, daß sie noch keine Expertin war. Diese Bürde lag auf Leslies Schultern. Die Entscheidung kam ihr zu. Erst im nachhinein wurde Harriet zu ihrer Verwunderung bewußt, daß sie ihr Leben in die Hände eines anderen Menschen gelegt hatte. Vollkommen und ohne an die Konsequenzen zu denken.

»Fünfzehn Minuten werden reichen.« Entweder sie beeilten sich oder aber sie blieben und riskierten, dem Unwetter stundenlang ausgesetzt zu sein. Sie könnten der Nacht schutzlos ausgeliefert sein — womöglich holte Harriet sich eine Lungenentzündung. Es war besser, die Ruhe vor dem Sturm zu nutzen und nicht die Zeit, da das wütende Unwetter, das folgen würde, langsam an Kraft gewann.

Den Kopf zurückgelegt, angespannt und aufmerksam, erinnerte sie Harriet an einen jungen Mustang, der sprungbereit vor einem Gatter steht. »Einige dieser plötzlichen Stürme dauern nur Minuten. Andere toben tagelang. Wir könnten Gott weiß wie lange hier festsitzen.« Unvermittelt hatte sie eine Entscheidung gefällt und ergriff die Initiative — sie ließ das Kanu zu Wasser, hievte Duchess hinein und hielt es für Harriet im Gleichgewicht. »Du mußt so schnell paddeln wie du kannst. Wenn wir umkippen, bleib beim Kanu. Es wird dir helfen, dich über Wasser zu halten. Und bete, daß Duchess nicht in Panik gerät. Sie hat eine Todesangst vor Stürmen. Donner macht sie vollkommen fertig.«

Als sie aus der Bucht hinausschossen, hörte der Regen auf und der Wind verebbte. »Du hättest dir keine Sorgen machen müssen«, rief Harriet über ihre Schulter. »Es klart schon wieder auf.«

»Paddel weiter.« Ein kurzer, scharfer Befehl. Dann: »Horch mal.«

»Ich höre nichts.«

»Genau.« Ein kräftiger Ruderzug von hinten hob das Vorderboot aus dem Wasser. »Kein Geräusch. Nicht einmal ein Vogel. Diese Totenstille bedeutet nichts Gutes. Wenn es richtig losgeht, ist man nur im Haus sicher.«

Sie waren jetzt auf dem offenen Wasser, kamen schnell voran auf der Oberfläche, die glatt war wie eine Glasscheibe. Leslie redete weiter, mit fester Stimme, um dem, was sie sagte, das Beängstigende zu nehmen. »Der Huronsee ist einer der größten Seen der Welt. Diese Stürme sind tückisch. Im einen Moment schwimmst du über, im nächsten unter der Wasseroberfläche. Vor diesen Inseln ist schon so manches große Schiff gekentert.« Ihre Stimme klang unverändert ruhig und klar. Dann neigte sich das Kanu zur Seite — sofort folgte eine schnelle Reaktion, ein schroffes »Duchess. Sitz.«

Überrascht von der Barschheit der sonst so kontrollierten Stimme, blickte Harriet hinter sich. Hyperventilierend und mit rollenden Augen kauerte Duchess auf dem Boden, den Bauch an die Planken gepreßt. »Du hast sie erschreckt.« Das brauchte nicht viel, denn Duchess litt immer noch unter den Mißhandlungen ihrer Vorbesitzer. Leslie wußte das viel besser als sie. Leslie selbst wies oft genug darauf hin, und es war ungewöhnlich, daß jemand anders sie daran erinnern mußte. Unbeirrt sagte Harriet: »Sie hat eine Todesangst.«

»Aber nicht vor mir.« Nicht die Spur einer Entschuldigung. »Sie stand kurz davor, über Bord zu springen. Ich will, daß sie still liegt. Und ich will, daß du nach vorne schaust. Und wieder in den Rhythmus kommst.«

Was glaubt sie, wer sie ist? Gekränkt stieß Harriet das Paddel tief ins Wasser. Und gab sich selbst die Antwort — *Sie weiß genau, wer sie ist. Und was sie tut. Und wir halten uns besser beide genau an das, was sie sagt.*

Zu ihrer Linken ragte eine granitene Felswand auf. Zu ihrer Rechten lag das offene Wasser, nur teilweise begrenzt durch das in der Ferne liegende Festland. Es war immer noch vollkommen still, aber das Wasser zwischen dem Boot und dem fernen Ufer begann, in langgestreckten, walzenförmigen

Wogen auf- und abzuschwellen. Es kam von der Breitseite. Eine lautlose, verheerende Kraft, die ihr Boot wie eine Nußschale hin und her werfen würde. Harriet hielt sich bereit, als die erste Woge sie traf. Sie würde ihre Gelassenheit nicht verlieren. Sollten sie kentern, würde sie sich genau an Leslies Anweisungen halten und wie Kleister an dieser nicht sehr stabilen Schaluppe kleben. Um auf das Schlimmste vorbereitet zu sein, spielte sie in Gedanken die Abfolge einiger möglicher Ereignisse durch. Eine Woge trifft sie längsseits und das Boot kentert. Sie geht unter. Kommt wieder nach oben. Klammert sich an alles, woran man sich mit einer Hand nur klammern kann. Hält Duchess mit der anderen. Und hier endet der Film. Treibend auf der wilden See, unter einem schwarzen Himmel, verzweifelt darum bemüht, den Klippen fern zu bleiben, auf die geschmettert sie nicht nur ihr Bewußtsein verlieren würden, sondern auch ihr Leben.

Die Richtungsänderung traf sie fast unvorbereitet. Gerade noch rechtzeitig änderte Leslie den Kurs — und fuhr geradewegs in den ersten wogenden Schwall hinein. Auf und ab und wieder auf — wie auf einer Achterbahn entfernten sie sich vom zerklüfteten Ufer und schossen in ein anderes Fahrwasser.

Harriet spürte den gleichmäßigen, unaufhörlichen Schub von Leslies Paddel. Die Sicherheit, alles unter Kontrolle zu haben. Sie konzentrierte sich voll auf den Moment und verschloß ihre Gedanken gegen Spekulationen über ihre Chancen, den Fluten in diesem notdürftigen Gefährt die Stirn zu bieten.

Wetterleuchten zuckte über den Himmel, gipfelte schließlich in einem zickzackförmigen Blitz, der irgendwo, für sie nicht mehr erkennbar, auf das Festland niederfuhr. Donner folgte, schwach und weit entfernt. Das wogende Wasser des Sees zerbarst in kabbelige, schaumgekrönte Wellen. Gefangen im Schleusentor, auf den Wellen reitend, kämpften sie gegen den magnetischen Sog, der von den Granitwänden auszugehen schien und sie nach links zog. Schwarz und grau, in der Gischt kaum auszumachen, lag die Insel vor ihnen, wartete auf sie, ihre Bäume, vom Wind gepeitscht, nurmehr eine unheilvolle Silhouette. Eine Falle, die darauf wartete, all das, was der Sturm ihr entgegenwarf, zu vereinnahmen.

Ein eisiger Wind kühlte die Luft ab. Der Regen setzte wieder ein. Donner wie Trommelwirbel, begleitet von zuckenden Blitzen, die wie bei einem Kurzschluß immer wieder aufflackerten. Sie kamen jetzt gemeinsam — Donner und Blitz zur selben Zeit — Harriet wußte, daß das Zentrum des Unwetters genau über ihnen lag. Es war der Moment, wo ein Gewitter am gefährlichsten war — der Moment, in dem jeder Blitz in ihrer direkten Nähe einschlagen würde. Wie eine tieffliegende Missile-Rakete, die ihr Ziel suchte, schoß ein Blitz von Norden nach Süden horizontal durch das Szenario, das an das flackernde Bild eines Fernsehers erinnerte, nachdem das Programm längst beendet ist.

Unter Leslies Anstrengungen näherten sie sich dem Ende der Insel. Der See war ein kleines Binnenmeer. Sobald sie die Landspitze vor ihnen umrundet hatten, würden sie dem kilometerweit offenen Wasser ausgeliefert sein. Ein verlassener Spielplatz für die wildgewordenen Elemente. Es würde ihnen alles abfordern, was sie besaßen, jedes Fünkchen Stärke, das sie in sich hatten. Sie umfuhren die Landspitze und stellten sich dem Sturm.

Harriet lehnte sich nach vorne, legte ihr gesamtes Körpergewicht in die Paddelschläge, bewegte sich in völligem Einklang mit Leslie, so als kämen ihre Energien aus derselben Quelle. Auf jede noch so geringe Veränderung des Gleichgewichts war sie eingestellt — die unmerklichste Richtungsänderung kannte sie schon im voraus.

Wieder erhellten Blitze den Himmel. Wieder dieses unheilverkündende Donnergrollen. Wieder eine heftige Windböe, die den See in ein schäumendes Inferno verwandelte.

Das Ufer erreichen? Unmöglich, dachte Harriet. Das Blut

gefror ihr in den Adern. Ihr Herz hämmerte gegen ihre Rippen. Ihr Atem stockte. Sie wußte, was geschah. Wußte, daß sie in Panik geriet. Sie hatte darüber gelesen. Hatte nie erwartet, es zu erleben. Nichts lag der Croftschen Lebensweise ferner als die Art von lähmendem Schrecken, die ein Tier im Scheinwerferlicht erstarren und Menschen in Todesgefahr bewegungslos werden ließ. Sie würden sterben, und sie konnte nichts dagegen tun. Wußte nicht wie, denn es gab keinen Präzedenzfall.

Kurze Augenblicke aus der Vergangenheit liefen vor ihren Augen ab. Nicht die großen, wichtigen Ereignisse, an die sich zu erinnern man erwarten würde, sondern winzige, absolut unbedeutende Splitter, an die sie seit Jahren nicht mehr gedacht hatte.

Ein Ausflug in den Park mit ihrer Mutter.

Eine lang zurückliegende Geburtstagsfeier mit Luftballons und Papierhütchen und einem riesigen Überraschungskuchen.

Das erste selbstbezahlte Kleid.

Dann war mit einem Mal ihr Kopf vollkommen leer. Ihr Körper kraftlos. Die Erinnerungen gerieten in den Hintergrund, wurden nebensächlich, bedeutungslos. Harriet Fordham Croft befand sich in einem Schwebezustand, an einem stillen, ruhigen Ort. Es gab keine Vergangenheit, keine Zukunft, kein Leben, keinen Tod — sie war ein Teil der Natur, Teil der Elemente. Die Freiheit von der Angst war die einzig wahre Freiheit, und diese Erkenntnis löste etwas in ihr. Es war wie eine Lobotomie. Jeder Nerv, jeder Muskel, alle Sinne waren schlagartig mit pulsierendem Leben erfüllt.

In wilder Hochstimmung spürte sie, wie alle Teile ihres Körpers zu einer Einheit zusammenfanden. Als eine lange, gekräuselte Schaumkrone sich dem Steuerbord näherte, war sie es und nicht Leslie, die den Kurs änderte und den Paddelschlag setzte. Sie riß den Bug herum. Fuhr geradewegs auf die Welle zu. Fühlte die Spannung, als der Bug sich aus dem Wasser erhob, der Kiel erzitterte, sie hingen in der Luft, bevor sie durch die schäumende Gischt in das Wellental hinabstürzten.

Duchess heulte auf — schwache Laute, die nur entfernt an einen Hund erinnerten, vermischt mit dem Scharren der Krallen, als sie versuchte, festen Fuß zu fassen. Das hat gerade noch gefehlt, dachte Harriet. Ein Loch im Boot, das uns einen Geysir beschert. Mit der kühlen, klaren Stimme, deren Schärfe bis in die letzte Reihe eines vollbesetzten Gerichtssaals drang, sagte sie: »Sitz, Duchess. Braves Mädchen — sitz.«

Der Befehl erreichte sein Ziel, und das Scharren hörte auf. Gerade noch rechtzeitig. Denn vor ihnen, im strömenden Regen kaum auszumachen, lag das Ende der Insel. An dieser Stelle würden sie eine 90-Grad-Wendung vollziehen müssen — würden sich der Strömung mit der Breitseite entgegenstellen, bis sie weit genug draußen waren — würden riskieren müssen, bei dem Versuch, auf den Brechern ans Ufer zu gelangen, von hinten überschwemmt zu werden. Aber ihre momentane Sorge galt der felsigen Untiefe direkt vor ihnen. Eine Felsnase, die das Wasser selbst an windstillen Tagen aufwirbelte.

Sie kniff die Augen zusammen, um durch den strömenden Regen Anzeichen dieser tödlichen Gefahr zu erkennen. Der Weg vor ihnen war ein einziges wahnwitziges Chaos, wogend und gepeitscht wie ein Weizenfeld in einem Hurrikan. Plötzlich, vollkommen unerwartet in diesem infernalischen Wirbel aus Schaum und Gischt, sah sie das Sprühen einer feinen Linie. Wußte, daß sie durch ein Hindernis und nicht durch einen Strudel verursacht wurde.

Sie stieß das Paddel ins Wasser. Hielt es fest. Spürte die Erschütterung, als das Kanu seine Fahrt stoppte. Sie schlugen einen rechten Winkel, als sie das Paddel tief eintauchte und Leslie ihr folgte und das leichte Gefährt erzitterte. Schlingerte. Sich schließlich nach rechts aufrichtete und nur um Haaresbreite daran vorbeiglitt.

Und dann hatten sie die Stelle umrundet und trieben auf

den Horizont zu, die rechte Bootsseite immer noch in der Luft, und die Euphorie prickelte wie Champagner in Harriets Adern. Sie waren noch nicht am Ziel, aber jetzt hieß es nur noch, die Stromschnellen hinunterzuschießen, und nicht mehr, den Gewalten zu trotzen. Immer noch gefährlich, aber verglichen mit dem, was sie soeben durchgestanden hatten, ein Kinderspiel.

Nicht länger gegen den Wind ankämpfend, fuhren sie in ruhigerem, gleichmäßigem Tempo. Sie waren jetzt auf gleicher Höhe mit der Steilwand, die Leslie als Sprungturm benutzte. Sie glitten am Bootshaus vorbei, das in einer Nische am Fuß der Klippe lag. Daneben der kleine Strand, zum Teil geschützt durch die Anlegestelle, die weit ins Wasser reichte. Groß genug, der Steg, um die Taylorsche Yacht aufzunehmen.

Als sie sich dem Strand näherten, spürte Harriet, wie ihre Anspannung nachließ. Sie war vollkommen konzentriert gewesen — ihre gesamte Energie auf ein einziges Ziel gerichtet. Sie hatte sich machtvoll gefühlt. Unbesiegbar. Ein Bruchteil dieses Gefühls hielt an, aber der größte Teil war verschwunden. Hoffentlich nur ins Unterbewußte, damit sie es im nächsten Notfall wieder aktivieren konnte.

Es regnete immer noch, als sie das Boot neben dem Anlegesteg auf den Strand setzten, aber das Gewitter war nicht länger über ihnen. Es schien kaum Zeit vergangen zu sein, seit sie von hier losgefahren waren. Nun waren sie zurückgekehrt, eine Ewigkeit an Erfahrungen später. Schweigend trotteten sie den Hügel hinauf, jede von ihnen in Gedanken versunken. In der Hütte war es Leslie, die zuerst sprach.

»Wo hast du gelernt, so mit einem Kanu umzugehen? Du hast mir ganz schön was vorgemacht.« Das nasse Haar klebte an ihrem Kopf, die feuchte Haut glitzerte, sie sah mehr tot als lebendig aus. Ihre Brustwarzen zeichneten sich unter dem leichten Baumwollhemd ab, das wie eine zweite Haut an ihr klebte.

»Hast du jemals daran gedacht, an einer dieser 'Miss Wet

T-Shirt'-Veranstaltungen teilzunehmen, meine Süße? Du würdest spielend gewinnen. Spielend.« Harriets Hände glitten unter das enganliegende Hemd und legten sich leicht auf den samtweichen Körper. Samtweich. Und naß. Und eiskalt. »Du frierst.« Besorgt zog sie die Hände zurück. »Zieh dir was Warmes an, während ich ein Feuer in Gang bringe.«

»Das hast du schon getan.« Die dunklen Augen leuchteten warm. Schmolzen dahin. »Du hast meine Frage noch nicht beantwortet. Allein hätte ich uns nicht heil zurückgebracht. Du hast mich im Glauben gelassen, du wärst eine Anfängerin, und dich dann wie ein Profi verhalten.«

Vor dem Kamin kniend wartete Harriet, bis das Streichholz Feuer fing und die Flamme an den Spänen und dem Papier und dem Holzscheit entlangzüngelte, bevor sie antwortete. Nachdenklich, mehr an sich selbst als an Leslie gerichtet, sagte sie dann: »Da draußen ist etwas Merkwürdiges geschehen, Liebling. Ich kann es nicht erklären. Alles passierte gleichzeitig. Zum erstenmal in meinem Leben habe ich mich vollkommen frei gefühlt. Ich hatte keine Angst. Mein Verstand setzte aus, und mein Körper übernahm die Kontrolle, und es war ein unglaubliches Gefühl. Alles ordnete sich wie von selbst. Ich wußte, was zu tun war, ohne zu wissen, daß ich es wußte.« Sie hob Leslies Kinn an und blickte in die dunklen Augen, die im Widerschein des Kaminfeuers leuchteten. »Ich habe vielleicht dabei geholfen, aber du bist diejenige, die uns hierher gebracht hat.« Sie spürte ein warmes Gefühl in sich aufsteigen. »Geh dich umziehen, Liebling. Ich will nicht, daß du dir eine Lungenentzündung holst.«

Seltsam, dachte sie, während sie auf Leslie wartete. Normalerweise wäre sie in einer Situation wie dieser viel lieber allein gewesen als in Gesellschaft. Wenn sie mit jemand anderem hier wäre, würde sie es nicht aushalten. Eine Hütte auf einer einsamen Insel in einem gewalttätigen Gewitter. Klaustrophobie hoch zwei. Statt dessen saß sie vor dem Kaminfeuer, schlürfte Cognac, lauschte dem Regen auf dem Dach und war vollkommen zufrieden. Wenn das nicht Glück war, dann wußte sie nicht, was es sein sollte.

»Harriet!« Die Hände voller Grünzeug, kam Leslie aus der Küche. »Das lag bei den Fiddleheads.«

»Hast du mich erschreckt.« Harriet warf einen Blick auf das Gewächs. »Das hab ich gepflückt, um es dir zu zeigen. Ich wußte nicht, daß Pastinaken wild wachsen ...«

»Pastinaken? Oh Gott, ich hätte besser darauf achten sollen, was du tust. Du hast doch nichts davon gegessen?«

»Nein, ich habe überhaupt nichts gegessen.« Nahm Leslie in die Arme, um sie zu beruhigen. Bot ihr den Cognac an.

Leslie schob das Glas beiseite. »Iß nie etwas, bis du weißt, was es ist. Ich weiß nicht, was ich täte, wenn dir etwas zustoßen würde.« Sie war kreidebleich. Zitterte. »Das hier ist tödlich. Es sieht aus wie Pastinak. Aber es ist Schierling. Wasserschierling. Die Indianer nannten es Bibergift. Ich hätte dich nie hierher bringen sollen. Du hast mir versprochen, vorsichtig zu sein.«

»Schluß damit.« Kurz und schroff. Ein Versuch, Leslies wachsender Panik Einhalt zu gebieten. Sie drückte ihre Wange an Leslies. Hielt sie sanft. Dann, neugierig geworden, trat sie zurück und griff nach dem Gewächs. »Du meinst, das könnte tatsächlich jemanden umbringen? Was für ein perfekter Weg, um jemanden loszuwerden. Ich wüßte zu gern, ob das schon mal einer versucht hat.«

»Das ist nicht komisch.« Leslie rollte das Wildkraut zu einer festen Kugel zusammen. »Wir sollten sehen, daß wir das loswerden.«

»Du hast recht.« Harriet machte es sich wieder auf der Couch bequem, die Beine zum Feuer hin ausgestreckt. »Ich dachte gerade an Beulah Anne. Sie hätte sich eine Menge Ärger erspart, wenn sie etwas von diesem Zeug zusammengebraut hätte, anstatt eine 22er zu benutzen. Es wäre sauberer gewesen. Und hätte den Steuerzahler nicht soviel gekostet.«

Beulah Anne Sweeney. Leslie kannte den Fall. Wußte, daß

Harriet sie vertreten hatte. Einige knappe Fakten waren über den Fernschreiber getickert. Ein Mordfall in einer abgelegenen Ecke Ontarios, unbemerkt von den großen Zeitungen, überschattet von der beinahe gleichzeitigen Entführung eines Babys, das in einer Schneewehe zurückgelassen erfroren war. Während sich kaum jemand für Beulah Anne interessierte, hatte der Babyfall internationales Aufsehen erregt — eine Goldgrube an Buch- und Filmrechten für die Mutter, die den erfrorenen Körper in einem Traum 'gefunden' hatte und später aufgrund mangelnder Beweise freigesprochen wurde.

Daß Harriet den Fall überhaupt erwähnte, war überraschend. Sie sprachen nicht über ihre Arbeit, aus dem einfachen Grund, daß sie sich an den Wochenenden nur miteinander beschäftigten. Die Entscheidung des Gerichts hatte genauso viele Fragen aufgeworfen wie beantwortet. »Hat sie es getan?« Schon bereute Leslie, gefragt zu haben. Das war keine Frage, die man der Verteidigerin stellte.

Zu ihrer Überraschung schien es Harriet nichts auszumachen. »Das ist eine lange Geschichte.« Ihre Stimme klang teilnahmslos, aber ihre grünen Augen blitzten smaragdfarben. Sie trank ihren Cognac aus. Hielt ihr Glas hin. »Interessiert es dich?«

»Natürlich tut es das.« Leslie legte einen Holzscheit auf das Feuer. Schenkte sich selbst Wein nach und Harriet einen Cognac. Stellte die Flasche in Reichweite und setzte sich auf den Boden, den Kopf gegen Harriets Knie gelehnt.

Während der Regen aufs Dach prasselte und der Wind in starken Böen blies, beschrieb Harriet das Szenario des Mordes. Ein Blockhaus mit Rissen in den Wänden und zerbrochenen, mit Plastik abgedeckten Fensterscheiben. Kein Licht. Kein Wasser. Keine Installationen. Ein Außenposten, zehn Meilen von einem modernen Ferienort entfernt.

Die primitive Hütte am Ende einer zerfurchten Straße war umgeben von Buschland, in dem Wölfe hausten und durch das ein überwachsener Pfad führte, der an einem vergammelten, bis unter die Decke vollgestopften Außengebäude endete. Unerfreulich am Tag, unheimlich bei Nacht. Aus Angst, im Dunkeln allein dorthin zu gehen, ließen sich die Frauen von einem der Männer, der eine Waffe bei sich trug, begleiten.

Während sie zuhörte, sah Leslie dies alles, als geschehe es vor ihren Augen. Menschen und Ereignisse erwachten zum Leben. Die Vergangenheit wurde zur Gegenwart.

Harriet, die Frau mit der seidigen Haut und dem weichen, forschenden Mund verwandelte sich im Rampenlicht in Harriet Fordham Croft, Rechtsanwältin und Vertreterin der Verteidigung.

5. Kapitel

Der Taylor-Prozeß war vorbei. Leslie Taylor war in ihren alten Job als Nachrichtensprecherin beim Fernsehsender in Spruce Falls zurückgekehrt. Charles Denton, Ehemann des Mordopfers, stand unter Anklage. Und sie, Harriet Croft, war obenauf und ernstlich verliebt. Ausgerechnet in die ehemalige Tatverdächtige. Ein unglaublicher Sommer und Herbst waren wie im Flug vergangen. Und jetzt war Weihnachten vorbei — ein wunderbares Fest, das sie mit Leslie und ihrer Familie verbracht hatte — und sie freute sich auf den Frühling und die Zeit, die sie mit Leslie allein auf der Taylorschen Insel im Norden verbringen würde, und den nächsten Sommer würde sie sich so frei wie möglich halten, indem sie keinen Fall annahm, der nach langfristigem Einsatz auch nur roch.

Die Fälle, die sie angenommen hatte, waren eine seltsame Mischung. Ganz anders als alles, worum sie sich in der Vergangenheit gekümmert hatte. Zweifellos eine Folge von Leslies Prozeß und der Berichterstattung, die diesem zuteil geworden war. Und ihres eigenen veränderten Bewußtseins.

»Wir verwandeln uns langsam in einen Tante-Emma-Laden mit wohltätigem Anstrich.« So Donna, ihre pragmatische Empfangssekretärin, die nichts dabei fand, eine Luxussuite mit Panorama-Fenstern (inklusive Aussicht auf die Skyline von Toronto) mit einem einfachen Lebensmittelgeschäft gleichzusetzen.

»Was soll dieser ganze Bürgerrechtskram überhaupt? Du bekommst langsam einen Ruf als Verfechterin gerechter Sachen, und dann ist es zur Aktivistin nur noch ein kleiner Schritt, und das ist eine Einladung an alle Verrückten. Es ist gefährlich.« So Clarence Crossley, ihr Privatdetektiv, in seiner Doppelrolle als Hausmutter und selbsternannter Beschützer.

»Du machst dir doch nicht etwa Sorgen um den Professor?« Es gab Zeiten, da konnte sie nicht anders, als Clarence zu necken. Er verbrachte so viel Zeit mit dem gesellschaftlichen Bodensatz der Stadt, daß er einfach paranoid sein mußte.

»Der Professor hat doch nicht alle Tassen im Schrank. Ein Typ, der mit Schwimmflossen und Schnorchel in den Pool steigt, damit er die Frauen, die über ihm schwimmen, beobachten kann — der muß doch einen Sprung in der Schüssel haben.«

»Aber er hat nichts getan.« Widerspruch von Donna. »Gucken ist kein Verbrechen.«

»Es kommt darauf an, wo und wie du es tust.« Dies, trocken, von Harriet.

»Sorg dafür, daß er vom Uni-Pool verbannt wird, und du bist die Nächste, die er beobachtet. Und nicht durch eine Taucherbrille.« Clarence biß in sein Danish, ein in Zuckerguß ertrinkendes Kuchenröllchen, und kaute grimmig. »Und dieser dämliche Vaterschaftsprozeß. Was macht es schon für einen Unterschied, ob das Sperma in einem Reagenzglas oder auf natürlichem Weg geliefert wird? Das Kind ist zur Hälfte seins. Er will es sehen. Was schadet das schon?«

»Sie hatten eine Abmachung. Das heißt, eine Einigung zweier Interessen ist zustande gekommen. Das gilt als Vertrag.« In diesem Fall war Donna parteiisch.

»Toller Weg, ein Baby zu kriegen. Eine Einigung zweier Interessen ist zustande gekommen? Was ist mit der Einigung zweier ...«

»Clare.« Das war Harriet.

»Vulgär. Vulgär.« Von Donna.

»Sie hätte sich keinen Schwulen aussuchen sollen. Das arme Schwein wollte wahrscheinlich schon immer ein eigenes Kind. Noch eine Chance wird er nicht bekommen. Glaubst du, er gibt sich ohne Kampf geschlagen?« Clarence griff nach einem weiteren Danish und krümelte auf den weißen Teppich. Mit seiner Erregung wuchs auch sein Bedürfnis nach Zucker. »Und dann diese Tussi, die mit ihrem Boss geschlafen hat, um befördert zu werden. Wartet drei Jahre, bis sie es ihrem Mann erzählt. Nun schreit sie auf einmal los, 'sexuelle Belästigung'. Wird von jedem Gericht abgewiesen. Feuert jeden Anwalt, der verrückt genug ist, den Fall zu übernehmen. Fünf Jahre später ist sie wieder da. Angestiftet und vertreten von niemand geringerem als dem Licht in dunkler Nacht für alle Entrechteten, HFC. Die Verrückten ziehen dich in ihre Ecke, Harriet. Und das ist ganz schön riskant.«

»Du hast das Neueste noch nicht gehört.« Daß Donna willens war, Harriets Zorn auf sich zu lenken, verdeutlichte das Ausmaß ihrer Besorgnis. »Du kennst doch diesen Finsterling, der die Fabrikgebäude am Hafen gekauft hat — der, der die Mietschutzgesetze umgeht, indem er die Gebäude als Geschäfts- und nicht als Wohnraum verpachtet?«

»Dieser Gangsterboss, der Schläger engagiert, die die Häuser räumen, weil er denkt, auf rechtmäßigem Weg ließe sich doch mehr Geld machen?« Das dritte Danish verschwand ganz in seinem Mund. »Sag nicht, du vertrittst diesen Widerling?«

»Natürlich nicht.« Die Frage war an Harriet gerichtet, aber Donna antwortete. »Kennst du die Frau im letzten Gebäude, die immer noch durchhält? Die vertreten wir, ob du's glaubst oder nicht.« Über Harriets Kopf hinweg sagte sie: »Sie überlegt sogar, dort einzuziehen, bis alles vorbei ist.« *Sie, die*

Katze. »In dem Haus passiert alles mögliche. Und zwar vierundzwanzig Stunden am Tag.«

Clarence hörte auf zu essen. Für einen Moment hörte er auf zu atmen. Mit einer Stimme, die durch sein gepreßtes Zwerchfell dünn klang, kreischte er schließlich: »Du mußt wahnsinnig sein.«

Er wußte — und Donna wußte —, daß sie zu weit gegangen waren. Harriet war umgänglicher geworden, seit sie Leslie kannte, aber nur bis zu einem gewissen Punkt. Dieser Punkt war soeben erreicht worden, ihr Gesicht war ausdruckslos, aber die Augen unter den gesenkten Lidern sprühten Feuer. Es wurde nichts mehr gesagt. Aber in der darauffolgenden Woche erschien Clarence mit einer Zeitung von außerhalb in den Händen und einem unauffälligen Fremden im Schlepptau, und nach den ersten Worten wurde Harriet klar, daß dieser Besuch mit der vorangegangenen, abrupt beendeten Diskussion zu tun hatte. Der junge Mann mit Topffrisur und schlecht sitzendem Polyesteranzug erzählte stotternd seine Geschichte. Sein Name war Horace Lutey. Er lebte auf einer Farm in Richtung Simmons Bay. Seine Halbschwester war in schrecklichen Schwierigkeiten. Dieser Mann hier — er zeigte auf Clarence — hatte durch den Freund eines Freundes von ihm gehört. Er sagte, er wüßte jemanden, der helfen könnte.

Diesen Fall anzunehmen, hieße, die Stadt zu verlassen. Sie wußte, daß Clarence dies beabsichtigte. Wenn du sie nicht schlagen kannst, mach sie zu Verbündeten. Sie mochte es nicht, zu ihrem eigenen Wohl ausmanövriert zu werden. Sie äußerte ihr Mißfallen, indem sie Clarence mit einem langen, kühlen Blick verurteilte. Sprach Horace von der Mitschuld frei und hörte sich aus Höflichkeit an, was er zu sagen hatte.

Der Name der Frau war Beulah Anne Sweeney. Sie war des Totschlags an dem Mann angeklagt, mit dem sie in eheähnlicher Gemeinschaft zusammengelebt hatte. Sie hatte kein Geld, aber am späten Nachmittag hatte sie eine Anwältin.

Harriet erklärte sich bereit, den Fall zu übernehmen.

Beulah Anne Sweeney war mit dem weichen, hübschen Gesicht gesegnet, das man oft bei sehr übergewichtigen Frauen fand. Alles an ihr war übergroß, nur ihre Füße nicht. Winzige Füße, denen man nicht zutraute, daß sie diese mächtige Gestalt, die bei jedem Schritt wankte und sich neigte, tragen konnten. Sie kam langsam auf Harriet zu — sie mußte wohl alles langsam angehen — und lächelte das unschuldige Lächeln eines Kindes. Ein Kind, gefangen im Körper einer Frau. Ein Kind, hilflos treibend in einem Meer voller Erwachsener.

Sie sollte nicht hier sein, dachte Harriet. Sie sollte irgendwo sein, wo Menschen sich um sie kümmern.

»Sie sind hierher gekommen, um mir zu helfen?« Dankbarkeit, vermischt mit der scheuen Verwunderung eines aus seinen Träumen erwachten Teenagers. »Ich kann Sie nicht bezahlen.«

»Das geht schon in Ordnung.«

»Ich weiß.« Eine plötzliche Eingebung. »Sie können die Farm haben. Ich wollte sie sowieso nie. Manchmal wohnt Horace dort, aber es wird ihm nichts ausmachen.«

»Ich will Ihre Farm nicht. Ich will wissen, was passiert ist.«

»Ich habe ihn erschossen.« Sie hielt einen Finger an die Schläfe und simulierte einen Schuß. »Er sagte, falls wir immer noch da wären, wenn er aufwachte, würde er uns aus unserem traurigen Schicksal erlösen. Sobald er also eingeschlafen war — peng!«

Harriet prüfte die Notizen, die sie nach Einsicht der Polizeiakten gemacht hatte. »Daisy Lutey sagt, sie habe ihn erschossen.«

»Das ist meine Mutter. Daisy Sweeney Lutey. Es wird von Müttern erwartet, daß sie ihre Kinder beschützen.«

Und wo war sie während all der Jahre der Mißhandlungen gewesen? Harriet fühlte Wut auf Daisy und Mitleid für Beulah in sich aufsteigen.

»Eine Frau namens Dot Klamer sagt, *sie* habe es getan.«

»Die kleine Dottie. Die kann keiner Fliege was zuleide tun.

Sie ist zu uns gezogen, weil es bei ihr zu Hause schlimm zuging. Sie sagte, ich sei wie ihre Mutter. Besser als ihre eigene Mutter. Sie wollte nur helfen.«

»Man muß jemanden schon sehr lieben, um einen Mord zu gestehen, den man nicht begangen hat. Haben Sie Billie Jacques auf diese Art geliebt?«

Das vierte Geständnis. Von Dotties Cousin und Liebhaber, dem Teenager, der bei Beulah gewohnt hatte. Der zugab, daß er die Absicht hatte, sie zu heiraten, um sie von dem schrecklichen Leben mit Joe Frank zu erlösen. Sein Plan lautete, zusammen mit Dot in einer Menage à Trois zu leben, bis Beulah, die so viel älter war, weiterzog, und er mit seiner wahren Liebe Dottie Klamer die Freuden des Ehelebens genießen konnte. Bill war genauso verrückt nach Waffen wie Joe. Von den vieren schien Billie der vielversprechendste Kandidat zu sein. Schützte Beulah ihn, so wie sie ihrer Aussage nach von Daisy und Dot geschützt wurde?

Die grauen Augen starrten sie an, offen und arglos. »Ich liebte ihn wie einen Sohn.«

Dot liebte sie wie eine Mutter. Sie liebte Billie wie einen Sohn. Die beiden jungen Leute waren Verwandte ersten Grades. Ein verrücktes, inzestuöses Durcheinander. Das leichte Stechen in Harriets Schläfen entwickelte sich langsam zu einem ausgewachsenen, dröhnenden Kopfschmerz. »Er sagte, er habe Joe erschossen, weil er Dottie vergewaltigt hat.« Von allen Begründungen ergab diese noch den meisten Sinn.

»Man kann niemanden vergewaltigen, während man schläft.« Unanfechtbare Logik, gefolgt von einem glückseligen Lächeln.

Diese erste Unterhaltung war typisch für die, die folgten. Beulah, die vergnügt ihre Schuld eingestand. Bei hartnäckigen Nachfragen Stück um Stück hinzufügte: die Zeit, als Joe ihren Stiefvater mit einem Metallhaken jagte; die Zeit, als er ihre Menagerie von streunenden Hunden zur Müllkippe fuhr und sie zwang zuzusehen, wie er sie erschoß; die Zeit, als sie sich barfuß im Schnee versteckte, weil er sie aus der Wohnung geworfen hatte. Und immer ihre Absicht, das Heim der Familie abzutreten — von Harriet zurückgewiesen und zuletzt nicht mehr beachtet. Und immer das migräneartige Pochen in Harriets Kopf, wenn sie versuchte, das Unbegreifliche zu begreifen. Sie wollte nicht glauben — konnte es nicht —, daß diese einfache, kindliche Frau des Mordes fähig war. Nein, selbst aus Leidenschaft nicht. Und ganz sicher nicht kaltblütig.

Clarence und Donna stießen am Vorabend des Prozesses zu ihr. Sie hatten erwartet, sie kampfeslustig vorzufinden. Startbereit und zuversichtlich und mit einer klaren Strategie, ausgeklügelt wie ein Schlachtplan. Statt dessen fanden sie Harriet in einem für sie untypischen Zustand der Verwirrung.

»Du wirst keine einführenden Bemerkungen machen?«

»Aber Harriet, das mußt du.« Donna wandte sich an Clarence, suchte seine Unterstützung.

»Es ist nicht obligatorisch.«

»Aber jeder tut es. Es ist eine Routinesache.«

»Donna, in diesem Fall gibt es keine Routinesachen.«

»Du gehst ein ganz schönes Risiko ein. Die Geschworenen erwarten, Beulahs Version der Geschichte zu hören.«

Clarence hatte recht. Aber ... »Ihre Version der Geschichte ist die, daß sie ihn umgebracht hat.«

»Jesus, Maria und Josef.«

»Gotteslästerung hilft uns auch nicht weiter.« Donna, sittsam im Angesicht des Desasters.

»Und auf ‘nicht schuldig’ zu plädieren, auch nicht. Sobald sie den Zeugenstand betritt, bist du geliefert.«

»Sie wird den Zeugenstand nicht betreten.«

»Jesus, Maria, Josef, Petrus, Paul, Simon ...«

Donna brachte ihn mit einem Blick zum Verstummen. »Da wäre das ‘Geschlagene Frau’-Syndrom. In Alberta hat es funktioniert, also gibt es einen Präzedenzfall.«

Harriet schüttelte den Kopf. »Da hat es funktioniert, weil die Mißhandlungen registriert wurden. Schwarz auf weiß.

Wenn Beulah die Polizei gerufen hat, dann nur, um jemand anderen zu beschützen, niemals sich selbst. Sie leckte ihre Wunden und litt im stillen.«

Clarence kontrollierte seine Notizen — Notizen, die er während frühzeitiger Besuche bei möglichen Zeugen gemacht hatte. »Was ist mit Krankenhausunterlagen? Gebrochene Rippen. Kieferbruch. Verbrennungen von Zigaretten. Er hat sie jahrelang als Sandsack benutzt.«

»Und sie hat ihn jahrelang gedeckt. Sie ist die Treppe runtergefallen. Über eine Wurzel gestolpert. Hat sich die Verbrennungen während einer depressiven Phase selbst zugefügt.« Harriets Gesicht war ausdruckslos, die Stimme kühl und beherrscht. Wer sie kannte, wußte, daß die scheinbare Gleichgültigkeit ein Zeichen für tödliche, kochende Wut war.

»Selbstverteidigung zieht auch nicht«, sagte Clare grüblerisch. »Hätte er nur nicht flach auf dem Rücken gelegen.«

»Ich wüßte ein besseres Hätte.« Die praktische, mit beiden Beinen auf der Erde stehende Donna. »Hätte sie sich nur jemand anderen zum Lieben ausgesucht.«

»Wenn dies denn Liebe ist ...«, Clarence war nach Gedichten genauso süchtig wie nach süßen Danishs, »mich mit dunklem Sinnen zu umhüllen, Unbegang'ne Wege aufzusuchen, um fern von allen wehzuklagen; Meine Freude Entsetzen, Musik nur tragisches Getön', Tränen in meinen Augen und Kummer in meinem Herzen. Wenn dies denn Liebe ist, lebendig und doch tot zu sein, Dann liebe ich und tue müde meine Atemzüge.«

Interessiert sagte Harriet: »Das könnte ich vielleicht verwenden. Ist das ein Original-Crossley?«

»Ich wünschte, es wäre so. Die Ehre gebührt einem Typ namens Samuel Daniel, der im 15. Jahrhundert eine große Nummer war.«

»*Wenn*«, schniefte Donna. »Wenn Wenns und Hättes neue Stiefel ergäben, müßten wir nicht mit lauter Flickschustern leben.«

Clare erschauderte. Harriet sagte trocken: »Flickschuster? Tausend Dank.«

Donna stammelte: »Ich meinte damit nicht ... wonach es klang.«

»Wir wissen, was du meintest.« Harriet ließ ihrem finsteren Blick ein Lächeln folgen, um zu zeigen, daß sie es nicht ernst meinte.

Da die Aussicht, den Prozeß ohne eine feste Verteidigungsstrategie zu beginnen, sie ziemlich aus der Fassung brachte, gingen Donna und Clare abwechselnd die Liste der Standard-Reaktionen auf eine Anklage wegen Kapitalverbrechen durch. Jede wurde schnell von Harriet verworfen.

»Provokation?« Hörensagen. Nur die Anwesenden wußten von der Morddrohung, und sie waren zu offensichtlich auf Beulahs Seite.

»Geistige Verwirrung?« Ja, sie war ein einfaches Gemüt, und sie war langsam, aber sie kannte den Unterschied zwischen richtig und falsch.

»Wahnvorstellungen?« Es stimmte — sie redete von bösen Geistern, von Stimmen, die ihr sagten, was sie tun solle. Eine legitime Verteidigung, aber eine, die lediglich die eine Art der Einkerkerung gegen eine andere austauschte.

»Automatismus?« Knifflig und nur selten benutzt. Es hatte kürzlich in einem Fall von Schlafwandlerei funktioniert. Es würde nicht bei einer Frau funktionieren, die ihrer eigenen Aussage nach den Raum mehrfach verließ, um nachzuladen, und zurückkam, um nochmal zu schießen. Die dann zu einem öffentlichen Telefon fuhr, um ihrer Mutter mitzuteilen, was passiert war. Die schließlich, nach einer Familienkonferenz, die Polizei verständigte.

»Trunkenheit?« Nein. Beulah trank eimerweise Cola, aber Alkohol rührte sie nie an.

»Ein Alibi?« Das einzig Konstante in dem Durcheinander der Geständnisse war die Tatsache, daß sie dort war. Am Ort des Geschehens.

»Ein Unfall?« Der letzte Strohhalm — wenn Totschlag das Beste ist, auf das du hoffen kannst, dann versuch's.

Harriet gab dazu keinen Kommentar ab. Die Umstände bestimmten das Programm, und das Programm ließ Haarspaltereien nicht zu. Entweder Beulah hatte sechsmal abgedrückt — in böswilliger Absicht — oder sie hatte es nicht getan. Und wenn *sie* berechtigte Zweifel hatte, dann könnten doch sicher dieselben Zweifel bei den Geschworenen geweckt werden.

So wie es Zeiten gab, in denen Angriff die beste Verteidigung war, gab es Zeiten, in denen die beste Verteidigung die Vermeidung jeglichen Angriffs war.

Das Gerichtsgebäude der Stadt lag auf einem Hügel, vor seiner Fassade ein gewölbter Säulengang und terrassenförmig angelegte Rasenflächen, die sich unter einer glitzernden Schneedecke sanft wellten. Keines dieser Monstren aus Glas und Stahl, sondern eine Rückkehr zur Eleganz der Jahrhundertwende. Der Raum, der für die Sitzungen des Hohen Gerichts bestimmt war, spiegelte die heitere Gelassenheit der getünchten Außenfront wider — die hohen Decken und Flügelfenster machten die dunkle Täfelung und düsteren Holzmöbel wett. Dies war das Reich von Orlan Kemple, einem barschen, alten Richter, der sich dem Pensionsalter näherte und die biblische Ansicht vertrat, der Platz der Frau sei am heimischen Herd.

Die Anwesenheit von Harriet Fordham Croft machte Richter Kemple nicht sehr glücklich. Sie würde sich sicher gut als Tischpartnerin beim Dinner machen, das war es aber auch schon. Nahm man dazu noch eine Angeklagte, die gestand, ihren schlafenden Mann aus nächster Nähe erschossen zu haben, dann blickte man auf ein Szenario, das zu grotesk war, um ernstgenommen zu werden. Zu grotesk — mit einem unterschriebenen und besiegelten Geständnis —, um sich damit in einem Prozeß zu befassen. Alle Voraussetzungen für eine komische Oper. Auf Kosten der Steuerzahler. Das einzig Erfreuliche war die Aussicht, der Lady dabei zuzusehen, wie sie versuchte, die Kohlen aus dem Feuer zu holen. Das war ihr Problem, nicht seins. Sein Job war es, ein strenges Regiment zu führen, und bei Gott, dieses Regiment würde er so streng führen, als wäre er Aufseher auf einem Galeerenschiff.

Die Geschworenen hatten ihre Plätze eingenommen. Die Verhandlung war eröffnet. Die Hauptakteure warteten auf ihren Einsatz. Beulah Anne Sweeney, die Angeklagte. Lebensgefährtin des Opfers, Joe Frank. Daisy Lutey, Beulahs Mutter. Paddy Lutey, Beulahs Stiefvater. Horace Lutey, Beulahs Halbbruder. Dot Klamer, die jugendliche Ausreißerin, die bei Joe und Beulah lebte und Beulah als Ersatzmutter betrachtete. Billie Jacques, Dot Klamers jugendlicher Cousin und Liebhaber.

Die Verhandlung hatte begonnen. Christopher Waring hatte im Namen der Krone* eine wenig überraschende Ansprache gehalten. Als er seinen ersten Zeugen präsentierte, erwachte Harriet zum Leben.

Der Augenblick der Wahrheit war da, und mit ihm ein elektrisierender Energieschub. Jetzt gab es kein Zurück mehr. Es war wie der Beginn eines Schachspiels — die Eröffnungszüge, die Hunderte von Kombinationen nach sich ziehen konnten, wurden gemacht. Nur daß man es hier nehmen mußte, wie es kam. Keine Möglichkeit, die weißen Steine zu wählen und als erste zu handeln. Die Krone hatte immer die weißen Steine, die Verteidigung immer die schwarzen.

Warings erster Zeuge war ein Pathologe vom gerichtsmedizinischen Institut in Toronto. Todesursache: drei 22er Kugeln in einem Drei-Komma-acht-Zentimeter-Radius in der linken Schläfe. Zwei Kugeln drangen ins Gehirn, eine in den Gehörgang. Jede dieser drei wäre tödlich gewesen. Es gab noch eine

* Die Verhandlung findet in Kanada statt, das Teil des britischen Commonwealth ist. Die 'Krone' entspricht der Staatsanwaltschaft. [Anm. d. Übersetzerin]

vierte Wunde im Brustbereich. Zugefügt, sagte der Pathologe, nachdem Joe schon tot war.

Das kleine Lächeln auf Warings Gesicht, als er den Zeugen freigab, sagte — *Bitte sehr. Jetzt sehen Sie mal, was Sie daraus machen.*

In schwarzer Robe und gestärkter Hemdbrust, das helle Haar von den Deckenventilatoren leicht zerzaust, erhob Harriet sich in die erwartungsvolle Stille. »Ich habe keine Fragen an diesen Zeugen.«

Sie spürte die Blicke zweier Augenpaare, die sich in ihren Rücken bohrten — Donna und Clare hatten beide schon erlebt, wie sie Zeugen der Gegenseite in der Luft zerrissen hatte. Sie gestattete sich einen kurzen Blick auf die Geschworenen, als sie sich setzte. Wenigstens die sahen dankbar aus. Aussagen der Gerichtsmediziner waren schrecklich langweilig. Besonders dann, wenn der Tag schon fortgeschritten war und man nur noch etwas zu essen und seine gesunde Nachtruhe wollte. Hoffentlich erinnerten sie sich daran, daß sie die frühe Vertagung des ersten Tages Harriet Croft verdankten. Sie brauchte diese Geschworenen. Da ihr schlagkräftige Beweise fehlten, waren sie das einzige, das sie hatte.

Während der Aussagen der Provinz-Polizei am zweiten Tag noch gelassen und unbeteiligt, war sie am dritten Tag zum Kampf bereit. Beulahs Freunde, denen es per Gerichtsanordnung untersagt worden war, sie zu sehen, waren für diesen Tag als Zeugen angesetzt. Freunde, von der Krone in den Zeugenstand gerufen. Bereit, in aller Öffentlichkeit Geständnisse zu widerrufen, die sie im Eifer des Gefechts gemacht hatten.

Billie Jacques betrat den Zeugenstand und sagte, er habe gelogen, um Beulah zu schützen. Sie war wie eine Mutter für ihn. Natürlich hatte er sie beschützen wollen. Was Joe betraf — sie hatten sich ganz gut verstanden, teilten ihr Interesse an Waffen und am Jagen. Unter Warings Händen verwandelte Billie sich in einen naiven Jungen, der das Opfer einer entsetzlichen Kette von Ereignissen war.

Jacques sollte gerade als Zeuge entlassen werden — sowohl Kemple als auch Waring nahmen Harriets Schweigen mittlerweile als selbstverständlich hin — als Harriet sich erhob und auf den Zeugen zuging. Sie schien an Statur zu gewinnen, die grünen Augen ausdruckslos, aber freundlich und beruhigend. »Sie wissen eine Menge über Waffen.«

»Ja, Ma'am.« Schon hatte der kleine Junge sich in einen jungen Macho verwandelt.

»Sie treffen ein bewegliches Ziel aus einer ziemlichen Entfernung?«

»Ja, Ma'am.« Der dürre Junge platzte fast vor Stolz.

»Und wie ist das mit einem unbeweglichen Ziel? Aus kürzester Distanz?«

»Einspruch.«

»Stattgegeben. Mr. Jacques steht hier nicht unter Anklage, Mrs. Croft.«

»Ihr Vater ist hierher gekommen, um mit Ihnen zu reden, als Sie in Untersuchungshaft waren. Nach diesem Gespräch machten Sie eine neue Aussage. Darin leugneten Sie, die tödlichen Schüsse abgegeben zu haben, gaben aber zu, dem Leichnam in die Brust geschossen zu haben. Warum?«

Der große Jäger wich dem kleinen, hilflosen Jungen. »Warum?«

»Mr. Jacques ist verwirrt, und das bin ich auch. Formulieren Sie Ihre Frage anders.« Verärgert schürzte Kemple die Lippen.

»Billie« — vergessen wir diesen Mister-Quatsch — »warum hast du diesen Raum betreten und einem toten Mann eine Kugel verpaßt?«

»Beulah bat mich darum. Sie mußte in seine Tasche greifen, um an die Autoschlüssel zu kommen, und sie wollte sicher sein, daß er tot ist.«

»Ich verstehe.« Harriets Gesichtsausdruck, als sie sich den Geschworenen zuwandte, besagte, daß sie das überhaupt nicht verstand. Würden sie sehen, wie lächerlich es war?

Zufrieden darüber, daß sie Zweifel gesät hatte, näherte sie sich Billie mit sanfter Fürsorglichkeit. »Du hast es getan, weil Beulah dich darum bat, und Beulah ist wie eine Mutter für dich?«

»Das stimmt.« Als wäre eine solche Bitte das Normalste der Welt und ihr nachzukommen das Mindeste, das man tun konnte.

Der Ärmel von Harriets Robe verwandelte sich in einen großen, schwarzen Flügel, als sie das Geländer der Anklagebank ergriff, sich neben Beulah stellte, damit Billie sie beide anblicken mußte. »Wie denkst du über Inzest, Billie?«

Fassungslose Stille. Mit offenem Mund wandte Billie sich wieder hilfesuchend an Kemple. Waring fand seine Stimme wieder und legte donnernd Einspruch ein. Stattgegeben. Gefolgt von einem entschlossenen Schlag des richterlichen Hammers. »Die Anwälte in mein Büro.«

Harriet blickte an Beulah vorbei zu Clare. Es war kein Geheimnis, daß Cousin Billie und Cousine Dot ein Verhältnis hatten. Aber Billie und Beulah? Ihr wäre der Gedanke nie gekommen, aber Clare hatte daran gedacht. Und obwohl eine solche Verbindung nichts Inzestuöses gehabt hätte, schaffte sie ein Motiv. Und Motiv verbunden mit Gelegenheit war ein eindrucksvolles Glied in der Beweiskette des berechtigten Zweifels.

Berechtigter Zweifel war alles, was sie hatte, und berechtigter Zweifel ist selbst unter den günstigsten Verhältnissen eine gewagte Sache. Ein weitgefaßter Begriff, der für jeden etwas anderes bedeutete. Der berechtigte Zweifel des einen war der sichere Beweis des anderen. Der verantwortliche Richter würde ihn definieren als »das Maß an Beweisen, das den Verstand überzeugt und das Gewissen befriedigt«. Oder so ähnlich. Bedeutungslos.

Mit Ausnahme von Billie war den Zeugen der Krone zum größten Teil wenig Aufmerksamkeit geschenkt worden. Unbeeindruckt von der Zurechtweisung im Richterzimmer war es ihr gelungen, die traurige kleine Affäre zwischen Beulah und Billie zur Sprache zu bringen, die von Joe zugefügten Mißhandlungen.

Warings letzter Zeuge wurde entlassen, und Harriet erhob sich und sagte: »Die Beweisaufnahme der Verteidigung ist abgeschlossen.« Überrascht starrte Kemple sie an — so still wie das Auge eines Sturms. Inkompetenz. Eine unzureichende Verteidigung. Grund für eine Berufung. Wenn es das war, worauf sie abzielte, dann konnte sie genauso gut in eine andere Richtung zielen. Die Zeit stand still. Mit einem Papierrascheln der Krone setzte sie wieder ein. »Euer Ehren« — auch Waring war auf dem falschen Fuß erwischt worden — »ich habe noch einen sachverständigen Zeugen. Er war im Ausland, wird aber innerhalb der nächsten Tage zur Verfügung stehen.«

Das As im Ärmel war ein Gerichtsmediziner, der sich auf Ballistik spezialisiert hatte. Es gab keine Zweifel über die Mordwaffe. Untersuchungen der Fingerabdrücke hatten ergeben, daß alle drei mit der Pistole hantiert hatten — Dot, als Joe sie ihr am frühen Abend mit dem Vorschlag in die Hand gedrückt hatte, sie möge sich selbst aus ihrem traurigen Schicksal erlösen, Billie und Beulah zu irgendeinem Zeitpunkt in dieser schicksalhaften Nacht. Warum also, fragte Donna während des Abendessens. Warum noch jemanden vorladen, um etwas zu beweisen, das niemand anzweifelt?

»Weil sie sich Sorgen machen.« Clare stocherte in seinem Salat herum. »Sie klagen ihn wegen Schändung eines Leichnams an. Geben ihm drei Jahre auf Bewährung. Beulahs Kopf steckt immer noch in der Schlinge, sauber und problemlos. Und mit einem Mal ist der unschuldige, kleine Billie wieder mittendrin im Geschehen. Ihr kurzer Prozeß ist doch nicht so kurz, wie sie dachten.«

Harriet teilte Clares Optimismus nicht. Sie glaubte nicht, daß Beulah irgend jemanden verletzen könnte. Was aber glaubten die Geschworenen? Viel hing von den Schlußplädoyers und der Empfehlung des Richters ab. Sie hoffte, daß

Kemple unparteiisch sein würde. Sie befürchtete, daß er es nicht war.

Der Mann, der den Zeugenstand betrat, als die Verhandlung fortgesetzt wurde, war klein und lebhaft und sehr von sich und seinen Erkenntnissen überzeugt. Rückstände von Pistolenschüssen, teilte er dem Gericht mit, setzten sich aus drei Bestandteilen zusammen. Blei. Antimon. Barium. Die Proben sollten vor den Fingerabdrücken genommen werden. Spuren ließen sich bis zu 24 Stunden später nachweisen, vorausgesetzt natürlich, die Hände wurden nicht gewaschen. Drei Proben waren vorgelegt worden. Aufgeführt als A, B und C.

Die Mitglieder der Jury lehnten sich gebannt vor. Endlich würden sie etwas Handfestes hören. Beweise anstelle von Spekulationen und Unterstellungen. Harriet fühlte sich flau im Magen, ihre Haut war heiß und trocken. Der Augenblick der Wahrheit war gekommen — beschworen von der Krone, was nichts Gutes verhieß.

In allen drei Proben fanden sich verräterische Spuren der Pulverrückstände. B und C verzeichneten hohe Werte; A mittlere Werte. Außerdem — Probe B enthielt ein ungewöhnlich hohes Maß an Barium.

Wieder beim Zeugen, das Profil den Geschworenen zugewandt, ließ Waring Harriet nicht aus den Augen, als er fragte: »Können Sie diese Proben für uns identifizieren?«

»Natürlich.« Ein Blick auf seine Notizen. Ein Räuspern. Eine klare Aussage. »C kennzeichnet Dot Klamer. A — Beulah Anne Sweeney. B — William Jacques.«

Ein Augenblick der fassungslosen Stille. Ein ungläubiger Blick von Kemple. Momentane Bestürzung bei Waring. Vorgetäuschte Gelassenheit bei Harriet. Die Krone hatte die wichtigste Regel gebrochen. Stelle niemals eine Frage, ohne die Antwort zu kennen. Hatten sie keine Zeit gehabt, sich richtig damit vertraut zu machen? Hatte einer der Assistenten Mist gebaut? War er seiner Sache so sicher gewesen, daß er die

Berichte aufgrund seiner Vermutungen durcheinandergebracht hatte?

Mit der Notwendigkeit konfrontiert, seine Anklage gegen Ende des Prozesses zu rehabilitieren, atmete Waring tief ein. »Haben Sie die Mordwaffe probeweise abgefeuert?« Ja. »Und die Pulverrückstände noch einmal kontrolliert?« Ja, natürlich. »Und wie ließ sich das Ergebnis mit dem der Angeklagten vergleichen?« Es war vergleichbar.

Harriet wandte sich an den Zeugen, als hätte die Verteidigung ihn aufgerufen. Ließ ihn seine Ergebnisse wiederholen. Ließ ihn noch einmal sagen, daß von den dreien Beulahs Hand die geringsten Rückstände aufwies. Die meisten Billie Jacques'. Und damit ging der Prozeß in seine letzte Phase. Die beiden Schlußplädoyers, im Anschluß daran die Empfehlung des Richters.

Warings Beweisführung konzentrierte sich auf Beulahs Geständnis. »Menschen gestehen keine Verbrechen, wenn sie nicht schuldig sind«, donnerte er. Eins zu Null für uns, dachte Harriet. Hier gibt es mehr Geständnisse als Leichen. Mit wehenden schwarzen Gewändern lief Waring vor den Geschworenen auf und ab, seine Stimme voller Emotion, während er die Szene in jener hellerleuchteten Hütte beschrieb, das systematische Nachladen in der Küche nach jedem Schuß, die finsteren Machenschaften der Angeklagten. Mit einer schnellen Drehung, den Arm ausgestreckt, richtete er seinen Zeigefinger auf Beulah und schmetterte: »Kein Anzeichen von Reue. Nicht ein einziges Mal haben wir auch nur den kleinsten Funken Reue gesehen. Beulah Anne Sweeney ist eine Frau ohne Gewissen. Eine Frau, der es nicht gestattet werden darf, frei herumzulaufen.«

Eine gute Vorstellung. Theatralisch und aggressiv. Was an Substanz fehlte, wurde durch Temperament wettgemacht. Harriet erhob sich, sprach ruhig. »Es ist schwer, Reue für etwas zu zeigen, das man nicht getan hat.« Kühl und gelassen — ein deutlicher Kontrast zu Warings Übermaß an leidenschaftlichem

Feuer — sprach sie über die kindliche Beulah, die die Jahre der Mißhandlung ertragen hatte, ohne jemals zurückzuschlagen. Gewaltlos. Eine Frau, die ein verletzter Vogel zu Tränen rührte. Eine Beschützerin der Hilflosen. Und in dieser Rolle als Beschützerin hatte sie ein Verbrechen gestanden, das sie nicht begangen hatte. Die Krone selbst hatte den eindrucksvollsten Beweis für Beulahs Unschuld präsentiert. Die Pulverrückstände — die deutlichen Metallspuren an Billie Jacques' Händen — wiesen auf den wahren Mörder. Die Krone hatte sie nicht nur nicht als schuldig überführen können — sie hatte sogar geholfen, ihre Unschuld nachzuweisen. Zweifel waren höchst berechtigt.

Es war bald Mittag. Bald genug für Kemple, um die Sitzung für die Mittagspause zu unterbrechen. Während sie auf ihr Essen warteten, ging Harriet den Prozeß in Gedanken noch einmal durch. Gab es irgend etwas, das sie noch hätte tun können? Einen anderen Weg, den sie hätte einschlagen können? War es ihr gelungen, der Jury die mehr als berechtigten Zweifel, die sie empfand, zu vermitteln? Als lese sie ihre Gedanken, sagte Donna — eine gewohnheitsmäßige Beobachterin von Geschworenen — »Sie lassen sich nur schwer einschätzen. Dieser Obmann hat seit seiner Vereidigung keine Miene verzogen.«

Das war nicht nur wahr, sondern auch beunruhigend. Und seine war nicht die einzige versteinerte Miene auf der Geschworenenbank. »Viel hängt von der Empfehlung des Richters ab.« Clare warf ihr einen Blick zu, der besagte, was sie längst wußte. Von dieser Seite war keine Hilfe zu erwarten.

Und so war es. Wie ein großer, schwarzer Vogel über dem Gerichtssaal schwebend, spielte Kemple die Aussage des Gerichtsmediziners herunter, ließ die Behauptung der Verteidigung, Beulah habe gestanden, um Billie und Dot zu schützen, völlig außer acht, sagte, der Mord sei kaltlächelnd begangen worden — wenn sie ihn vorsätzlich getötet habe, mußten sie sie des Mordes für schuldig befinden — wenn nicht, blieb ihnen die Möglichkeit des Totschlags. Falls, so fuhr er fort, sie der Meinung waren, Beulah habe abgedrückt, ohne ihn töten zu wollen.

Es war der Alptraum eines jeden Anwalts. Ein verordnetes Urteil. Das Ticken der Uhr hämmerte in Harriets Ohren. Ein unheilverkündendes Metronom. Und dann ein anderes Geräusch. Ein Scharren hinter ihr, als die Tür geöffnet wurde. Leichte Schritte. Eine sehr ungewöhnliche Störung, als ein Bote einen Strauß frischer Blumen in Beulahs Arme legte. Ein gütiges Lächeln erhellte das Gesicht der Angeklagten, während sie den Strauß an sich drückte, unwillig, ihn wieder herzugeben. Das bizarre Ende einer bizarren Verhandlung. Sicherlich hatte noch keine Jury einen solchen Anblick mit in ihre Beratungen genommen.

Die Geschworenen verschwanden nacheinander, und Harriet erhob sich unverzüglich, um Einspruch einzulegen. Richter Kemple hatte die Theorie der Verteidigung nicht vollständig umrissen. Ein formaler Einspruch, den sie in Hinblick auf die Berufung gegen ein, wie es schien, vorweggenommenes Urteil einlegte.

Es war drei Uhr, als die Jury sich zum zweitenmal zurückzog. Zwei Stunden später kam ein Rückruf. »Das kann nicht sein«, sagte Harriet. »Es ist zu früh.« Überflüssig, hinzuzufügen, daß ein schnelles Urteil üblicherweise ein Schuldspruch war. Sie atmete erleichtert auf, als der Obmann sich erhob und um eine erneute Verlesung von Dots Aussage bat.

»Warum?« Wieder im Hotel überflog Donna ihre Notizen. »Wenn sie nicht gerade weinte, murmelte sie vor sich hin, und wenn sie das nicht tat, war sie hoffnungslos verwirrt. Sie hatte eine Todesangst vor Joe, liebte Beulah, und das war's auch schon.«

Das Telefon klingelte. Harriet nahm den Hörer ab, lauschte, sagte höflich: »Danke.« Erklärte: »Das war Horace. Sagte, wir sollen uns keine Sorgen machen. Wir hätten unser Bestes gegeben. Beulah wird es bei Leuten, die sich um sie kümmern, besser gehen. Er wird dafür sorgen, daß wir bezahlt werden.«

Clares Augen verengten sich. »Was hat er getan? Eine Bank ausgeraubt? Er hatte keinen Sou, als das alles losging.«

»Jemand sollte ihm sagen, daß die Show erst dann vorbei ist, wenn der Vorhang gefallen ist.« Mit finsterem Blick — wie konnte er es wagen, den Sarg zuzunageln, bevor die Leiche kalt war, und Harriet so zu verunglimpfen — packte Donna ihre Notizen zusammen und sagte energisch: »Laßt uns essen gehen. Ich lade euch ein.«

Warum nicht? Die Geschworenen würden sich Zeit zum Essen nehmen. Wahrscheinlich früh Schluß machen. Morgen aufs neue beginnen. Es würde mindestens einen Tag dauern — länger, wenn sie sich uneinig waren.

Sie waren gerade bei Kaffee und Dessert angekommen — Eiscreme für Clare, Bailey's Irish Cream für Donna, Cognac für Harriet — als sie die Nachricht erhielten, daß die Jury zurückkam. Sie erreichten das Gerichtsgebäude, als Beulah durch den Gang geführt wurde. Um sie zu beruhigen, nahm Harriet die pummelige Hand in ihre. Die arglosen Augen lächelten sie an, klar und unbesorgt. Der einzige Hinweis darauf, daß sie den Ernst dessen, was geschah, verstand, war die Bibel, die sie mit ihrer linken Hand umklammert hielt. Und dann waren sie im Saal — Beulahs Familie und Joes und eine Handvoll Reporter — alle außer den unbedeutenderen Hauptakteuren, Dottie und Bill Jacques — und Kemple fragte nach dem Urteilsspruch.

Der Obmann blickte die Angeklagte nicht an. Er blickte Harriet nicht an. Die Augen auf Kemple gerichtet, seine Stimme nur eine Spur herausfordernd, sagte er fest: »Wir befinden die Angeklagte für ...« und jetzt blickte er Beulah direkt an, und seine steinerne Miene entspannte sich unmerklich, »... nicht schuldig.«

Harriet spürte die gegensätzlichsten Gefühle zusammenströmen. Ungläubigkeit auf den Bänken. Jemand rief: »Sie hat meinen Bruder getötet.« Tränen der Erleichterung bei Daisy

Lutey. Schock bei Horace. Zustimmung von den Reportern, Selbstzufriedenheit auf der Geschworenenbank. Professionelle Gleichgültigkeit bei Waring und ihr eigenes aufsteigendes Hochgefühl. Tränen und Lächeln und finstere Mienen und Durcheinander — und mittendrin Beulah, standfest und gelassen wie ein Buddha.

»Gratuliere.« Warings Stimme, leise in ihr Ohr geflüstert. Und als Antwort auf Harriets unumgängliche Frage: »Nein, wir werden keine Berufung einlegen. Und wir werden den Fall nicht wieder aufrollen. Wir wissen, wer es getan hat.«

Die Worte klangen nach, als Harriet Beulah aus dem Saal begleitete. Ihr Glaube an Beulahs Unschuld mußte Eindruck auf die Geschworenen gemacht haben. Das und die Beweise der Gerichtsmedizin. Dazu das Gefühl, daß wer immer Joe abserviert hatte, der Welt einen Dienst erwiesen hatte. Angenommen, sie hatte sich geirrt? Angenommen, dieses kindliche Gemüt konnte keine Reue empfinden? Nein. Sie verdrängte den Gedanken. Die Vorstellung, in diesem mächtigen, unbeholfenen Körper, hinter diesem hübschen, sanften Gesicht hause eine gewissenlose Mörderin, war zu abwegig.

Im Kreise der Familie, ihrer und Joes, winkte Beulah Harriet heran. »Haben Sie vielleicht Lust, für eine Weile mit zum Haus zu kommen? Es würde uns freuen, nicht wahr, Mama?« Eine schüchterne Einladung, die ein schwaches Kopfnicken Daisys und merklich wenig Begeisterung bei Horace auslöste.

Die Heiterkeit, die sie sonst nach einem erfolgreichen Prozeß fühlte, wollte sich nicht einstellen. Statt dessen war sie erschöpft. »Ich muß noch alles packen. Und wir wollen morgen ganz früh los. Ich würde es gern auf ein anderes Mal verschieben.«

»Das ist schon in Ordnung.« Beulah kramte in ihrer Handtasche. Zog einen zerknitterten Umschlag hervor. »Ich möchte Ihnen das hier geben.« Und dann verschwand sie in der Menge der Gratulanten. Nur einer aus der Gruppe blickte zurück. Horace. Der Halbbruder, der Harriet in diesen Fall verwickelt hatte.

Sie öffnete den Umschlag erst im Hotel, erwartete eine Teilzahlung ihrer Rechnung. Es war kein Geld. Kein Scheck. Nur ein vergilbtes Stück Papier, das raschelte wie ein Blatt im Wind. Die Besitzurkunde des Sweeney-Anwesens.

Es war nicht das, was sie erwartet hatte. Nicht das, was sie wollte. Nichts von den Dingen, über die sie im Moment nachdenken mochte. Sie wollte nicht gebunden sein an diesen Ort und seine Aura des Bösen — nicht erinnert werden an das schleichende Gift der neuentstandenen Zweifel.

Der Holzscheit war niedergebrannt. Leslie fühlte sich körperlos, ein Teil von ihr meilenweit entfernt bei Beulah und dem Lutey-Clan, während sie ein weiteres Stück Holz in den Kamin legte.

»Was hast du damit gemacht? Mit der Besitzurkunde?« Leslie kannte Harriet gut genug, um zu wissen, daß sie keinerlei Bedenken hatte, denen, die es sich leisten konnten, etwas zu berechnen, daß es ihr aber nicht ähnlich sah, jemanden wie Beulah zu übervorteilen. Die guten Einnahmen deckten die Fälle ab, an denen sie nichts verdiente.

»Ich habe sie zurückgeschickt. Mit dem Vermerk 'Unbekannt Verzogen' wurde sie mir wieder zugestellt. Sie ziehen viel herum. Auch ein Weg, seinen Gläubigern zu entgehen. Ich hatte die Idee, mal an einem Wochenende raufzufahren und zu versuchen, sie aufzuspüren.« Sie hielt inne, erinnerte sich. »Nicht lange danach bekam ich einen Anruf von jemandem, der es kaufen wollte. Ich bin sicher, Beulah würde sich über das Geld freuen, aber als ich nach seinem Namen fragte, legte er sofort auf, und seitdem habe ich nie mehr was von ihm gehört.«

»Hat sie es getan?« Sie fragte zum zweitenmal.

»Die Geschworenen waren nicht der Meinung.«

»Das weiß ich. Aber du bist dir nicht sicher.«

»Liebling, ich bin mir nur über eins sicher, und das ist, was ich für dich empfinde.« Und dann war sie in Harriets Armen, und sie vergaß Beulah und die Luteys und alles, außer diesem einen köstlichen Augenblick.

6. Kapitel

Das Flugzeug erhob sich vom Wasser und flog nordwärts. Tupper blickte hinunter auf die Stadt und den grünen Baldachin, den man von hier oben sah, auf der Erde jedoch kaum wahrnahm. Perspektive war eben alles. Nun, er hatte für den Rest seines Lebens genug Grün gesehen, vielen herzlichen Dank. Er wäre viel lieber da unten gewesen, inmitten von Stahl und Beton, statt in der Luft und auf dem Weg zu den Hinterwäldlern.

Er haßte das Fliegen. Haßte das Gefühl der Hilflosigkeit — daß sein Leben in den Händen von anderen lag. Sie konnten so oft sie wollten sagen, daß Flugzeuge sicherer seien als Autos. In einem Auto hatte man wenigstens die eigenen Hände am Steuer, den eigenen Fuß auf der Bremse. Man mußte sich nicht auf einen kaugummikauenden Unbekannten mit einer übergroßen Sonnenbrille verlassen, der aussah, als wäre er tiefgefroren und würde niemals auftauen.

Das sporadische gedämpfte Flüstern hinter ihm machte ihn merkwürdig beklommen. Worüber redeten sie — Mr. Aalglatt und sein unaalglatter Freund? Ein hübsches Paar, die beiden. Die *graue Eminenz,* so blutleer und von derselben gefühllosen Effizienz wie eine Maschine. Sein fetter Begleiter — fleischig, mit wulstigen Lippen, die Augen wie heiße Kohlen in den wabbligen Wangen. »Das ist Pony«, hatte Mr. Aalglatt gesagt, und sie gaben sich kurz die Hand, und angeekelt hatte Tupper seine schnell wieder zurückgezogen. Der Mann hatte gegrinst, war mit spitzer Zunge über seine fleischige Unterlippe gefahren und hatte gesagt: »Sie können gut mit 'ner

Kamera umgehen«, und Tupper dachte an die Aufnahmen, die er übergeben hatte, und war froh, froh, froh, daß er sein Lieblingsbild, das von dem schlanken, nackten Körper, sprungbereit am Rand der Klippe, behalten hatte.

Sie sollen uns nur zeigen, wo. Das hatte man ihm gesagt. Das hatte er geglaubt. Bis er das Flugzeug sah. Ein *Wasser*flugzeug. Wozu Schwimmer anstelle von Rädern, wenn sie nur einen Erkundungsflug machen wollten? Und wozu dieser Neanderthaler, der aussah, als säße sein Gehirn zwischen seinen Beinen und nicht hinter der niedrigen Stirn?

»Entspann dich, Kumpel. Bis Manitoulin komme ich klar.«

Tupper blickte den Piloten an. Wie paßte er in die Geschichte? Gehörte er dazu, oder war er ein Unabhängiger, der nach der Devise *Was ich nicht weiß, macht mich nicht heiß* Jobs übernahm? Fast hätte er gefragt. Besann sich eines Besseren. Je weniger *er* wußte, desto besser. Erschaudernd wurde ihm bewußt, daß er entbehrlich war, wenn sie erst hatten, was sie wollten. Eine Leiche in dieser Wildnis — wer würde je davon erfahren? Angst machte sich in ihm breit. Seine Nerven streikten. Er sah Hände, die von hinten nach ihm griffen. Eine Schlinge, die sich um seinen Hals legte. In sein Fleisch schnitt.

Er sagte sich, er sei ein Narr. Er trocknete seine Handflächen an seinen Hosenbeinen ab, schloß die Augen und stellte sich vor, er sei zu Hause in Sicherheit. Mit einem Bier. Im Fernsehen die Blue Jays, die sang- und klanglos untergehen. Die Kraft des positiven Denkens. Stell es dir vor, und es wird geschehen.

»Kumpel.« Die Hand auf seinem Knie brachte ihn unversehens in die Wirklichkeit zurück. »Von hier ab bestimmen Sie den Kurs.«

Tupper schaute nach unten. Sah die breite Wasserstraße, die das südliche Ende der Taylorschen Insel von der benachbarten Manitoulin trennte — der größten Süßwasserinsel der Welt, übersät mit Seen, kilometerweit umgeben von unbewohnten Küstenstrichen, umringt von einer Kette winziger Inseln.

»Sieht irgendwas vertraut aus?«

Seine Haare sträubten sich unter dem warmen Atem in seinem Nacken. Wenn eine erfolglose Mission gleichbedeutend mit seinem Überleben war, standen seine Chancen gut. »Nein.« Er hätte Angst gehabt zu lügen. Zum Glück mußte er es nicht.

»Irgendwas muß doch da sein.«

»Ist es aber nicht.« Er achtete darauf, nicht so bissig zu klingen, wie er sich fühlte. Das Flugzeug war dem Weg der Fähre in den Süden gefolgt. Tupper war mit dem Auto aus dem Norden gekommen. »Ich bin nicht aus dieser Richtung gekommen. Nichts sieht vertraut aus.«

Mr. Aalglatt atmete zischelnd durch die Zähne. Der Pilot knallte mit dem Kaugummi und sagte: »Schon kapiert. Kein Problem.« Das Flugzeug legte sich auf die rechte Seite. Augenblicke später sahen sie die nördliche Küstenlinie aus der Vogelperspektive. »Da haben wir Ihre Straße, mein Freund. Führt geradewegs zum Leuchtturm bei Meldrum Bay. Wo sind Sie ungefähr abgebogen?«

Alles was er sehen konnte, war ein schmaler Streifen Kies, der sich durch die Baumgruppen hindurch wand. Er hatte nicht den leisesten Schimmer, wo sie waren. Am liebsten hätte er seinen Kopf zurückgeworfen und laut geschrien. Gebrüllt — *Was denkt ihr eigentlich, wer ihr seid, ihr verrückten Bastarde? Wie soll ich diese verdammten winzigen Flecken denn auseinanderhalten? Ihr habt kein Recht, mich gegen meinen Willen durch die Gegend zu zerren.* Eine Hand legte sich eiskalt auf seine Schulter, unbarmherzige Finger, so knochig wie die eines Skeletts. »Da ist eine Farm«, sagte er schwach. »Ein Motel. Und ein paar Kilometer weiter ein weißes Farmhaus. Da bin ich abgebogen.« Verdammt. Er hatte seinen letzten Trumpf ausgespielt. Selbst wenn er wie durch ein Wunder den Weg finden sollte, hatte er den Mund halten wollen. Sich blöd stellen. Die Hand auf seiner Schulter lockerte ihren Griff, und er begann, wieder zu atmen.

»Alles klar.« Das Flugzeug drehte ab. Stieg auf. Ein Sonnenstrahl kam zwischen den Wolken hervor und fiel auf die Inselkette in der Bucht.

»Ich bin stolz auf Sie, Mr. Brack.« Eine Stimme so dumpf wie das Gefühl in Tuppers Magen. Die knochige Hand klopfte auf seine Schulter, griff dann hinauf, um das Fernglas scharf zu stellen, das auf die größte der Inseln gerichtet war. Zufrieden lehnte er sich zurück und reichte Tupper das Fernglas. »Das ist es, nicht wahr?« Und zum Piloten: »Wo wir schon einmal hier sind, werden wir uns auch umsehen. Können Sie hinter der Landspitze runtergehen?«

Eine Eiseskälte schoß durch Tuppers Adern. »Sie sagten, Sie wollten nur wissen, wo sie sich aufhält. Nur mal drüberfliegen, sagten Sie.«

»Machen Sie sich keine Sorgen, Mr. Brack.« Die sonst so düstere Stimme klang fast fröhlich.

Tupper biß sich auf die Lippen und sagte nichts, während ihm plötzlich einiges klar wurde. Die Anwesenheit von Pony in dunkelgrüner Buschkleidung. Die längliche Sporttasche. Die Entschlossenheit, die in dem gedämpften Flüstern mitschwang.

Er beobachtete, wie ihnen das Wasser entgegenkam und sie erreichte. Beobachtete, wie ein Schlauchboot zu Wasser gelassen wurde. Beobachtete, wie es um die Landspitze herum verschwand, angetrieben durch Pony, gelenkt von Mr. Aalglatt in seinem glänzenden grauen Anzug und seinen Stadtschuhen.

Trotz des Mannes auf dem Nebensitz fühlte Tupper sich schrecklich, vollkommen allein. Warum hatte er seine 38er nicht zur Gesellschaft mitgenommen? Warum lag sie zu Hause, verschlossen in seinem Schreibtisch? Weil, so rief er sich in Erinnerung, sie Mr. Aalglatts Röntgenblick nicht entgangen wäre. Und der hätte Gott weiß welche Schlüsse daraus gezogen. 'ne Knarre mit sich rumzuschleppen hieß automatisch, ein Risiko auf sich zu nehmen. Dazu kam, daß er das verdammte Ding außer auf dem Schießstand nie abgefeuert hatte. Und wenn's drauf ankam, wahrscheinlich überhaupt nicht den Mut dazu gehabt hätte.

Das Flugzeug schaukelte leicht, so beruhigend wie ein sich wiegendes Wasserbett, und er vergaß seine Angst und dachte an die Frau in dem roten Badetuch. Es hatte so einfach ausgesehen. Eine ganz normale Suchaktion. Schnelles Geld, keine Probleme.

»Ich würd' mir keine Sorgen machen, Kumpel. Alles ist unter Kontrolle.«

Das macht mir ja gerade Angst. Er sagte das nicht laut. Hätte es nicht gekonnt, selbst wenn sein Mund nicht staubtrocken gewesen wäre. Er fühlte sich wie ein Insekt in einer Venusfliegenfalle. Alles, was er tun konnte, war, hier zu sitzen. Und zu warten. Und zu hoffen, daß er sich irrte und sich alles in Wohlgefallen auflösen würde.

7. Kapitel

Die Pistole war schwarz und stumpfnasig und bedrohlich. Leslie knallte die Schublade zu und setzte sich mit klopfendem Herzen und wackligen Beinen auf die Bettkante. Harriet haßte Waffen. Sie war die letzte, die eine besitzen wollte.

Es ist nicht die Pistole, sagte sie sich. Es ist der Grund, der dahinter steckt. Was immer der Grund war, er mußte beängstigend real sein.

Sie hatten die Insel gestern in der Frühe verlassen, den Wetterumschwung genutzt, der, so befürchtete Leslie, nicht anhalten würde. Harriet hatte nur unter der Bedingung zugestimmt, verfrüht abzureisen, daß Leslie mit ihr nach Toronto kam. »Wir haben noch drei Tage«, hatte sie gesagt. »Ich habe nicht die Absicht, mir von ein bißchen Regen deine Gesellschaft nehmen zu lassen.« Sie waren über Spruce Falls zurückgefahren, hatten mit Leslies Eltern zu Mittag gegessen, Duchess bei ihnen gelassen und waren gemächlich auf die Stadt zugeschaukelt.

Es war längst Geisterstunde, als sie in die Tiefgarage von Harriets Eigentumswohnung fuhren. Normalerweise war es belebt hier. Um diese Zeit, mitten in der Woche, war es das nicht. Das Gebäude schlief, bis auf das gespenstische Echo ihrer Schritte war es in der Garage totenstill. Es war Leslie kalt den Rücken heruntergelaufen, als sie sich vorstellte, wie Harriet allein hier ankam, durch die Dunkelheit zu den Aufzügen ging, darauf wartete, daß die Aufzugtüren sich öffneten und Gott weiß wen preisgaben.

Das unbehagliche Gefühl hatte sie erst verlassen, als sie in der Wohnung waren, die Tür im Schloß und verriegelt. Sie hatte sich eingeredet, daß es die Stille war, die sie gruselte. Die Abwesenheit anderer Menschen. Ein lebendiges Gebäude, pulsierend mit Menschen und Bewegung, war wunderbar beruhigend. Dasselbe Gebäude im Tiefschlaf war ein hochkant stehender Sarg aus Zement. Sie hatte sich eingeredet, daß sie paranoid war. Daß einer der Gründe, warum Harriet hier lebte, das hervorragende Sicherheitssystem war. Das hörte sich zwar gut an, aber was bedeutete es wirklich? Daß man mit einer Pistole im Nachttisch schlafen mußte?

»Kann es laufen und reden oder sitzt es nur herum und sieht hinreißend aus?« Harriet erschien im Türrahmen. Die Haare feucht vom Duschen. Der Körper golden im Sonnenlicht, das durch die Balkontüren hereinfiel.

Ein warmes Gefühl durchströmte Leslies Körper. Selbst ohne Kleidung war die Croft'sche Ausstrahlung eindrucksvoll. Andere fühlten sich vielleicht verletzlich. Ungeschützt. Sie waren, was sie trugen. Kleider machten vielleicht Leute, aber für diese Frau waren sie nebensächlich.

»Was ist los?«

Alles an ihr ist golden, dachte Leslie. Ihre Stimme, ihre Haut, ihr Haar, ihr Selbst. Sie ist energisch und lebendig und all das, was sie ist, könnte in einer Sekunde ausgelöscht werden. »In deiner Schublade liegt eine Pistole.«

»Sie ist nicht geladen.«

»Du haßt Waffen.«

»Deshalb ist sie nicht geladen.«

»Aber warum?«

»Damit sie nicht aus Versehen losgeht und jemanden erschießt.«

»Nicht, warum sie nicht geladen ist.« Harriet stellte sich dumm. Was bedeutete, daß sie sich nicht festnageln lassen wollte. Was bedeutete, daß sie, selbst wenn sie festgenagelt wäre, nichts erklären würde. Leslie versuchte es trotzdem. »Warum ist sie hier? Du verabscheust Waffen. Warum schläfst du dann mit einer neben deinem Bett?«

Harriet drehte sich um und begann, ihren Kleiderschrank nach etwas Tragbarem zu durchwühlen. »Es war Clares Idee. Er hat mir das Versprechen abgerungen, sie immer griffbereit zu haben. Ich habe nicht versprochen, sie immer geladen zu haben.«

»Ich verstehe. Clare hat dir das Versprechen abgerungen.« Die Vorstellung, daß Harriet irgend etwas gegen ihren Willen tat, war lachhaft. Warum lachte sie also nicht? Warum statt dessen diese nagende Furcht? Das, was sie letzte Nacht in der Garage gespürt hatte — was sie sich als bloßes Zittern vor der Geisterstunde erklärt hatte — war, verglichen hiermit, harmlos.

Die Augen auf Harriets Rücken gerichtet, folgte sie der klaren Linie, die von der Schulter zur Hüfte führte, zu der schmalen Taille und den langen, schlanken Beinen. Sie kannte jeden Zentimeter dieser samtweichen Haut. Und genug von der Körpersprache, die sie vermittelte, um zu wissen, daß Harriet das Thema als beendet betrachtete. Sie würde Clare fragen. Clarence Crossley, Harriets etwas schlampigen Dr. Watson, dessen Loyalität für und Sorge um seine Chefin Leslies fast gleichkam.

Harriet wählte eine elfenbeinfarbene Flanellhose, mit Aufschlag und Bügelfalte, und ein maßgeschneidertes Seidenhemd. Unverwechselbar Croft. Fertig angezogen fuhr sie sich mit einem Kamm durch die Haare, die Augen forschend auf Leslies Spiegelbild gerichtet. »Würde eine Tasse Kaffee helfen?«

In Gedanken teils bei der Pistole, teils bei Clarence und wie sie wohl am besten ohne Harriets Wissen mit ihm Kontakt aufnehmen konnte, blickte Leslie mit ausdruckslosem Gesicht auf.

»Darling.« Harriet schüttelte ihre Schulter. Hob ein Augenlid an und starrte in die braunen Augen. »Bist du da drin? Würde eine Tasse Kaffee helfen, dich auf die Beine zu bringen?«

Leslie zog Harriet an sich. Fühlte den regelmäßigen Herzschlag an ihrer Wange. »Ich würde sterben, wenn dir irgend etwas zustieße.«

»Nein, das würdest du nicht.« Eine klare, strahlende Zurückweisung. »Du würdest nicht sterben, und ich würde das auch nicht wollen. Du würdest mich eine Zeitlang vermissen, aber du kämst darüber hinweg.«

Ohne Anlaß über etwas hinwegkommen? Auch dann weiteratmen, wenn der wichtigste Teil deiner selbst nicht mehr da ist?

»Du zitterst ja.« Harriet zog das Bettuch über Leslies Schultern, bevor sie im Badezimmer verschwand. Dann das Geräusch von fließendem Wasser, ein Ruf in dienstbeflissenem Ton: »Heißes Bad läuft ein. Kaffee kommt sofort.«

Harriet war bereits bei der zweiten Tasse, als Leslie die hochmoderne Küche betrat. »Wir hätten auf der Insel bleiben sollen.« Dann: »Guck' doch nicht so. Es ist nicht deine Schuld. Ich habe den Fehler gemacht und meinen Anrufbeantworter abgehört.«

»Und?« Als ob sie noch fragen mußte.

»Ich muß am späten Nachmittag jemanden in der Stadt treffen. Es wird nicht lange dauern. Wir können vorher rausfahren und im 'Terra Cotta' zu Mittag essen, wenn du magst.«

»Ich mag.« Das Restaurant im englischen Landhaus-Stil lag ungefähr eine Autostunde von Toronto entfernt. Sie hatte schon immer hinfahren wollen, es aber nie getan. »Ich dachte, es wäre abgebrannt.«

»Das war es auch. Sie haben es so originalgetreu wie möglich wieder aufgebaut. Es ist nicht mehr wie früher, aber immer noch die Fahrt wert.«

Die Fahrt selbst war die Fahrt wert. Die Straße schlängelte sich durch die Caledon Hills, eine hügelige Landschaft von sanfter, idyllischer Schönheit, die sich scharf unterschied von der rauhen Atmosphäre des Nordens. Einst eine Postkutschenstation, lag der Gasthof an der Straße oberhalb einer nicht allzu tiefen Schlucht, die von einem schmalen Fluß begrenzt wurde. Zwischen den Bäumen am Flußufer standen vereinzelt Tische, eine Wiese voller Wildblumen auf der gegenüberliegenden Seite. An der Straße stand ein altmodischer Pfosten zum Anbinden der Pferde, daneben ein gußeiserner Stiefelknecht.

Harriet wählte einen Tisch am Fenster, bestellte Wodka mit Orangensaft für zwei und schaute an Leslie vorbei der Ankunft eines jungen Paares auf Pferden zu. Sie banden die Pferde an, und Leslie sagte entzückt: »Das ist wie eine Reise in die Vergangenheit. Ich hätte nie erwartet, Leute zu sehen, die zu einem Restaurant reiten. Nicht bei dem heutigen Verkehr.«

»Das hier ist ideales Pferdeland. Und wir sind weit genug vom Highway entfernt.«

»Ich erinnere mich daran, daß die Leute viel über die Caledon Hills sprachen, als Marcie und ich nach Toronto zogen. Es war *der* Ort für Leute mit Geld.«

Marcie. Leslie erwähnte den Namen beiläufig. Zu beiläufig. Harriet berührte ihre Hand. Es war schon schlimm genug, wenn jemand, den du liebst, in einem schäbigen Motelzimmer totgeschlagen wird. Aber dieses Mordes beschuldigt zu werden, eingesperrt zu sein mit deiner Trauer — die Narben würden immer bleiben. Harriet holte Leslie behutsam in die Gegenwart zurück. »Du hast recht. Man mußte einfach hierhin, wenn man es sich leisten konnte. Aber der Trend kehrt sich um. Einige der Leute, die aus der Stadt weggezogen sind, ziehen zurück. Man kann hier wieder etwas erwerben. Ich habe schon daran gedacht, mich mal umzuhören.«

»Deine Wohnung aufgeben und hier rausziehen?« Wenn sie der Gedanke an Harriet in diesem angeblich 'sicheren' Gebäude schon gruselte, würde sie bei der Vorstellung, daß sie alleine auf dem Land lebte, den Verstand verlieren.

Eine Bedienung, beladen mit warmen Brötchen und kleinen Buttertöpfchen, kam, um ihre Bestellung aufzunehmen. Alles ging langsam vonstatten. Gemächlich. Weit entfernt von dem irren Tempo der Stadt. Leslie wartete, bis sie wieder allein waren. Fragte: »Was sagt Clare dazu?«

Die grünen Augen weiteten sich, die Pupillen groß und dunkel. »Clare? Was hat der damit zu tun? Er arbeitet für mich, Leslie. Er sagt mir nicht, wie ich mein Leben zu leben habe.«

Und was ist mit der Pistole? Zu der hat er dich auch überredet. Er hatte zumindest einigen Einfluß. Bei Harriet gab es Momente, da sagte man besser nichts mehr. Dies war ganz offensichtlich ein solcher Moment. Leslie biß sich auf die Lippen und rang sich ein schwaches Lächeln ab.

Ihr Essen kam, Harriet probierte die Rühreier und sagte: »Frisch vom Bauernhof. Braune Eier von glücklichen, freilaufenden Hühnern.«

»In Wirklichkeit sind es Leckereien aus der Legebatterie direkt aus dem nächsten Supermarkt. Schneeweiß und in Einheitsgröße.«

»Spielverderberin.« Harriet lächelte, die Sonne kam heraus, und Leslie sagte sich, daß ihre Sorgen albern seien. Harriet Croft war durchaus imstande, auf sich selber aufzupassen. Tat das schon seit Jahren. Alles was sie tat, hatte zudem einen Grund.

Einen Grund. Leslie dachte an die Zeit nach ihrem Prozeß. Die Zeit, als sie glaubte, nicht länger in Spruce Falls leben zu können. Es nicht ertragen zu können, der Stadt gegenüberzutreten, vor der ihre intimsten Geheimnisse ausgebreitet worden waren. »Bleib so lange, bis du nicht länger das Gefühl hast, gehen zu müssen«, hatte Harriet gesagt. »Du entscheidest, wann du gehst. Nicht die anderen.«

So war es geschehen. Da es nichts mehr zu verbergen gab, brauchte sie auch keine Angst zu haben, 'enttarnt' zu werden. Sie hatte Harriets Rat befolgt, und das Resultat war ein neues, aufregendes Selbstwertgefühl gewesen. Sie hatte nicht länger das Gefühl, Spruce Falls verlassen zu müssen. Wollte es nicht mehr. Es gab nur einen Platz, an dem sie lieber war, und der war bei Harriet. Harriet, die ihr eigenes Leben führte. Ein schillerndes, erfolgreiches Leben, in dem, abgesehen von den gelegentlichen Wochenenden oder freien Tagen, wenig Raum für irgend etwas war.

Sie wollte — konnte — dieses Thema nicht zur Sprache bringen. Der Vorschlag mußte von Harriet kommen, und bisher hatte es kein Anzeichen dafür gegeben, daß sie bereit war, ihr angenehmes Leben gegen eine Beziehung einzutauschen, die sie für faszinierend, aber möglicherweise kurzlebig hielt.

Keine von beiden hatte je die Sprache auf eine feste Bindung gebracht. Bedeutete ein Umzug aufs Land eine Entwicklung in diese Richtung? Harriet wußte, wie sehr Leslie ihr kleines Haus in Spruce Falls liebte. Die Freude, die ihr die Wiesen und die Erde und der von Hecken umgebene Garten hinter dem Haus bereiteten. Wußte auch, daß sie Duchess nie verlassen würde — die vollkommen verstörte Hündin, die sogar die 'Humane Society'* aufgegeben hatte, und die dank

* Gesellschaft zur Vermeidung von Grausamkeit an Menschen und Tieren. [Anm.d.Übersetzerin]

Harriets Fürsorge richtiggehend aufgeblüht war. Der Gedanke allein munterte sie auf. Ein unvergleichlicher Tag, trotz allem. »Wenn es das ist, was du tun willst, dann werden wir es tun. Ich liebe dich, Darling.«

»Wirklich?« Eine Augenbraue hochgezogen, mit ihrem Fuß ein Muster auf Leslies Knöchel nachzeichnend, sagte Harriet: »Für eine, die so leicht zufriedenzustellen ist, scheinst du ein paar ganz schön starre Ansichten zu haben. Wie war das noch letzte Nacht, als du sagtest, du lägst auf der falschen Seite und ob ich nicht rüberrutschen könnte?« Und etwas ernster fügte sie hinzu: »Du bist eine ganz andere, wenn du lächelst. Ich wünschte, du tätest das öfter. Diese düsteren irischen Launen erschrecken mich zu Tode. Ich weiß nie, was du gerade denkst.«

Düstere irische Launen. Der Ausdruck beschwor vor Harriets Augen das Bild der dunklen, mürrischen Gestalt, die in den Gerichtssaal der kleinen Stadt geführt wird. Die Angeklagte, grimmig und finster dreinblickend. Erst mit wachsendem Vertrauen wagte sie sich langsam aus ihrem Schneckenhaus. Seitdem waren ihre Launen fast verschwunden. Aber gelegentlich kamen sie doch noch an die Oberfläche — völlig grundlos, wie es schien. Normalerweise durchschaute Harriet die Gedanken der Menschen. Nicht aber bei dieser Frau, die sie mehr liebte als irgendwen jemals zuvor. Wir sind uns zu nahe, sagte sie sich. Jemandem gegenüber objektiv zu sein, der oder die ein Teil von dir ist, ist genau so schwierig, wie sich selbst gegenüber objektiv zu sein.

Vielleicht hätte sie nicht darauf bestehen sollen, daß Leslie in einer Stadt blieb, in der sie so im Rampenlicht stand. Doch nachdem sie es getan hatte, war Leslie am Zug gewesen. Sie hatte sie gut beraten. Diesen Rat jetzt zurückzunehmen, hieße, alles zunichte zu machen, was sie durch den Prozeß errungen hatten. Und außerdem, Harriet Croft, wie kommst du darauf, daß sie ihr Leben mit dir verbringen will? Vielleicht bist du ja nur ein netter Zwischenstopp auf ihrem weiteren Weg.

Das sagte ihr Verstand, aber gefühlsmäßig wußte sie es besser. Sie spürte, daß ihr Zusammensein 'richtig' war. Als wären sie zwei Hälften eines Ganzen. Als teilten sie ein Karma, das noch nicht vollendet war. Nicht, daß ein geteiltes Karma notwendigerweise gleichbedeutend mit einer geteilten Wohnung war, aber es schadete nicht, vorbereitet zu sein. Und wenn das bedeutete, aufs Land zu ziehen, dann sei's drum.

Das Paar, das mit den Pferden angekommen war, tauchte auf, als Leslie und Harriet den Parkplatz überquerten. Die Augen des Mädchens huschten über Leslie, bevor sie Harriet fanden und bei ihr verweilten. »Schöner Tag.« Ihre Stimme war dunkel. Und vertraulich. Und wissend. Leslie blickte von dem jungen Mann zu Harriet. Keiner von beiden schien die Botschaft, die in Harriets Richtung gefunkt wurde, wahrzunehmen. Amüsiert schaltete Leslie sich ein. »Es ist ein wunderschöner Tag. Leben Sie in der Nähe?«

»Meine Eltern leben hier. Ich bin nur zu Besuch.« Ihre Augen blieben auf Harriet fixiert. »Ich habe Sie im Fernsehen gesehen. Sie waren in diesem Convoi nach Oka, der abgewiesen wurde. Das waren doch Sie, oder?«

Leslie, die eine Verneinung erwartet hatte, war verblüfft, als Harriet sagte, ja, sie sei Teil eines Hilfszugs gewesen, der versucht habe, den indianischen Demonstrierenden in Oka Nahrungsmittel hinter die Blockade zu bringen. Zu der Auseinandersetzung in Quebec war es gekommen, als eine Gruppe ansässiger Geschäftsleute beschloß, das Gelände ihres exklusiven, privaten Golfplatzes um etwas Stammesland zu erweitern. Der Disput hatte sich zu einer ausgewachsenen Konfrontation entwickelt — die Regierung schickte die Armee, und das Areal wurde zum Kampfgebiet, mit Panzern, Helikoptern, Jagdflugzeugen. Die kleine indianische Schar, viele von ihnen Frauen und Kinder, wurde von der Welt abgeschnitten. Fassungslos angesichts der unangemessenen Kraftmeierei fuhren ganz gewöhnliche Kanadier mit Lebensmitteln und Medikamenten Hunderte von Meilen, nur um zurückgewiesen zu werden. Ausländischen Beobachtern wurde der Zutritt verwehrt. Jesse Jackson kam mit einem Kamerateam und wurde aufgefordert zu verschwinden. Leslie hatte die Berichterstattung im Fernsehen verfolgt. Ein paar der Übertragungen in den eigenen Nachrichtensendungen verwendet. Hatte sich von der häßlichen und alles beherrschenden Gewalt angewidert gefühlt. Es war schon schlimm genug, es aus zweiter Hand im Fernsehen zu sehen. Wie war es wohl vor Ort selbst gewesen?

»Sie waren wundervoll. Besonders, als Sie anfingen, die Verfassung zu zitieren. Die wußten nicht mehr, was sie sagen sollten.«

»Na ja, viel geholfen hat es nicht. Sie haben sich genauso verteidigt wie die Nazis in Nürnberg. *Wir befolgen nur Befehle.* Ich denke, es kommt darauf an, auf welcher Seite man steht.«

»Meine Mutter würde Sie gern kennenlernen. Sie engagiert sich in der Bürgerrechtsbewegung. Warum kommen Sie auf Ihrem Weg nicht einfach vorbei? Es ist nur die Straße rauf. Das große Haus auf der linken Seite mit der Umzäunung und dem Pferdestall.« Mit einem strahlenden Lächeln schwang sie sich in den Sattel und trabte schnell davon.

»Du hast mir nie gesagt, daß du in Oka warst.«

»Hat sich nicht ergeben.« Harriet bremste ab und fuhr vorsichtig an den beiden jungen Reitern vorbei.

Die Straße schlängelte sich um eine Kurve, begradigte sich, als sie an steinernen Pforten vorbeifuhren, über denen ein gußeiserner Bogen mit der Aufschrift THOM RIDING ACADEMY hing. Eine lange Auffahrt führte zu einem Backsteinhaus mit georgianischen Pfeilern, flankiert von Stall und Reitplatz. »Der Familienbesitz«, sagte Leslie trocken. »Deine Freundin wurde mit silbernem Zaumzeug zwischen den Zähnen geboren.«

Harriet warf ihr einen schnellen Blick zu. Der scharfe, durchdringende Blick, der feindseligen Zeugen Unbehagen bereitete, der Blick, der Zungen löste und sie zum Plaudern brachte.

»Sie hat mit dir geflirtet.«

»Mein Gott.« Die Augen auf die Straße gerichtet, die Hände fest am Steuerrad, sagte Harriet: »Du glaubst doch nicht, die ganze Welt steht auf ...« Der Satz hing in der Luft.

»Sag es.«

Harriet fuhr auf den Seitenstreifen und hielt an. »Gleichgeschlechtlichen Sex. Das ist, als würdest du sagen, jeder Mensch ist ein verkappter Homosexueller, und *das* ist genauso lächerlich wie zu glauben, jeder Mensch sei heterosexuell.«

»Haben wir unseren ersten Streit?« Die Unschuldsmiene, mit der Leslie Harriet groß anblickte, wich einem schelmischen Grinsen. »Liebling, ich zieh' dich nur ein bißchen auf. Es ist bloß, daß du so naiv sein kannst. Sie *hat* dich angemacht. Vielleicht hast du's nicht gemerkt, aber ich.« Sie machte eine Pause. »Nicht, daß ich es ihr verübeln kann. Und ich bin nicht eifersüchtig, wenn du das denkst.« Eifersucht implizierte Besitzrechte, und es war nicht möglich, einen anderen Menschen zu besitzen.

»Für einen Moment war ich doch tatsächlich besorgt.« Die Räder wirbelten Kies auf, als das Auto auf die Straße schoß. »Du wirst langsam ein richtiger Schelm, mein Schatz.« Der Tonfall war unbeschwert, liebevoll. »Du kannst dich nützlich machen, indem du einige der Telefonnummern von den 'Zu Verkaufen'-Schildern abschreibst. Im Handschuhfach liegt ein Block.« Sie schaute auf ihre Uhr. »Das hat länger gedauert, als ich dachte. Ich will nicht zu spät kommen.«

Zu spät wohin? Leslie kramte den Notizblock hervor. Bekritzelte ihn mit Kreisen und Kreuzen. Stellte die Frage, die ihr nicht aus dem Kopf gegangen war, seit die Blondine mit den blauen Augen die Bombe hatte platzen lassen. »Warum bist du nach Oka gefahren, Harriet?«

»Ich wußte doch, daß dir was auf dem Magen liegt.« Sie trat aufs Gaspedal und das Auto wurde schneller. »Ich wollte helfen.«

»Wie denn das? Du hättest eine Kugel abbekommen können. Einen Polizisten hatten sie schon getötet.«

»*Wer* hat einen Polizisten getötet? Niemand weiß das genau. Es wurde gemunkelt, er sei von einer Polizeikugel getroffen worden.«

»Du hast ihnen nicht nur moralische Unterstützung angeboten. Sondern auch rechtlichen Beistand. Das stimmt doch, nicht wahr?«

»Über Kunstler, der sogar aus den USA angereist kam, beschwerst du dich nicht.« Wenn dir die Frage nicht gefällt, ignorier sie einfach.

»Kunstler ist mir egal. Du bist mir nicht egal. Um Himmels willen, Harriet, sie haben Autos mit Steinen beworfen, in denen Frauen und Kinder und alte Leute saßen. Eine aufgebrachte Menge, zu jeder Schandtat bereit, und die Polizei lehnt sich zurück und läßt es geschehen. Dieser Haß ist tödlich. Überlaß es den Behörden, sich darum zu kümmern.«

»Die Behörden kümmern sich ja darum. Das ist doch das Problem. So etwas hat es vorher noch nie in Kanada gegeben. Es darf sich nicht wiederholen.«

»Es wird einen Riesenknall geben, und gnade Gott jedem, der dann in der Nähe ist.«

Sie hatten den Highway erreicht, und Harriet wartete ungeduldig auf eine Lücke im Verkehr. »Zwei Uhr nachmittags und schau dir diese Autos an. Die Hauptverkehrszeit begann früher um vier. Jetzt dauert sie den ganzen Tag. Ich schaffe es nie im Leben, pünktlich da zu sein.« Sie fuhr vorsichtig an. Schlängelte sich zwischen zwei Autos.

»Du hörst mir nicht zu.«

»Ich höre dir zu. Aber was ich höre, gefällt mir nicht besonders.« Links von ihnen tat sich eine Lücke auf, und sie wechselte zügig die Spur, ohne den quietschenden Bremsen hinter sich weiter Beachtung zu schenken. »Was würdest du denn davon halten, wenn ich dich darum bäte, einen Auftrag nicht auszuführen? Wie würdest du dich fühlen?«

»Ich wäre geschmeichelt, daß du dir Sorgen machst.«

»Wirklich? Das bezweifle ich. Du wärst wütend, und ich würde es dir nicht verübeln. Niemand hat das Recht, einem anderen in die Karriere zu pfuschen.«

Himmel, Harriet. Würde ich dich vor einen Laster laufen lassen, ohne den Versuch zu machen, dich aufzuhalten? Dich auf Treibsand zugehen sehen, ohne mich dir in den Weg zu stellen? Es war zum Verzweifeln. Genug, um eine dazu zu bringen, den Kopf aus lauter Frust gegen das Armaturenbrett zu schlagen.

Anwälte beschäftigten sich mit Fakten. Gute Journalisten auch, aber die verließen sich außerdem auf ihren Instinkt. Leslie Taylor war eine gute Journalistin. Einige ihrer besten Reportagen waren dank ihres sechsten Sinnes zustandegekommen, der ihr sagte, daß die Dinge nicht immer waren wie sie schienen. Eindeutige Beweise funktionierten vielleicht im Gerichtssaal. Im richtigen Leben ließen sie manchmal auf sich warten, bis man tot und begraben war.

Keine sagte einen Ton, bis sie das Ende des Highways erreichten und auf die Uferstraße fuhren. Hier herrschte immer weniger Verkehr als auf der Schnellstraße. Heute ging es zudem langsamer voran. Ein Rückstau brachte das Auto zum Stehen. Ein Arbeitstrupp, der die Straße ausbesserte, zwang sie, eine Umleitung zu benutzen, die sie im Schneckentempo durch ein Labyrinth von kleinen Seitenstraßen führte. Voller Ungeduld blickte Harriet auf die Uhr und sagte zum x-tenmal: »Es ist unmöglich. Ich werde nicht pünktlich da sein.«

»Liebling, du hast Urlaub. Warum rufst du nicht an und verschiebst es auf nächste Woche?« Was immer 'es' auch war.

»Weil es nächste Woche vielleicht schon zu spät ist.« Ihre Finger trommelten auf dem Lenkrad. »In der Stadt muß ich dich rauslassen. Macht es dir was aus, ein Taxi zu nehmen?«

»Wäre es nicht einfacher, wenn ich mitkomme? Ich warte im Auto.« Und als Harriet zögerte — »Du warst doch diejenige, die die Insel nur dann verlassen wollte, wenn ich mit dir zurückkäme.«

»Liebling, es tut mir leid. Ich erledige das und fertig. Es wird nicht lange dauern.«

Sie hatte dem irrsinnigen Verkehr die Schuld an Harriets Gereiztheit gegeben. Autofahren in Toronto konnte jeden zum Wahnsinn treiben. Aber das war es nicht. Urplötzlich begriff sie, daß Harriet sich nicht über das Hinkommen sorgte — sondern über das Dortsein.

»Ich begleite dich.« Unmißverständlich. Sie erwartete eine Diskussion, aber zu ihrer Überraschung zuckte Harriet mit einem 'Meinetwegen'-Gesichtsausdruck die Schultern.

Sie wollte nicht wie ein unerwünschter Gast hinterherzockeln. Sich einmischen, wo man sie nicht wollte. Als das Auto aber anhielt und geparkt war — als sie sah, wo sie waren — war sie froh, daß Harriet nicht allein gekommen war.

8. Kapitel

Seine Beine waren eingeschlafen, der Rücken völlig steif, und hinter seinen Augen pochte der Kopfschmerz. Tupper Brack fühlte sich so elend wie nie zuvor in seinem Leben.

Wie lange waren sie jetzt eigentlich schon in diesem lächerlichen Cockpit eingepfercht? Es kam ihm vor wie Stunden. Länger. Nach seiner Uhr waren es nur 45 Minuten, aber für Tupper schien eine Ewigkeit vergangen zu sein. Er hätte alles dafür gegeben, hier rauszukommen und sein Glück im Unterholz zu versuchen. Sich verstecken, bis Hilfe kam — und er meinte damit nicht die Art von Hilfe, die er von diesen beiden sonderbaren Figuren zu erwarten hatte.

Schließlich hielt er es nicht länger aus. »Sie haben nicht zufällig noch ein Boot, oder? Mir wird's langsam zu eng hier.«

»Mehr als eins paßt hier nicht rein, Kumpel.« In das Klappbild seines Pornohefts vertieft, machte der Pilot sich nicht einmal die Mühe, aufzuschauen. »Is' sowieso besser, Sie bleiben da, wo Sie sind, mein Freund. Sie wollen die beiden Typen doch wohl nicht verärgern und einfach abhauen.«

Eine beiläufige Bemerkung, zu beiläufig, um bedrohlich zu wirken. Aber auch nicht gerade unbedrohlich. Eine Sache hatte er jedenfalls glasklar erkannt. 'Die beiden Typen' wollte er nicht verärgern. Alles, was er wollte, war, heil nach Hause zu kommen.

Er schloß die Augen. Minuten verstrichen. Und dann waren sie da. Erst in der Luft wurde wieder gesprochen. Tupper fühlte den warmen Atem in seinem Nacken, hörte den eisigen Tonfall in der weichen, zischelnden Stimme. »Ein herber Fehlschlag, Mr. Brack. Die Vögel sind ausgeflogen. Dafür sind Sie verantwortlich. Hätten Sie nicht um Aufschub gebeten, wäre diese Angelegenheit jetzt erledigt.« Eine Pause, gefolgt von einem eisigen »Nächstes Mal werden Sie sich mehr Mühe geben.«

Tuppers erste Reaktion war Erleichterung. Nächstes Mal. Gott sei Dank würde es ein nächstes Mal geben. Erleichterung, die einer tödlichen Furcht wich.

Er war in Sicherheit. Aber für wie lange?

9. Kapitel

Die Yonge Street führte vom Südende des Sees schnurgerade nach Norden ins 'Cottage Country'. Der alte indianische Weg, angeblich die längste Straße Kanadas, war zur belebtesten Durchgangsstraße des Landes geworden. Gleichzeitig war er die Trennlinie zwischen Ost- und Westteil der Stadt selbst. In Toronto war die 'Schattenseite der Stadt' gleichbedeutend mit dem Gebiet östlich der Yonge Street.

Weiter entfernt, am Wasser, lag ein bevorzugtes Wohngebiet. Wunderschöne Häuser. Glanzvolle Eigenheime auf parkähnlichen Grundstücken. Yachtclubs und Häfen und Strände. Aber hier war das Ufergebiet eine Einöde von leerstehenden Lagerhäusern, alten Fabriken, die nicht länger genutzt wurden, und den letzten Überresten einer alten Gießerei. Hier war der Ort, wo die Frachter festmachten, die zum Ozean fuhren. Hier war es, wo die Mutigeren der Obdachlosen Unterschlupf fanden. Und hier war es, wo Harriet anhielt und parkte.

Das zweistöckige Gebäude war von Schutthaufen umgeben. Überreste von Installationen. Verrostete Rohre. Verbogenes Metall und meterweise sich wie Schlangen windendes schweres Kabel. Der traurige Beweis dafür, daß das solide Backsteingebäude ausgeschlachtet wurde. Eingefaßt von einem schmiedeeisernen Geländer, das mittlerweile mehr ein Schandfleck als eine Verzierung war, führte eine kleine Betontreppe zu einer schweren Holztüre, die schutzlos und offen dastand.

Die ganze Gegend war gottverlassen. Über ihnen kreischten Möwen. Der Autoverkehr dröhnte auf der Schnellstraße über ihnen. Das einzige, das sich hier bewegte, waren sie selbst.

Harriet stellte den Motor ab, steckte den Schlüssel ein und war schon fast ausgestiegen, als Leslie sie zurückhielt. »Wohin gehst du?« Sie wußte es natürlich. Wohin sonst, als diese Treppe hinauf. Hinein in das gähnende, schwarze Loch dort.

»Ich bin mit jemandem verabredet.«

»Da drin? In einem unbewohnten Gebäude?«

»Es ist nicht unbewohnt.«

Plötzlich kam ein schlanker schwarzer Schatten auf sie zugeeilt. Ein Dobermann, dünn wie eine Rasierklinge, mit zurückgezogenen Lefzen und blanken Zähnen. Das Tier gab keinen Laut von sich. Bellte nicht zur Warnung und knurrte nicht verräterisch. Seine Stille verriet tödliche Absicht. »Zurück ins Auto!« Leslies Herz schlug einen Wirbel, während

Harriet ihre Beine ins Auto zurückzog und die Tür zuschlug. Die Klauen des Dobermanns schabten an der Wagentür, schnappend schloß sich sein Kiefer vor dem hochgekurbelten Fenster.

»Wie ich schon sagte, es ist nicht unbewohnt.« Für eine Frau, die fast als Hundefutter geendet hätte, klang Harriet erstaunlich gefaßt. Fast erfreut. »Glaubst du mir jetzt?«

»Ich glaube, daß du übergeschnappt bist.« Worte purzelten zusammenhanglos aus ihr heraus. »Verrückt ... tollkühn ... Du bringst dich um Kopf und Kragen ... laß die Leute in dein Büro kommen ... er hätte dich in Stücke reißen können ...«

»Liebling, es ist nur ein Hund.« Die Croftsche selbstbeherrschte Kühle kam zum Vorschein. Sie starrte auf den Sabber, der an der Fensterscheibe herunterlief, sah die Zähne, die auf der anderen Seite des Glases funkelten.

Nur ein Hund. Noch ein Wort und ich schüttle sie wie sie noch nie in ihrem Leben geschüttelt worden ist. »Noch vor einer Minute warst du nicht so verdammt gelassen!« Langsam ließ der panische Schreck nach. »Das ist kein gewöhnlicher Wachhund. Er ist zum Töten abgerichtet und nicht nur dazu, Leute abzuschrecken. Am besten vergißt du es.«

Zur Antwort drückte Harriet ausgiebig auf die Hupe. Der Lärm machte den Hund noch rasender — und brachte in dem schwarzen Loch des Gebäudeschlunds eine ziemlich unheilige Gestalt zum Vorschein. Der Mann in Jeans und schwarzem T-Shirt, über zwei Meter groß und dünn wie ein Streichholz, stand auf der obersten Treppenstufe, ein Grinsen im Gesicht, das der zurückgezogenen Oberlippe des Dobermanns auffallend ähnlich sah. Das Haar hing strähnig über seinen Rücken, Tätowierungen verteilten sich auf seinen Armen, ein Brecheisen baumelte an seiner Seite.

Außer sich vor Wut über die Gefahr, der Harriet nur um Haaresbreite entgangen war, und die mutwillige Beschädigung des Mercedes — *erklären Sie das doch mal Ihrer Versicherung, Mrs. Croft* — öffnete Leslie das Fenster einen

Spalt breit und rief scharf: »Pfeifen Sie Ihren Hund zurück. Sofort.«

Er zuckte mit den Schultern. Wandte sich ab, um wieder hineinzugehen. Erstarrte, als Leslies Hand auf die Hupe schlug und dort liegenblieb. »Lady.« Das Brecheisen schwang vor und zurück, als er sich dem Auto näherte. Seine Augen waren klein und rund und über der großen Nase eng zusammenstehend, so daß sie seinem Gesicht einen raubvogelähnlichen Ausdruck verliehen. Dürr und abgezehrt, bewegte er sich mit tiefem Vertrauen in seine hagere Kraft. »Lady.« Seine kleinen Augen blickten um Millimeter an ihr vorbei, hinterließen den Eindruck, angesprochen zu werden, aber nicht wirklich gemeint zu sein. »Das is' nich' mein Hund.«

»Schön.« Leslie schnappte sich den Telefonhörer. »Dann kann Ihnen ja auch egal sein, was mit ihm passiert.«

»Moment mal.« Die runden Augen, umringt von blassem Fleisch, blickten auf und verharrten bei Leslie. Ein unverwandtes Starren, so leer wie die Fenster eines unbewohnten Hauses. Ein Haus ohne Menschen, aber voll von Dingen, die für das bloße Auge nicht erkennbar waren. »Das Tier da is' wertvoll.«

»Dann schlage ich vor, Sie nehmen es an die Leine.« Harriet nahm das Telefon an sich. Lächelte freundlich. »Wir wollen doch nicht, daß ihm etwas zustößt, oder?«

»So gefährlich isser gar nich'.«

»Was Sie nicht sagen«, fauchte Leslie.

Er rief den Hund zu sich. Griff nach seinem Halsband. »Er mag nur nich', wenn Leute rumschnüffeln, die hier nix verloren haben.«

»Nun, ich habe hier was verloren.« Harriet lächelte unverwandt, aber ihr Lächeln und ihre Stimme waren eisig. »Ich bin mit Ms. Winks verabredet.«

Der Mann blinzelte verunsichert, und Leslie dachte *Mein Gott, er hat ja doch Augenlider* und mußte fast lachen, weil alles so lächerlich schien, und dann, als Harriet ausstieg und auf das Gebäude zuging, war es nicht länger lächerlich, und sie eilte hinterher und folgte ihr über die Stufen hinein in die unbeleuchtete Eingangshalle.

Der Boden war übersät mit frischem Schutt — das erklärte das Brecheisen, wenn auch nicht den Hund. Sie stolperte über einen Gipsbrocken. Fand das Treppenhaus. Folgte dem Klang von Harriets Schritten bis auf die erste Etage, dann auf die zweite. Auf beiden oberen Stockwerken gab es genügend Fenster, und sie konnten besser sehen. Was einst ein weitläufiger Raum gewesen war — eine große Fabriketage — war in Wohnparzellen aufgeteilt worden. Jetzt wurden die Wände wieder eingerissen und nur das Grundgerüst erhalten. Kabel baumelten von der Decke — Geröll machte den Weg zu einem Hindernislauf.

Auf dem obersten Treppenabsatz holte Leslie Harriet ein. »Du hast mir immer noch nicht gesagt, warum du hier bist. Wer ist Ms. Winks?«

»Du solltest im Auto warten.« Harriet klopfte an eine der letzten erhaltenen Türen. »Ich bin's, Melanie. Harriet Croft.«

Eine Kette rasselte, und die Tür wurde langsam geöffnet. Der Raum, den sie betraten, war groß und hell und luftig. Ein überraschender Kontrast zu dem, was vor der Tür lag. Die Fenster waren blank geputzt. Der alte Holzfußboden glänzend poliert. An der Decke hingen Pflanzen, und in einer Ecke stand ein künstlicher Steingarten mit einem kleinen Wasserfall.

»Ich hätte nicht gedacht, daß Sie kommen.«

Das war also die Frau, für die Harriet ihre körperliche Unversehrtheit aufs Spiel gesetzt hatte. Groß. Fast so groß wie Harriet. Ein Gestrüpp von rotem Haar kräuselte sich um ein Gesicht, das auffallend unbemerkenswert war. Eine Menge Sommersprossen betonten die Blässe ihrer Haut und gaben ihr einen ungesunden, teigigen Glanz. Schmal an Schultern und Taille, hatte sie schwere Brüste und volle Hüften — eine Üppigkeit, die kaum in Einklang zu bringen war mit ihren spindeldürren Armen und Beinen. In einen knöchellangen Dirndlrock und eine unförmige Baumwollbluse gehüllt, machte Melanie Winks eine merkwürdige und nicht besonders attraktive Figur.

»Hatten Sie Probleme, reinzukommen?«

»Ich bin schon herzlicher begrüßt worden.« Harriet stellte Leslie vor. Machte es sich auf dem weißen Sofa bequem, das durch orange und rote Kissen ein paar Farbtupfer erhielt. »Warum haben Sie mir nichts von dem Hund erzählt?«

»Hab' ich wohl vergessen.« Ihr Blick wanderte in die Ferne. »Ich hab' so viel um die Ohren. Tut mir leid.«

Meine Freundin wird Ihretwegen fast getötet, und alles, was Sie sagen, ist, daß es Ihnen leid tut? 'Tut mir leid' ist wohl nicht ganz angemessen, Lady. Leslie starrte auf die nackten Füße. Die Zehen, die sich wie fette, kleine Würmer kringelten. Die Frau war wirklich ein Ausbund an Dösigkeit.

»Ist außer Ihnen noch jemand geblieben?«

»Nur Gary. Im ersten Stock, hinten raus. Sein Freund ist gestern abgehauen. Nachdem die den Hund hergebracht haben. Er sagte, es sei den ganzen Streß nicht wert.«

»Und was denken Sie? Wollen Sie immer noch bleiben?«

Die Zehen gruben sich in den Teppich. »Ich habe Gary versprochen zu bleiben, wenn er bleibt. Aber langsam wird es wirklich unheimlich. Sie machen die ganze Nacht Lärm. Schreien und schlagen auf Dinge ein. Manchmal hämmern sie an meine Tür und brüllen, daß sie mich holen wollen. Ich will, daß Sie mir sagen, was ich tun soll.«

»Das Einfachste wäre, die Sachen zu packen und zu verschwinden.«

»Sie haben gesagt, Sie würden dafür sorgen, daß ich das nicht muß.«

»Rechtlich gesehen haben Sie gute Karten. Aber wie lange können Sie so leben? Sie kriegen einen Nervenzusammenbruch, bevor wir jemals einen Gerichtssaal von innen sehen.«

»Warum dauert es solange? Vor einem Monat sollte doch schon alles vorbei sein. Seitdem sind alle ausgezogen.«

»Er weiß, daß er in ganz schönen Schwierigkeiten steckt, wenn er erstmal vor dem Richter steht. Deshalb kämpfen sie dauernd um Verzögerungen. Aber in zwei Wochen haben wir einen Termin, und das ist endgültig.«

»Zwei Wochen.« Ein klagender Laut. »Ich kann nicht mal zum Einkaufen rausgehen. Und nachts hab' ich zuviel Angst zu schlafen.«

»Können Sie irgendwo unterkommen, bis das alles vorbei ist?«

Das wirre Haar sträubte sich. »Dann würde hier nichts mehr stehen. Die Leute im Parterre haben das gemacht. Als sie zurückkamen, standen ihre ganzen Sachen vor der Tür, und die Wände waren eingerissen. Alles, was ich besitze, ist hier. Mein Computer. Ich habe lange gespart für diesen Computer ...«

Es war schwierig, dazusitzen und nichts zu sagen. Daran zu denken, daß ihre Anwesenheit nur geduldet wurde, und daß dies Harriets Angelegenheit war, nicht ihre, und daß sie, was immer sie privat sagen könnte, besser nicht in Gegenwart einer Klientin sagte. Aber warum war dieser verdammten Frau nicht klar, daß sie mit einer Anwältin sprach — und nicht mit einem Kindermädchen.

»... und außerdem werde ich ihm nicht klein beigeben. Er kommt immer mit einem Lächeln hierher. Fragt, wie die Dinge stehen. Ob alles in Ordnung sei. Gerade so, als stünde hier alles zum Besten.«

»Dann sage ich Ihnen jetzt, was wir tun werden. Den Hund werde ich melden. Entweder ketten die ihn an, oder wir sorgen dafür, daß er entfernt wird. Und wir werden jemanden finden, der bei Ihnen bleibt, bis das alles vorbei ist. Haben Sie eine Freundin, die Sie anrufen können?«

»Meine Freunde besuchen mich nicht mal mehr. Die denken, ich sei verrückt, hierzubleiben.«

Da sind sie nicht die einzigen, dachte Leslie. Lady, Sie haben nicht nur nicht alle Tassen im Schrank. Sie haben nicht mal einen Schrank.

»Ich weiß jemanden. Ich werde dafür sorgen, daß er heute abend hier ist.«

»Ein Mann? Ich kann hier keinen Mann beherbergen. Ich habe keinen Platz. Und wie sieht das denn aus? Ich habe so schon genug Probleme, von John Geld zu bekommen.«

»Wenn Sie meine Hilfe wollen, dann tun Sie, was ich Ihnen sage.« Das war die entschlossene Harriet, die, die Vertrauen erweckte und Widerspruch beiseiteschob. »Sie brauchen jemanden, der bei Ihnen ist. Er kann auf dem Sofa schlafen. Auf dem Fußboden, wenn es sein muß. Solange wird es ja nicht dauern. Über John machen wir uns später Sorgen.« Sie packte ihre Sachen zusammen. War bereit zum Aufbruch. »Sie haben die Quittungen für die Mietzahlungen. Sie bezahlen pünktlich.«

»Ja. Äh ... nein. Ich weiß nicht.«

»Sie wissen nicht?« Der erste Hinweis darauf, daß Harriets Geduld nachließ, seit sie angekommen waren.

»Mein letzter Scheck ... wurde nicht eingelöst. Normalerweise kam ein Mann die Miete abholen. Letztes Mal ist er nicht gekommen, und ich hab' sie mit der Post geschickt. Bis jetzt ist er nicht eingelöst worden.«

»Das hätten Sie mir sagen sollen. War es per Einschreiben?«

»Nein. Ich dachte ja nicht ...«

»Stellen Sie noch einen aus. Rückdatiert. Ich nehme ihn heute noch mit zur Post. Noch irgendwas, das ich wissen sollte?«

»Nichts in dieser Art. Das heiße Wasser bleibt ab und zu weg. Und ein paarmal schon die Elektrizität. Sie sagten, eine Sicherung sei durchgebrannt.«

»Schreiben Sie das auf. Alles — selbst wenn es Ihnen unwichtig erscheint. Das Datum. Die Uhrzeit. Gespräche. Alles.«

Als sie gingen, stand Melanie Winks mitten im Raum, genauso verwirrt, wie sie sie vorgefunden hatten. Die Eingangshalle war menschenleer. Von unten drang gedämpftes Hämmern zu ihnen herauf. Leslie wühlte in ihrer Tasche. Zog eine kleine Dose hervor, die tadellos in ihre Hand paßte. Harriet packte sie am Handgelenk. »Ist das, was ich denke, daß es ist?« fragte sie scharf.

»Das kommt ganz darauf an, was du ...«

»Weich mir nicht aus.« Sie entwand ihr die Dose. Betrachtete den Totenkopf auf dem Etikett. »Du darfst in Kanada kein CS-Gas mit dir herumtragen. Das ist verboten.«

»Eine Pistole darfst du besitzen, aber so etwas ist gegen das Gesetz? Kommt dir das nicht etwas merkwürdig vor?«

»Steck es weg. Ich bin Angehörige des Gerichts, oder hast du das vergessen.« Sie gab ihr die Dose zurück. »Mach dir keine Sorgen um den Hund. Er wird ihn solange einsperren, bis wir weg sind. Er ist da, um die Anwohner einzuschüchtern und nicht Leute wie uns.«

»So sah er aber gar nicht aus, als wir hier ankamen.«

»So ist es aber jetzt. Er wollte uns davon abhalten, reinzugehen. Es würde doch keinen Sinn ergeben, uns vom Rausgehen abzuhalten. Besonders nicht, nachdem du mit dem Telefon rumhantiert hast. Wen wolltest du überhaupt anrufen?«

»Die Polizei. Ruft ihr Stadtmenschen die nicht dauernd an?«

»Nicht dauernd, Liebling.« Die 'Angehörige des Gerichts' verwandelte sich in die Freundin und Geliebte. »Ausgerechnet CS-Gas. Der Verkauf ist total verboten. Wo hast du es bekommen?«

»Inoffiziell, Harriet. Ich hab's von meinem Briefträger. Und es ist kein CS-Gas. Schau dir das Etikett an.«

»Auch unter anderem Namen ist CS-Gas immer noch CS-Gas, meine Süße.« Sie hatten das Auto erreicht, und Harriet schloß die Beifahrertür auf, bevor sie sich den Schaden an der

Fahrerseite anschaute. »Gott, was für eine Sauerei. Die Rechnung bekommt Zaricki. Inklusive Mehrwertsteuer.« Sie glitt hinter das Lenkrad und nahm ihr Gespräch wieder auf. »Welcher Briefträger? Du meinst, ein Postler hat dich auf der Straße angehalten und gesagt, 'Hier, Lady, Sie sehen aus, als könnten Sie das brauchen'?«

»Er ist mein ganz normaler Briefträger. Eines Tages gab's einen Schneesturm, und ich hab' ihn auf eine Tasse Kaffee reingebeten. Und wenn's draußen richtig heiß ist, biete ich ihm ein kaltes Getränk an. Wenn ich zu Hause bin.«

»Es wäre auch schwierig, wenn du's nicht wärst. Zu Hause, mein ich.« Harriet drehte den Zündschlüssel und wendete den Wagen. »Du gibst ihm also Limonade, und er gibt dir illegale Substanzen?«

»Er hat eine Todesangst vor Hunden. Sogar vor Duchess — unglaublich, was? Eines Tages sah ich ihn mit dieser Dose in der Hand und fragte, was es sei. Die tragen das alle bei sich. Wenn es also so schrecklich ungesetzlich ist, warum verteilt die Regierung es dann so freigebig? Ergibt doch keinen Sinn.«

»Manche Dinge ergeben eben keinen Sinn. Du kennst doch diese alte Platte. Wenn dir das Gesetz nicht gefällt, verändere es. Aber brich es nicht.«

Der Verkehr wurde chaotischer. In einer Stunde würde die Stadt vor Autos platzen. Das Leben in Toronto hatte sich verändert, seit sie mit Marcie hier gelebt hatte. Das war noch nicht so lange her. Aber lange genug für die Welt, um sich auf den Kopf zu stellen. Die fröhliche, lebhafte, lebenslustige Marcie war tot. Die Stadt, in die sie 'geflohen' waren — eine Zuflucht vor dem Gerede in der Kleinstadt — hatte etwas erreicht, das die bösen Zungen nie geschafft hatten. Und nun bewegte sich die Stadt, die zu Marcies Zerstörung beigetragen hatte, auf ihren eigenen Untergang zu. Zu viele Leute. Zu viele Autos. Zu viel Luftverschmutzung. Zu viel Verbrechen. Zu viele Schulden. Wollte sie wirklich hier leben? Ja, aber nur wenn dies bedeutete, daß sie bei Harriet lebte. »Das tötet einem den letzten Nerv. Wie hältst du das bloß aus?«

»Du gewöhnst dich dran, Liebste.« Sie hatten die Yonge Street erreicht. Warteten in der Schlange darauf, daß die Ampel umsprang. »Wenigstens leeren sich die Parkplätze, wenn die Straßen sich füllen.«

Die Ampel sprang um, und sie überquerten die Kreuzung und fuhren auf einen städtischen Parkplatz gegenüber vom Hauptpostamt. Leslie beobachtete, wie Harriet unachtsam durch die Autos hindurchlief, den Stoßstangen auswich, als die Schlange sich in Bewegung setzte. Soviel zur treuen Befolgung der Gesetze.

Minuten wurden zur Viertelstunde, dann zu einer halben. Sie wollte schon aussteigen, um Harriet zu suchen, als Harriet auftauchte. »Tut mir leid, daß es solange gedauert hat. Da denkt man immer, ein Einschreiben aufzugeben, wäre eine einfache Sache. Dann hab' ich die Polizei wegen des Hundes angerufen, und die sagten, ich solle die 'Humane Society' anrufen, und *die* sagten, ich solle die Polizei anrufen, und schließlich habe ich beide Parteien davon überzeugt, daß sie besser mal hinfahren und etwas tun.«

»Und jetzt können wir nach Hause fahren, und du kannst mir alles über diese verrückte Frau erzählen und was sie eigentlich beweisen will.«

»Noch nicht. Ein Zwischenstopp noch und dann haben wir's geschafft.« Ihre Augen tanzten schelmisch. »Und diesmal mußt du nicht im Auto warten. Versprochen.«

10. Kapitel

Nie in seinem Leben war er glücklicher gewesen, irgendwo zu sein. Der Boden war klebrig von den Bierpfützen. Die Bilder an den Wänden vom jahrelangen Rauch so vergilbt, daß man nur noch die Rahmen erkennen konnte. Die Luft war so dick, daß man sich fragte, ob sie es überhaupt bis in die Lungen schaffen würde. Weil er gedacht hatte, daß er die Kneipe niemals wiedersehen würde, sah er jetzt jede Einzelheit klarer als je zuvor. Sah und liebte es.

Tupper Brack saß an seinem Ecktisch mit Blick auf die Tür. Er zahlte die erste Runde. Machte es bei der zweiten ebenso. Was gab es Besseres als eine Begegnung mit dem Tod — selbst wenn man es sich nur einbildete — um seine Freunde schätzen zu lernen. Und das waren die guten alten Jungs wirklich. Freunde. Ein bißchen abgewetzt an den Kanten — verbraucht vom Leben vielleicht — aber immer noch tausendmal besser als gewisse andere Leute, von denen er erzählen konnte. Nicht, daß er von Mr. Aalglatt erzählen würde. Oder von dieser geheimnisvollen Mission. Oder von irgend etwas, das damit zu tun hatte.

»Was meinste, Tup? Du bist der große Detektiv. Ich sach', Leo war's, und er wird von diesem Stuhl aufstehen und das ganze Pack fertigmachen.«

»Worüber redest du?«

»Seine Augen sind offen, aber er is' nich' wirklich hier.« Shorty Fera lachte krächzend und schlug Tupper auf den Rücken. »Du weißt schon. Wer hat Laura Palmer gekillt? Vern meint, der einarmige Mann. Bo sagt, Daddy war's, aber ich sach', die wollen nur, daß man das denkt. Es war Leo, is' doch ganz klar. Hab' ich recht oder nich'?«

Tupper blickte in die Runde. Einen Tag nicht da und schon war er nicht mehr auf dem laufenden. »Wer zum Teufel ist Laura Palmer?«

»Jesses, Tup, du bist echt von gestern. Die Puppe aus 'Twin

Peaks'. Du weißt schon. Die Fernsehserie, über die alle reden. Die ist echt unheimlich.«

»Ihr redet über eine Fernsehserie?« *Unheimlich? Himmel nochmal, ihr habt ja keine Ahnung — ich könnte euch erzählen, was wirklich unheimlich ist. Und nichts aus dem verdammten Fernsehen.*

»Der Mann steht auf Sport, nicht auf all diesen intellektuellen Quatsch. Stimmt's, Tupper?« Vern zwinkerte, leerte sein Glas, schaute nach der Bedienung, erstarrte. »Mannomannomann. Guckt mal, was da gerade reinkommt.«

Tupper guckte. Schloß die Augen. Guckte nochmal. Zwang sich, trotz des Kloßes in seinem Hals, tief einzuatmen. Der kalte Schweiß brach ihm aus. Sie hatten ihn gefunden. Sie kamen, um ihn zu holen. Um ihn der Polizei zu übergeben. Um ihn zum Singen zu bringen. Und es half ihm gar nichts, daß er alles wußte — ein Wort und er säße bei der Eminenz bis zum Hals in der Scheiße.

»Gott im Himmel — sowas hab ich hier ja noch nie gesehn.« Shorty starrte mit offenem Mund auf die zwei Frauen, die in der Tür standen und ihren Blick über den Raum schweifen ließen. Die hochgewachsene, schlanke Blondine hob sich auffällig von dem schummerigen Licht ab. Die Düsternis betonte ihre Aura. Ihre Begleiterin, so dunkel wie die Blondine hell war, blickte verwirrt.

»Mama mia, das laß ich mir gefallen.« Shorty reckte die Brust. »Was meint ihr, Jungs? Ich kümmere mich um Ihre Ladyschaft. Sieht frech aus, aber erstklassig.«

»Das denkst du.« Vern, der Fachmann. »Frigide. Kalt wie ein Eisblock. Aber 'ne heiße Brünette nehm' ich jederzeit.«

Er hörte das Geplänkel kaum. Als hätte man ihm die Ohren mit Watte verstopft. Er wollte sich bewegen. Sich zur Wand drehen. Unter den Tisch rutschen. Alles, nur um nicht gesehen zu werden. Und dann trafen ihn ihre Augen, ein funkelndes grünes Feuer, das ihn in seinen Bann zog. Er hatte sie nur aus der Ferne gesehen und war nicht vorbereitet auf diesen physischen Schock. Seine Hände zitterten, und er ballte sie zu Fäusten, damit die anderen es nicht sahen.

Die Augen verweilten kurz bei ihm und wanderten dann weiter zum Nebentisch. Sie hatte ihn nicht erkannt. Er sie aber sofort. Wie konnte sie ihn nicht erkennen? Als seine Erstarrung sich löste, erinnerte er sich und fühlte sich wie ein Narr. Er hatte sie gesehen. Sie hatte ihn nicht gesehen. Wußte wahrscheinlich nicht einmal, daß er existierte. Nur zwei reiche Puppen, die die Slums besuchten.

»Wer hätte das gedacht?« Shortys Hand bewegte sich vor Tuppers Gesicht. »In dem alten Knaben steckt ja doch noch Leben. Das erste Mal, daß ich sehe, wie dich 'ne Puppe umhaut, Tup.«

Mit normalem Pulsschlag und wieder Herr seiner Sinne, nahm Tupper einen Schluck aus dem Bierglas und versuchte, lüstern dreinzuschauen. Seine Augen folgten den beiden Frauen, während sie sich auf einen freien Tisch zubewegten. Sich mit eleganter Anmut bewegten, die erhobenen Augenbrauen und sich drehenden Köpfe nicht weiter beachtend. Die Blonde strahlte eine elektrisierende Energie aus. Eine Frau, die ihre Stärke mit derselben Selbstverständlichkeit zur Schau stellte wie ihr blendendes Aussehen. Aber es war ihre Freundin, die Tuppers Aufmerksamkeit fesselte. Er sah sie so wie beim ersten Mal. Der makellose Körper. In Einklang mit sich selbst und der Umgebung. Das Verschmelzen der Elemente zu einem seltenen, perfekten Augenblick, den er nie vergessen würde. Daß man eine nackte Frau ansehen und keine Lust verspüren konnte, sondern nur tiefes Staunen — Shorty und die anderen würden das nie verstehen. Er war sich nicht einmal sicher, daß er es selber verstand.

Johnny war schon am Tisch, bevor die Frauen überhaupt saßen. Tupper schauderte, als er sah, wie die Bierpfützen vom Tisch gewischt wurden. Er hatte sich an den üblen Geruch des Bierlappens gewöhnt, aber es kam ihm wie ein Affront vor, ihn in Gegenwart dieses aristokratischen Profils zu benutzen. Verrückt, sagte er zu sich selbst. Komplett übergeschnappt. Er regte sich über einen schmutzigen, alten Lappen auf, während er sich einer viel größeren Obszönität verschloß — oder es zumindest versuchte.

»Soll'n wir wetten, daß das zwei teure Flittchen sind, die zur Abwechslung mal was mit 'nem richtigen Mann anfangen wollen?«

»Jau. Callgirls. Ich hab' mal eine gekannt. Hat ihre Nummer überall abgezogen. Europa. Mexiko. Sogar im Flieger. Das schwöre ich bei Gott. Das letzte, was ich hörte, ist, daß sie sich in Calgary zur Ruhe gesetzt hat, und niemand hat jemals rausgefunden, woher ihr Geld kam.«

Er wollte das nicht hören. Vielleicht waren sie ja in diesem Geschäft. Und wenn schon. Wenn's keine Käufer gäbe, wären auch keine Anbieterinnen da. Er griff zu seinem Portemonnaie, um noch eine Runde zu schmeißen, und als er aufblickte, hatte sich noch jemand an den Tisch gesetzt, und es war keiner von den Stammgästen, sondern jemand, der nur ab und zu vorbeikam. Ein strubbeliger, kleiner Kerl, der aussah, als ob er seine Klamotten bei der Wohlfahrt zusammenschnorrte. Gott im Himmel, er trank auch noch Cola. Und redete wie wild mit der Blondine, während die andere nur dasaß und zuhörte.

Johnny tauchte mit einem vollbeladenen Tablett auf, und Tupper fragte ihn: »Wer ist denn dieser Antialkoholiker? Kommt mir bekannt vor.«

Johnny stellte das Tablett ab. Drehte den Kopf nach hinten. »Der da? Ein neugieriger kleiner Bastard. Stellt mehr Fragen als die Steuerbehörde. Trinkt einen, vielleicht zwei, und ist wieder weg. Gibt nicht mal Trinkgeld.«

»Wie ist sein Name?«

»Keine Ahnung. Wenn du willst, find ich's raus.«

»Vergiß den doch«, unterbrach Shorty. »Wer ist die blonde Sexbombe?«

»Also, das weiß ich. Und das würdet ihr Analphabeten

auch, wenn ihr die Zeitung so häufig lesen würdet wie ihr den Gerstensaft in euch reinkippt. Ihr Name ist Croft. Harriet-irgendwas-Croft. Und sie ist Anwältin und eine ganz schön wichtige. Du solltest das eigentlich wissen, Tupper. Du arbeitest doch im selben Gewerbe. Gewissermaßen.«

Plötzlich ergab alles einen schrecklichen Sinn. Sie wußte Bescheid über ihn. Sie war ihm gefolgt. Sie schloß gerade einen Deal ab, der das Leben eines gewissen Tupper Brack beschließen würde, keine weiteren Fragen.

Sie hätte wenigstens jemanden auswählen können, der so groß war wie er selbst. Dieser magere Winzling war eine Beleidigung. Aber wo stand geschrieben, daß ein Killer groß sein mußte? Ein genaues Auge und eine ruhige Hand und man hatte den Job. Und wer sagte, daß ein Killer wie ein Killer aussehen mußte? Ein richtiger Profi würde jemand Unauffälligeren vorziehen als Mr. Aalglatts Buschmann.

Eigentlich hätte er sich fürchten sollen. Hätte dieselbe lähmende Angst verspüren sollen wie im Flugzeug. Aber er stand auf festem Boden. Und seine 38er war in beruhigender Nähe. Und er würde sich nicht überraschen lassen.

Er bezahlte das Bier und legte noch einen Zehner dazu. »Ich wüßte gerne seinen Namen.« Und beiläufig, als wäre es überhaupt nicht wichtig: »Und seine Adresse, John. Ich möchte wissen, wo er wohnt.«

11. Kapitel

Auf dem Kneipenschild über der Tür stand 'Queen's Hotel'. Wohl eher nach der Straße als nach der Monarchin benannt, hoffte Leslie, denn es war schwer, sich etwas Unköniglicheres vorzustellen als diese heruntergekommene Kneipe auf diesem heruntergekommenen Teil der Queen's Street.

Sobald man von draußen hereinkam, war es, als hätte man eine Papiertüte über den Kopf gestülpt bekommen. Als ihre Augen sich an das Halbdunkel gewöhnten, bekamen die Schatten Konturen. Männer in Arbeitskleidung. Einige wenige Frauen — Pennerinnen, die sich mit ihrem Bier zugleich für ein paar Stunden ein Dach überm Kopf und ein wenig Gesellschaft erkauften.

Es hätte überall sein können. Spruce Falls. Moose Jaw. Halifax. Calgary. In jeder Stadt gab es eine Reihe von Kneipen, die noch aus der Zeit der separaten Barräume stammten. Nur für Herren. Nur für Damen. Damen in Begleitung. Obwohl getrenntes Trinken der Vergangenheit angehörte, waren viele Hotels unverändert geblieben, mit Räumen, die an Kaninchengehege erinnerten, mit separaten Eingängen und begrenzten Sitzplätzen. Aber ein paar, wie das Queen's, hatten einen einzigen großen Kneipenraum daraus gemacht. Der Raum war gut einsehbar, so daß man schon mit einem Blick erkennen konnte, ob die Person, nach der man Ausschau hielt, da war und wo sie saß. Und genau das tat Harriet offenbar gerade. Leslie war sich völlig im klaren, daß sie nicht hier waren, um einen zu heben.

Ein Tisch wurde frei, und Harriet ging darauf zu, ohne zu merken, daß sie Mittelpunkt der Aufmerksamkeit der Anwesenden war. Eine Bedienung war unverzüglich bei ihnen, wischte mit Schwung den Tisch ab, griff auf Harriets Nachfrage sofort auf sein Tablett und servierte ihr ein 'Bier vom Faß'.

»Ich habe dich noch nie Bier trinken sehen.«

»Du hast mich noch eine ganze Menge Dinge nicht tun sehen, die ich im Moment ernsthaft in Betracht ziehe.«

Die vielsagende Bemerkung löste blitzschnell ein Gefühl der Wärme aus. Der Raum verblaßte. Sie waren allein in ihrer eigenen privaten Welt.

»Liebling, wenn du mich weiter so ansiehst, kann ich für nichts garantieren.«

Jäh in die graue Wirklichkeit zurückgeholt, sagte Leslie: »Sagst du mir jetzt, warum wir hier sind?«

»Eine Frage, deren Antwort auch mich interessiert.« Clarence Crossley stand neben ihrem Tisch und blickte auf sie hinunter. »Was tut ihr in dieser schäbigen Kaschemme, meine Hübschen?« Er griff sich einen freien Stuhl vom Nebentisch. »Welch' bitt're Not machte es unumgänglich, mich zu dieser unchristlichen Stunde aus dem Bett zu holen?«

»Er treibt sich die ganze Nacht herum und schläft dann den ganzen Tag«, erklärte Harriet.

Als sie ihn jetzt wiedersah, empfand Leslie genauso wie bei ihrer ersten Begegnung damals in Spruce Falls. Es war Harriet gewesen, die durch ihr Geschick und Engagement Leslies Freispruch erwirkt hatte, aber Clarence Crossleys nicht nachlassende Beharrlichkeit hatte zur Verhaftung und Verurteilung des wahren Mörders geführt: Marcies Ehemann, Charles Denton. Sie war Clarence dankbar, aber es fiel ihr immer noch schwer zu glauben, daß sich hinter dieser unordentlichen, unrasierten, unmöglichen Fassade die Seele eines Dichters und der Mut eines Gladiators verbarg.

Er griff in seine ausgebeulte Jackentasche und zog eine Papiertüte hervor. »Jemand ein Danish?« Konterte Harriets tadelnden Blick: »Frühstück. Du erwartest doch wohl nicht, daß ich den Tag mit leerem Magen beginne.« Seine Augen, halb verdeckt von der tief in die Stirn gezogenen Kappe, funkelten wie die eines kleinen Tieres, das aus seiner Höhle herauslauerte. »Nun sagt mir, schönes Fräulein, was ist Euer Begehr?«

Harriet erzählte ihm von dem Besuch bei Melanie Winks. Von den Mietern, die aufgegeben hatten und ausgezogen waren, von Melanies Entschlossenheit zu bleiben, von den Druckmitteln, die immer rücksichtsloser wurden. Immer gefährlicher. Es war natürlich Psychologie. Sie würden es nicht wagen, handgreiflich zu werden.

Psychologie? »Erzähl ihm von dem Hund.«

Clare schluckte den letzten Bissen seines klebrigen Danishs herunter. »Was für ein Hund?«

»Ein entzückender kleiner Wachhund.« Leslie schnipste mit den Fingern. »So kurz standen wir davor, ein Mitglied der Juristenszene von Toronto zu verlieren.«

Alle Farbe wich aus Clares Gesicht. Seine Bartstoppeln richteten sich auf. Sein zierlicher Körper spannte sich an. »Er hat dich angegriffen?« Aus den Tiefen seiner Brust bahnten sich die Worte grollend einen Weg.

»Halb so wild. Mach dir keine Sorgen um den Hund. Es kümmert sich bereits jemand darum.«

»Ich habe dich vor ihr gewarnt. Sie macht nichts als Ärger. Und du willst, daß ich ihr Händchen halte, damit sie sich besser fühlt?«

»Ich will, daß du bei ihr einziehst. Bis das alles vorbei ist.«

»Oh nein. Auf keinen Fall. Ich kann sie nicht mal leiden.«

»Du hast sie doch noch nie getroffen.«

»Ich muß sie auch gar nicht treffen. Es reicht schon, daß sie von dir erwartet, Gott weiß wieviel zu riskieren, nur weil sie zu dickköpfig ist, das zu tun, was sie schon längst hätte tun sollen.«

»Dann werde ich es selber tun.«

Leslie öffnete den Mund, um Widerspruch einzulegen. Schloß ihn, als sie sah, daß Clare bereits weich wurde. Ihre Aufmerksamkeit schweifte ab, als Harriet eine Reihe von Instruktionen durchging. Sie lächelte einer älteren Dame zu, die ganz alleine dasaß. Versuchte, ein junges Paar, das tief ineinander versunken war, einzuschätzen — fühlten sie füreinander, was sie für Harriet fühlte? Machte sich Gedanken über die vier Männer mittleren Alters an einem Tisch in der Ecke. Waren sie auf ihrem Weg von der Arbeit nach Hause mal eben vorbeigekommen? Hatten sie Ehefrauen, die mit dem Essen auf sie warteten?

Da sie die Gruppe als Ganzes betrachtete, bemerkte sie ihn zuerst nicht. Dann aber wurde sie auf ihn aufmerksam. Es war die Art, wie er sie anschaute. Als hätten sie sich schon einmal getroffen und als warte er auf ein bestätigendes Kopfnicken von ihr. Sie war sich sicher, daß sie ihn noch nie gesehen hatte. Mit Namen hatte sie so ihre Probleme, aber ein Gesicht vergaß sie selten. Wie war noch der Titel dieses gruseligen Buchs von Mary Higgins Clark — das über die Bombe unter der U-Bahn? Der lauernde Fremde. Es war Jahre her, seit sie es gelesen hatte. Seit sie überhaupt daran gedacht hatte. Warum jetzt — aus heiterem Himmel?

Weil es gar nicht aus heiterem Himmel kam. 'Lauern' war genau das, was dieser Fremde tat. Er starrte nicht einfach, so wie die Leute Harriet oft anstarrten. Schaute nicht nur aus flüchtiger Neugierde. Er 'lauerte' mit ruhiger, konzentrierter Intensität. Etwas aufsaugend. Etwas verarbeitend. Er wirkte nicht bedrohlich. Man konnte ihn sogar als ziemlich gutaussehend bezeichnen — wenn man auf die etwas Reiferen mit leichtem Macho-Touch stand. Ein gutes Gesicht — ein starkes Kinn, eine ausgeprägte Nase — seine Stärke wurde nur durch die Weichheit des Mundes und den Ansatz eines Doppelkinns gemildert. Wahrscheinlich ein Reporter, der sich einen Reim darauf zu machen versuchte, was sie drei — ein ungleiches Trio — wohl gemeinsam hatten. Oder ein Schriftsteller auf der Suche nach einer vielversprechenden Geschichte. Eine moderne Version von 'Lady Chatterley's Lover'? Wenn zwei absolut nicht zusammenpaßten, dann waren das Clarence und Harriet.

»Bist du heute abend zu Hause?« Clarence trank seine Cola leer. Stieß den Stuhl zurück. War bereit zu gehen.

»Bis ich von dir höre.« Sie warf ihm die zusammengerollte Tüte zu. »Füll die besser nochmal nach. Könnte 'ne lange Nacht werden. Du bist ein lieber Kerl, Clare Crossley.«

Mit vor Freude geröteten Wangen — ein Croftsches Kompliment war eine Seltenheit — erhob er sich. Jetzt oder nie, dachte Leslie. »Ich hab' die Liste mit den Telefonnummern im Auto liegenlassen.« Sie streckte ihre Hand nach den Schlüsseln aus. »Die können wir mal durchsehen, während wir unser Bier austrinken.«

»Du machst dir Sorgen um Harriet.« Die Worte sprudelten in dem Moment heraus, als sie außer Hörweite waren. »Du hast ihr eine Pistole aufgeschwatzt. Warum? Was ist los? Ist sie in Gefahr? Ist irgendwas passiert?«

»Ganz ruhig. Nichts ist passiert. Der einzige Grund, daß sie die Waffe hat, ist, daß ich sie besorgt und ihr gegeben habe. Und der einzige Grund dafür ist, daß sie sich in ein paar ganz schön kontroverse Angelegenheiten verstrickt hat. Dinge, die nicht allzu beliebt sind.«

»Wird sie von irgend jemandem bedroht?«

»Das mußt du sie schon selber fragen.«

»Clarence, um Himmels willen. Behandle mich nicht wie jemanden von der Straße, der geheime Informationen aus dir rausquetschen will. Ich liebe sie. Wenn ihr irgend etwas zustieße, würde ich sterben.«

»Dann sprich mit ihr. Mach ihr klar, wohin das führt. Wenn man sich einmal mit Verrückten einläßt, dann kommen sie alle aus ihren Löchern gekrochen.«

Er brauchte seinen Groll nicht weiter zu erklären. Harriets Praxis war nach Spruce Falls in neue Bahnen gedriftet. Was für die Anwältin eine bewußtseinserweiternde Erfahrung gewesen war, sahen Außenseiter und Radikale als ihre Chance. Viele Fälle waren gerechtfertigt. Andere waren nur darauf aus, ein politisch brisantes Feld für persönliche Zwecke auszunutzen. »Sie hört nicht auf mich«, seufzte Leslie. »Nicht, wenn es darum geht, wen sie vertreten soll und wen nicht.«

»Willkommen im Club.« Etwas sanfter — die Bedeutung, die sie für Harriet hatte, wirkte zu ihren Gunsten — sagte er: »Sie ist so damit beschäftigt, andere zu beschützen, daß sie sich selbst völlig vergißt. Ich habe sie überreden können, einen Fall außerhalb der Stadt anzunehmen. Ich dachte, es könne nicht schaden, sie für eine Weile woanders hinzubringen.« Sie hatten den Parkplatz erreicht, und seine Augen weiteten sich, als er die tiefen Rillen auf der Autotür sah. »Mit dem Hund hast du nicht übertrieben. Das ist es, was ich meine. Manchmal denkt sie einfach nicht nach. Ich war so erleichtert, als sie sich entschloß, einige Zeit im Norden zu verbringen. Was hat euch zurückgebracht?«

»Das Wetter. Es ist mein Fehler. Ich hatte Angst, sie würde sich langweilen.«

»Besser gelangweilt als das hier.« Er fuhr mit der Hand über den zerkratzten Lack. »Es gibt keinen besseren Platz für sie als eine Insel. Die Dinge können sich dann etwas beruhigen. Sich normalisieren. Sie braucht einen langen Urlaub. Vielleicht kannst du sie überreden, ein paar Wochen da rauf zu fahren.« Er wartete, während sie ihre Notizen herausholte — Harriet verdächtigte sie bestimmt, über sie geredet zu haben, wenn sie ohne die Nummern zurückkam — und beruhigte sie noch einmal, bevor er sich seinem Auftrag zuwandte und davontrottete. Es gab keinen besonderen Anlaß für die Pistole. Er hatte seit einiger Zeit das Gefühl, daß ein wenig Schutz sich auszahlen würde. Als Mark Lepine seinen blutigen Raubzug in Montreal angetreten hatte, Studentinnen der Universität nur deshalb abgeschlachtet hatte, weil sie Frauen waren, hatte er die Pistole gekauft und Harriet solange damit in den Ohren gelegen, bis sie zugestimmt hatte, sie zu behalten. Was nicht bedeutete, und das wußte er sehr genau, daß sie sie jemals benutzen würde.

Als Leslie zurückkam, stand frisches Bier auf dem Tisch. »Auf Kosten des Hauses«, erklärte Harriet. Sie warf einen kurzen Blick auf das Papier, das Leslie mitgebracht hatte. »Ich lasse Donna die Preise überprüfen. Sonst setzt sich noch jeder Makler der Stadt auf meine Fährte und hetzt mich zu Tode. Ich werde in den nächsten Wochen sowieso viel zu beschäftigt dafür sein.«

Zu beschäftigt mit verrückten Klienten wie Melanie Winks. »War das dein Ernst, daß du bei dieser Frau bleiben würdest, wenn Clarence es nicht getan hätte?«

»Jemand muß es doch machen. Moralische Unterstützung geben. Ich glaube nicht, daß sie wirklich in Gefahr ist. So dumm würden die nicht sein. Aber es kostet bestimmt Nerven. Besonders nachts.«

»Niemand zwingt sie zu bleiben.«

»Stimmt. Aber sie ist auch entschlossen, sich nicht wegjagen zu lassen. Sie wissen es vielleicht nicht mal selbst, aber die einzelnen, die den Kampf gegen das System aufnehmen, kämpfen für uns alle. Sie lebt in dem Gebäude, seit Zaricki es übernommen hat. Hat die Wohnung mit ihrem Geld erst bewohnbar gemacht. Jetzt, da die Gebiete an der östlichen Uferlinie erschlossen werden, ist das Grundstück bevorzugtes Wohngebiet. Er hat mit Schiebung die große Kohle gemacht. Jetzt ist er in der Lage, auf gesetzlichem Weg sogar noch mehr Kohle zu machen.«

»Aber wenn er das Gesetz gebrochen hat ...«

»So klar war das auch nicht. Er hat schon dafür gesorgt, daß alle Mieter die Räume zu kommerziellen Zwecken nutzen konnten. Es gab einen Künstler. Einen Damenschneider. Einen Erfinder — ich gebrauche diese Bezeichnung im weitesten Sinne. Das einzige, was der erfunden hat, war ein Apparat, mit dem man, laut ihm, Kakerlaken fangen und töten konnte. Dieser Gary, den Melanie erwähnt hat, ist ein Musiker, der sich selber als Komponist bezeichnet.«

»Und was macht Melanie?«

»Sie, mein Liebling, ist eine Schriftstellerin.« Harriets Augen tanzten amüsiert. »Heiße Romanzen. Flirrende Liebesszenen.«

»Du machst Witze.«

»Ich bin ganz ernst. Sie ist sehr gut auf diesem Gebiet. Sie hat mir ihr letztes Buch gegeben, wenn's dich interessiert.«

»Ich dachte, Schriftsteller sollten über Dinge schreiben, die sie kennen.« Sie stellte sich die pummeligen kleinen Zehen vor, die sich auf dem Teppich kringelten. Das blasse Gesicht und das Gebüsch an wirren Haaren. »Ich kann sie mir einfach nicht mit jemanden im Bett vorstellen.«

»Du, geliebtes Herz, bist, verglichen mit Melanie, ein Baby, verloren in der sexuellen Wildnis.« Sie nippte am Bier und schüttelte sich. »Sie war dreimal verheiratet. Sie hat zwei Enkelkinder. Ihre letzte Scheidung war sehr unschön, weil er sie nicht gehen lassen wollte. Davon abgesehen — man muß es nicht unbedingt tun, um darüber zu schreiben. Es gibt eine Frau in den Staaten, die ein Vermögen damit macht, über Sex zu schreiben, und sie ist eine Jungfrau. Nicht weil sie das selber will. Sie ist behindert. Was heißen könnte, daß sie nie enttäuscht worden ist, weil sie es nie ausprobiert hat.« Ein schnelles, hinreißendes Lächeln. »Sex ist nicht nur einfach Sex, sondern soviel mehr — etwas, das ich erst kürzlich herausgefunden habe.«

Ein Energiestrom floß zwischen ihnen. Eine elektrische Spannung, die ganz bestimmt Aufsehen erregen würde. Ihr war das egal, Harriet konnte es vielleicht nicht egal sein. Leslie sah sich um. Die Pennerin saß immer noch allein da. Immer noch in ihrer eigenen, kleinen Welt. Das junge Paar war immer noch ineinander versunken. Die Männer in der Ecke plapperten immer noch hin und her, obwohl einer von ihnen, der Machotyp in der Tweedjacke, verschwunden war.

Johnny kam mit einer weiteren Runde — diesmal spendiert 'von dem Herrn in der Baseballjacke'. Harriet winkte ab. »Wir fahren besser nach Hause. Ich will da sein, wenn Clare anruft.«

Als sie ankamen, war eine Nachricht auf dem Anrufbeantworter. Ein kurz angebundenes: »Ich bin hier. Ruf mich zurück.« Während Harriet mit ihm sprach — oder besser, während sie zuhörte, denn Clare war derjenige, der das meiste zu sagen hatte —, inspizierte Leslie das Bücherregal. Da war es tatsächlich. KOMM IN MEINE ARME, LIEBLING. »Ein heißer Roman über Liebe und Haß von der Queen of Romance, Melanie Winks«. Das Hochglanz-Cover unterstrich den Titel. Ein dunkelhaariger Mann, Hemd bis zur Taille geöffnet, der eine dahinsinkende Blondine an sich reißt. Grimmig sah er aus. Sie sowohl hilflos als auch lüstern. Das Buch war neu — gerade erschienen — die Botschaft des Bildes aber war so alt wie das Patriarchat selbst. Eine Botschaft, die ihre Form änderte, nicht aber ihren Inhalt. Der Generation ihrer Mutter hatte man gesagt — scherzhaft — »Wenn eine Vergewaltigung sich nicht verhindern läßt, entspann dich und genieße es«. Ihrer eigenen Generation, daß Frauen selbst die Schuld trugen, wenn sie vergewaltigt wurden. Sie forderten es heraus. Selbst jetzt, da Vergewaltigung als ein Akt der Gewalt und Unterwerfung und nicht länger als ein Akt des Begehrens gesehen wurde, blieb der Mythos bestehen. Das hatte sie gewußt. Was sie nicht gewußt hatte, war, daß er selbst in Büchern, die von Frauen für Frauen geschrieben wurden, bewahrt wurde.

Harriet fand sie mit dem Buch in der Hand und einem Ausdruck im Gesicht, der von Verrat sprach. »Wie ich sehe, hast du Melanies letztes Werk gefunden.«

»Harriet, es sind Frauen wie diese, die anderen Frauen in den Rücken fallen und nicht einmal wissen, was sie da tun. Es macht mich wütend.«

»Du hast es doch nicht mal gelesen.«

»Du etwa?«

»Ich hab's überflogen. Genug, um einen Eindruck zu gewinnen. Das Cover hat nichts mit der Geschichte zu tun. Ich glaube nicht, daß der Gestalter das Buch je gelesen hat. Gib Melanie nicht die Schuld für etwas, das ihr Verleger getan hat.« Sie ließ ihre Augen über das Taschenbuch-Regal fliegen. Zog eins heraus und hielt es hoch, ohne den Titel zu enthüllen. »Was hältst du denn von dem hier?«

Ein grimmig aussehender, dunkelhaariger Mann, Hemd bis zur Taille geöffnet, umschlingt eine willfährige Frau vor einem stürmischen, schwarzen Himmel.

»Das ist genauso schlimm. Wenn nicht schlimmer.«

»Ob du's glaubst oder nicht, das ist 'Wuthering Heights'*.«

* »Die Sturmhöhe« von Emily Brontë (1818-1848). [Anm.d.Übersetzerin]

»Das ist ja schrecklich.«

»Das ist Marketing. Jemand hatte vor ein paar Jahren die umwerfende Idee, junge Leute für gute Literatur zu interessieren, indem sie die Bücher für den Markt etwas aufmotzten. Die hatten es sogar auf die Bibel abgesehen. Und apropos Melanie, sie hat Clarence versorgt und sich in ihr Schlafzimmer zurückgezogen, um endlich noch mal etwas Schlaf zu kriegen. Er hat sich ein bißchen aufgeregt, weil sie ihre Türe abgeschlossen hat.«

»All diese Mieder-Zerreißer. Das muß ja abfärben. Wahrscheinlich sieht sie alle Männer als Ausgeburt ihrer Phantasie.« Auf den unordentlichen, exzentrischen Clarence angewandt, kam ihnen der Gedanke, die Tür zum Schutz vor ihm abzuschließen, urkomisch vor. Die Vorstellung war lächerlich. Die Umstände waren es nicht. Etwas ernster fragte Leslie: »Hatte er Probleme beim Reinkommen?«

Harriet schenkte sich einen Cognac ein. Öffnete eine Flasche Riesling. »Er ist warm. Möchtest du einen Eiswürfel?« Ohne die Antwort abzuwarten, gab sie einen ins Glas und ging ins Wohnzimmer voran. »Nein. Er hatte keine Probleme, reinzukommen. Falls der Hund da war, hat er ihn nicht gesehen. Unseren Freund dagegen hat er gesehen. Ich nehme an, er war nicht ganz so unsozial wie bei uns. Er hat Clare nicht direkt gefragt, was er da zu suchen hätte, aber er ist ihm bis oben gefolgt. Sagte, er wäre für das Gebäude verantwortlich und es sei sein Job, Wandervögel fernzuhalten.«

»Der arme Clare. In Minutenschnelle vom Wandervogel zum Sittenstrolch. Ich hoffe, er hat Sinn für Humor.«

»Manchmal ja, manchmal nein. Ich habe so das Gefühl, im Moment eher nein. Nun — was hättest du gern zum Abendessen? Bis jetzt hast du mich ernährt. Jetzt bin ich mal dran in der Küche.«

»Du meinst, kochen kannst du auch noch? Ich habe dich in der Küche nie etwas anderes tun sehen als die Kaffeemaschine einschalten.«

»Liebling, du hast nicht mal die Oberfläche angekratzt.« Sie hob Leslies Kinn an. Küßte sie leicht. »Was hältst du von Bohnen auf Toast?«

»Bohnen auf Toast.« Leslie schüttelte sich vor Lachen. »Das hab' ich mir gedacht. Bohnen auf Toast. Weißt du denn, wie der Herd funktioniert? Du drehst den linken Knopf rechts herum und wartest, bis die Hitze kommt.«

»Frech.« Harriet trank ihren Cognac aus und marschierte in Richtung Küche. »Nicht jede hat Hauswirtschaft studiert. Heute abend bekommst du Bohnen auf Toast. Morgen abend gehen wir aus. Hört sich das gut an?«

Mehr als gut. Die Bohnen brannten auf dem Boden des Kochtopfs fest. Der Toast war an den Ecken verbrannt. Alles war wunderbar.

»Du hast gekocht. Ich kümmere mich ums Spülen.« Harriet hatte auf der Insel darauf bestanden, immer aufzuräumen.

»Die Spülmaschine kümmert sich ums Spülen.« Ein Topf. Zwei Teller. »Wir stellen sie rein und machen die Maschine morgen früh an.«

»Glaubst du, Melanie wird Clarence verpflegen?«

»Es wird wahrscheinlich so enden, daß er sie verpflegt. Ich habe den Eindruck, sie steht auf Müsli und Weizenkeime.«

»Du mußt doch nicht mehr dahin zurück, oder? Ich meine — jetzt, wo Clare da ist, kannst du doch aufhören, dir um sie Sorgen zu machen?«

»Das hoffe ich. Wenn es jemanden gibt, der die Aussage des Zeugen bestätigt, ist das normalerweise ausreichend. Hörensagen kann man nicht verwenden. Das wissen die, und wo wir jetzt einen Augenzeugen haben, werden sie sich zurückziehen.«

»Du hoffst?« Die Ungewißheit in Harriets Worten verunsicherte Leslie, und sie verlagerte das Thema, ohne es zu wechseln. »Hab' ich dir schon gesagt, daß man mich gebeten hat, an einem Seminar über Gewalt gegen Frauen teilzunehmen? Die Universität hat ein Programm erarbeitet, das Studentinnen helfen soll, sich sicherer zu fühlen.«

»In Spruce Falls? Ist das nötig?«

»Ja.« Die erst kürzlich gegründete Universität von Spruce Falls konnte ein wunderschönes Unigelände am Rande der Stadt ihr eigen nennen. Zehn bewaldete Morgen Land am Ufer des kleinen Sees, mit weit auseinanderliegenden modernen Gebäuden, die durch ein Netz von Fußwegen miteinander verbunden waren. Eine ruhige Umgebung, weit entfernt von jugendlichen Banden und sinnloser Straßengewalt, die in den südlicher gelegenen Städten immer wieder ausbrach. »Wir sind die einzige Universität im Norden. Die meisten der Studierenden von außerhalb sind zum erstenmal in ihrem Leben weg von zu Hause. Einige von ihnen haben noch nie eine Stadt von der Größe Spruce Falls' gesehen. Sie sind in einer ungewohnten Umgebung. Allein. Niemand, der sie unterstützt. Für die Jungs ist es toll. Sie lieben das. Aber die Studentinnen machen sich eine Menge Sorgen.«

»Ich bin froh, daß sie sich endlich darum kümmern.« Bäume. Sträucher. Winkel und Ecken. Überwachsene Spazierwege. Attraktive, intelligente junge Frauen. Freier Zugang. Eine explosive Kombination. Mehr als 15 Jahre waren vergangen, seit Ted Bundy Universitäten als ideales Jagdrevier genutzt hatte. Mehr als ein Jahr seit dem kaltblütigen Massaker an Frauen der Universität in Montreal. Es war schon lange an der Zeit, daß das Problem als solches erkannt wurde und man sich um eine Lösung bemühte. Aber dazu würde es wohl mehr als ein Seminar brauchen. Mehr als leeres Gerede. Und warum wandten sie sich an Leslie? Sie war keine Psychologin, Soziologin, oder Berufsberaterin. War es wegen ihrer Verwicklung in diesen letzten Akt der Gewalt — den Tod von Marcie Denton? Sie auszunutzen — die Wunde aufzureißen, die noch nicht völlig verheilt war — der Schaden könnte irreparabel sein. »Bevor du dich entscheidest, solltest du vielleicht darüber nachdenken.«

»Das habe ich schon.« Leslie wandte sich um, eine dunkle Silhouette in der Dämmerung. »Die beschäftigen sich nicht nur mit der Belästigung von Studentinnen, Liebling. Es ist das gesamte Spektrum von Gewalt. Bei einigen Dingen würden dir die Haare zu Berge stehen. Erstklässler, die Vergewaltigung spielen. Ein Mädchen im Kindergarten — in einer dieser 'Und-was-tut-dein-Vater' Diskussionen — statt zu sagen, er geht ins Büro oder er mäht den Rasen oder er fährt einen Laster — sagte sie, »Er schlägt meine Mami.« Die normalste Sache der Welt. Vor ein paar Jahren hieß es, jede zehnte Frau wird zu Hause mißhandelt. Jetzt ist es jede achte, und es gibt Stimmen, die behaupten, es sei jede dritte. Die Kinder wachsen in dem Glauben auf, daß das alles völlig normal ist.«

»Gott hilft denen, die sich selber helfen.« Harriets Mitgefühl für die Hilflosen schloß nicht jene ein, die sich weigerten, sich helfen zu lassen. »Ich habe nie verstanden, warum Frauen eine Beziehung aufrechterhalten, in der sie mißhandelt werden. Und wenn sie die Statistiken schon vorher kennen, dann weiß ich nicht mal, warum sie überhaupt heiraten.«

»Sie haben es gerade nötig, *Mrs.* Croft.«

»*Ex*-Mrs. Croft. Ich habe geheiratet, weil man das eben so machte. Ich habe mich entheiratet, weil ich mich langweilte. Ich wäre nicht solange geblieben, wenn etwas Physisches vorgefallen wäre.«

»Nach deinen Fähigkeiten zu urteilen, würde ich sagen, daß eine ganze Menge 'Physisches' vorgefallen ist.« Ihr neckendes Lächeln verschwand genauso schnell wie es gekommen war. »Du hattest deinen Beruf, Harriet. Viele dieser Frauen haben das nicht.«

»Sie haben mich gebeten, den Film vorzuführen, den ich über geschlagene Frauen gemacht habe«, fuhr Leslie fort. »Und einige der Frauen, die ich interviewt habe, sind damit einverstanden, dabei zu sein und über die neueren Entwicklungen zu sprechen. Das könnte interessant werden.«

»Ich wünschte, ich könnte dabei sein.« Harriet knipste eine Lampe an. Legte eine Platte auf. Der Raum wurde von der klaren, reinen Stimme Rita MacNeils erfüllt — Sängerin von

Liedern, die voller Schmerz und Wehmut waren, genauso wie das Leben der kleinen Leute, von denen sie handelten. Lieder, geschrieben von einer Frau über Frauen. Aber auch über Männer. Gewöhnliche, schwer arbeitende Männer, gefangen im Teufelskreis von Armut und Verzweiflung. Eine unterschwellige, heimtückische Gewalt gegen Seele und Geist. »Weißt du, Liebling, Männer sind auch Opfer.«

»Das sind sie in der Tat. Wir haben da einen, der dieselbe Redezeit fordert, um seine Geschichte zu erzählen.« Leslies Stimme klang nicht die Spur bitter. Amüsiert fügte sie hinzu: »Er kommt eigentlich aus Toronto. Ein Professor von der Uni. Es scheint, daß ihm untersagt wurde, den Swimming Pool zu nutzen, weil eine Studentin — eine Studentin — behauptete, er habe sie beobachtet. Er ist ein komischer Vogel, aber ich find's nur halb so schlimm.« Sie bemerkte den Ausdruck auf Harriets Gesicht. »War wohl ein Sturm im Wasserglas. Ist nicht bis in die Nachrichten gekommen. Hast du davon gehört?«

»Ja.« Sie kannte den Fall nur zu gut. Hatte gedacht, er sei ein für allemal abgeschlossen. Was sie nicht gewußt hatte, war, daß der tauchende Spanner immer noch Wellen schlug.

12. Kapitel

Genau das, was er erwartet hatte. Eine Absteige. Eins von vielen nebeneinanderliegenden Mietshäusern, identisch bis hin zu den Bewohnern, die auf den Treppen vor dem Haus saßen, um etwas frische Luft zu schnappen. Mit trüben Augen. Mit schwerer Zunge. Saufbrüder, die das Glück hatten, eine Adresse zu besitzen, und das Pech, daß es niemanden gab, der sich um sie kümmerte.

Johnny hatte ihm den Straßennamen gesagt, nicht aber die Hausnummer. Glücklicherweise war es nur ein kurzer

Wohnblock — mehr eine Gasse als eine Straße — eine Sackgasse, mit billigen Unterkünften auf der einen Seite und den Büros von windigen Geschäftsleuten auf der anderen. Eine Reparaturwerkstatt. Ein kleiner Schrottplatz. Ein verziertes Fenstergitter, das mit Brettern vernagelt war, auf denen ein 'Zu Verkaufen'-Schild klebte. Nach Geschäftsschluß würde der Laden gottverlassen sein. Perfekt, wenn man etwas sehen wollte, ohne selbst gesehen zu werden.

Zu dumm, daß Johnny den Namen nicht herausgefunden hatte, obwohl ihm das auch nicht weitergeholfen hätte. Die Leute von der Straße konnten sich Namen nicht allzu gut merken. Manche erinnerten sich nicht mal an den eigenen. Sie kannten einander als 'Blackie' oder 'Rollstuhl' oder 'Dieb'. Es hatte ihn also nicht allzu sehr überrascht, daß der einzige Name, den Johnny herausgefunden hatte, 'Tüte' war. »Type?« »Nein, 'Tüte'. Weil man ihn nie ohne eine verdammte Papiertüte in der Hand sieht.« Was nicht bedeutete, daß seine Freunde von der Straße ihn so nannten, aber es war wenigstens ein Anfang.

Vor ihm brach auf der Bordsteinkante ein Streit aus. Ein Handgemenge wegen der letzten Tropfen in einer Weinflasche. Meine Chance, dachte Tupper. Die Männer — es waren drei — schubsten und schoben sich gegenseitig herum. Da sie ihn nicht beachteten, zog er eine Fünf-Dollar-Note hervor und wedelte mit ihr. »Kamman hier irndwo 'ne Flasche kriegen?« Undeutlich genug, so hoffte er, um überzeugend zu klingen.

Das Geschubse hörte auf. Einer der Männer erhob sich mühsam. Ein Zweiter sagte: »Mann, den seh'n Sie nich wieder. Der teilt mit keinem nich.« Im Gänsemarsch gingen die beiden Richtung Yonge Street, und Tupper setzte sich auf die Stufen und versuchte sich vorzustellen, wie das wohl wäre, so zu leben. Sagte sich, und damit beruhigte er sein Gewissen, daß sie wahrscheinlich genauso glücklich waren wie die meisten anderen Leute.

»Ich hab' schlimm Arthritus.«

Er könnte in jedem Alter sein, dachte Tupper. Jung. Alt. Ein paar Jahre auf der Straße, und es gab keine Unterschiede mehr. »Leben Sie in diesem Gebäude?«

»Warum?« Ein abschätzender Blick aus blutunterlaufenen, aber schlauen Augen. »Sin' Sie von der Polizei?«

Tupper brachte ein betrunkenes Lachen zustande. »Seh' ich wie'n Bulle aus?«

»Bullen sehn nich' mehr wie Bullen aus. Nicht die, die wir hier haben. Die verprügeln dich, und wenn de dich wehrst, ziehn sie 'ne Dienstmarke raus, und du sitzt inner Scheiße.«

»Alles, was ich über Bullen weiß, ist, daß man sich am besten von ihnen fernhält. Ich bin auf der Suche nach 'nem Freund. Jemand hat mir gesagt, daß er hier wohnt. Ein kleiner Kerl. Trägt 'ne Kappe. Und ein kariertes Jackett. Und seine Hosen sind zu kurz.«

»Könnte jeder sein.«

»Sie nennen ihn 'Tüte'. Trägt immer 'ne Papiertüte bei sich.«

»Machen die meisten.« Sein Grinsen enthüllte einen fehlenden Vorderzahn. »Und da kommt auch schon 'ne Papiertüte.« Er starrte die Straße hinunter. »Ein Glück, daß Mactac mitgegangen is', sonst hättense nix von der Flasche gesehn, bis sie leer gewesen wär.«

Die beiden quetschten sich auf die Stufen. Gaben Tupper die Tüte. Kein Wechselgeld. Warteten höflich, bis er die Flasche geöffnet hatte und herumreichte. Sein arthritischer Freund nahm einen tiefen Schluck, wischte die Öffnung ab, sagte: »Habt ihr zwei jemals was von 'nem Typ namens 'Tüte' gehört, der hier wohnen soll?«

Niemand, der so hieß.

Tupper beschrieb ihn nochmal.

Die Flasche kreiste.

Laut nachsinnend sagte Tupper: »Er trinkt Limo. Er geht in Hotelbars und trinkt Limo.«

»Krank. Der Mann is' doch krank.«

Mactac biß sich auf die Lippen. »In meinem Haus wohnt so ein Typ. Seh' ihn kaum. Ein Einzelgänger. Is' das vielleicht der, nach dem Sie suchen?«

»Glauben Sie, daß der jetzt da ist?«

»Er is' vor kurzem weggegangen. Vielleicht isser wieder da. Vielleicht auch nich'.«

»Meinen Sie, Sie könnten's mir zeigen?« Er zog noch einen Fünfer hervor. Hielt ihn hoch, aber außer Reichweite.

»Kann ich leicht. Drei Türen die Straße runter. Am Ende des Gangs im obersten Stockwerk.«

Tupper gab ihm das Geld — noch eine Flasche und sie würden sich nicht einmal daran erinnern, daß er da gewesen war. Und warum war er da? Angenommen, sie stünden sich gegenüber? *Tüte, mein Name ist Tupper Brack. Haben Sie zufällig den Auftrag, mich umzulegen? Wenn ja, hoffe ich, daß wir uns einigen können. Ansonsten könnte ich mich gezwungen sehen, etwas Drastisches zu tun.*

Was denn Drastisches? Dem Typ eine Kugel dorthin verpassen, wo's am wohlsten tat? Komm, Brack, hör auf zu träumen. Vielleicht bist du nicht gerade eine Niete auf dem Schießstand, wenn's darum geht, auf Papier zu ballern. Aber es macht einen verflucht großen Unterschied, ob man auf eine Zielscheibe schießt oder einen lebendigen, atmenden Menschen abserviert. Dazu würde dir der Mut fehlen.

Ach wirklich? Ich steh' vielleicht nicht darauf, anderen das Licht auszublasen. Worauf ich stehe, ist, am Leben zu bleiben. Von Blut wird mir übel, aber mir wäre noch verdammt übler, wenn es mein Blut wäre.

Die Stimmen in seinem Kopf warfen sich gegenseitig die Bälle zu, während er die Treppenstufen drei Türen die Straße runter erklomm. Wie magnetisch hatte es ihn hierhin gezogen. Ohne genauen Plan, was er tun wollte, wenn er einmal hier war. Unter normalen Umständen hätte er auf Vernunft und Logik gesetzt. *Sie haben ein Problem, Freund? Tja, aber nicht mit mir. Ich bin ein Niemand. Eine Null. Nur ein armes*

Schwein, das bis zum Hals in etwas steckt, von dem er nicht mal weiß, was es ist. Wenn Sie einen wollen, holen Sie sich den, der dahintersteckt.

»Und wer könnte das wohl sein, Mr. Brack?« Und dann säße er bis zum Hals in du weißt schon was. Was immer Mr. Aalglatt tat, es war endgültig. Schlimm genug, daß er es zwei tollen Puppen antun würde — (ihm wurde schlecht, wenn er daran dachte, deshalb tat er sein Bestes, es nicht zu tun) — er würde sich nicht sein eigenes Grab schaufeln. Ließe man ihm die freie Wahl, würde er einen harmlos aussehenden Dussel einem Verrückten jederzeit vorziehen.

Und dann wäre er genau da, wo er sich jetzt befand. Auf der dritten Etage eines baufälligen Mietshauses, auf eine zerkratzte Holztüre starrend.

Kenne Deinen Feind. Aus diesem Grund war er hier. Nicht wegen der Konfrontation. Nicht wegen der Diskussion. Auf der Suche nach Fakten — genau das, was er am besten konnte. Hinter dieser verschlossenen Tür lagen vielleicht Antworten, und diese Antworten konnten ihm sagen, wie er weitermachen sollte. Selbst wenn er weitermachen mußte.

Irgendwo unten hörte er den Klang von Stimmen. Ein Radio, das Country-und-Western Musik spielte. Die Luft hier oben bewegte sich nicht. Dieses ruhige Gefühl, das ein unbewohnter Ort verströmte.

Die Tür war abgeschlossen. Eine unnütze Vorsichtsmaßnahme. Verzogen und schief klaffte sie an beiden Enden auseinander. Das altmodische Schloß hatte ein altmodisches Schlüsselloch — eine Größe paßt auf alle. Die Bewohner gingen wahrscheinlich beim leisesten Hinweis auf eine Flasche oder etwas, das man versetzen konnte, in allen Räumen ein und aus.

Ein Dietrich würde funktionieren, aber warum die Mühe? Seine Kreditkarte funktionierte genauso gut und ohne das verräterische Rasseln des Metalls. Es lohnte sich, vorsichtig zu sein, selbst wenn man zu neunundneunzig Prozent sicher sein konnte, daß man es nicht mußte. Dieses eine Prozent konnte einen um die Ecke bringen, und was nutzten einem dann die anderen neunundneunzig?

Die Tür ging auf, und er trat ein, öffnete sich dem Gefühl des Raums, ließ seinen Körper zu einem Resonanzboden werden. Es war noch hell genug, um etwas zu sehen. Nicht, daß es viel zu sehen gab. Sein erster Eindruck war, daß nichts einen Eindruck hinterließ. Der Raum war unpersönlich. Er fühlte sich benutzt an, aber nicht, als lebe hier jemand. Ein Zwischenstopp auf dem Weg von Punkt A zu Punkt B. Tuppers Mund wurde trocken. Ein Mangel an Beständigkeit war genau das, was man von jemandem erwarten würde, den man für einen Job anheuerte — in dem Moment abgeheuert, da dieser Job erledigt war.

Er machte sich lächerlich. Man konnte in jeden beliebigen Raum in einem der Gebäude in diesem Straßenzug gehen, und es sähe dort kein bißchen anders aus. Hier lebten Durchreisende. Heute hier, morgen dort. Die Entrechteten, die ihr ganzes Hab und Gut in einer Einkaufstüte oder auf ihrem Rücken mit sich herumtrugen. Und was war mit der Kette an der Tür? Das neueste Ding weit und breit. Das wirkte nicht gerade unbeständig.

Ein Fenster im hinteren Teil des Zimmers überblickte die briefmarkengroßen Hinterhöfe der Nebenstraße. Es gab eine wackelige Feuertreppe — ein unsicherer Ausgang, vorgeschrieben von einer Gesetzgebung, der regelmäßige Inspektionen nicht so sehr am Herz lagen — und auf der verrosteten Plattform ein Sechserpack leere Colaflaschen.

Ein Einzelbett. Ein kleiner Holztisch mit einem Stuhl. Eine alte hölzerne Kommode mit einem Spiegel, in dem sich alle Bilder verzerrten. Ein hölzerner Kleiderschrank statt des üblichen Wandschranks, in dem ein billiges Sportjackett und eine ebenso billige Hose hingen. In einer Schublade der Kommode lagen Hemden und ein ausgefranster Pullover. In der zweiten Socken. Die dritte war vollgestopft mit Unterwäsche.

Tupper starrte ungläubig auf die ordentlichen Stapel von Slips und Pullundern. War das das, was der Tütentyp unter seinen schlackernden, knöchellangen Hosen und schiefen Polyester-Jacketts trug? Er dachte an seine eigenen Fruit-of-the-Loom Jockey-Shorts — genauso verläßlich und praktisch wie sein britischer Tweedanzug und seine Lederschuhe. Von dem, was ein Mann trug, sollte man auf das, was er daruntertrug, schließen können. Das sollte man jedenfalls meinen, wenn man überhaupt darüber nachdachte. Klar, er hatte schon von Typen gehört, die die Unterwäsche ihrer Ehefrauen trugen — Rüschen und Spitze und Satin — aber das war eine ganz andere Kiste. Andererseits, auf seine eigene Art, war das dies hier auch.

Vorsichtig — alles mußte so zurückgelassen werden, wie er es vorgefunden hatte — durchsuchte er die ordentlich zusammengelegten Stapel. Schwarze Jersey-Bikinislips — nicht mehr als ein Bund und ein Stoffsäckchen. Ein ähnliches Paar in Rot und ein weiteres ausgerechnet in Lila. Und als wäre das noch nicht idiotisch genug, einige Tangas — die hatten nicht mal einen Bund. Jeder einzelne seidigweich und pfauenfarben. Im Gegensatz dazu waren die Pullunder schneeweiß. Modische Unterwäsche für einen miesen Niemand, der aussah, als würde ihn sogar die Heilsarmee abweisen? Entweder stahl er sie, was Sinn ergeben würde, oder er kaufte sie, was einen anderen, erschreckenderen Sinn ergeben würde.

Nachdem er die Kommode wieder zurechtgerückt hatte, wandte er sich dem Bett zu. Es war ordentlich gemacht, das Bettzeug sauberer als er erwartet hatte, die dürftige Matratze in einem Bezug, der den alten blauen Drillich verbarg. Seine Hand glitt unter das Kopfkissen. Fühlte etwas Hartes und Flaches. Ein Buch. Porno. Genau das, was man von einem abartigen Unterwäschen-Fetischisten erwarten würde. Er zog es hervor. Trug es zum Fenster, um es besser untersuchen zu können.

Das dünne Buch, das leicht in seiner Hand lag, hatte einen

blaßbraunen Einband, die Schrift schokoladenbraun unter sich ausbreitenden Ulmen. SONETTE AUS DEM PORTUGIESISCHEN. Die Liebesgedichte der kränklichen, abgöttisch liebenden Elizabeth Barrett Browning*. Verrückt. Ebenso verrückt wie dieses kinetische 'Feeling'. Als ob das, was er in der Hand hielt, dieses leblose Objekt, eine geheime Existenz verriet. Auf der Titelseite stand eine Widmung. Eine einzige Zeile, in klarer, ausgeprägter Schrift. »Für Deine Sammlung.« Und darunter, in Blockschrift, die Initialen H.F.C.

Er wußte jetzt, was er vor kurzem noch nicht gewußt hätte. Wofür diese Initialen standen. Wen sie symbolisierten. Und der Schlag in seinen Magen sagte ihm, was sie bedeuteten. Es gab eine enge Verbindung — eine andauernde Verbindung — zwischen dem Tütenmann und Ihrer Ladyschaft. Und welcher Art diese Verbindung auch war, für Leute wie Tupper Brack bedeutete sie Gefahr.

Es war kein Zufall gewesen, der sie in 'sein' Pub geführt hatte. Er fühlte das Gewicht seiner 38er, die unter seinem Arm angehalftert war. Wußte, daß die Zeit kommen würde, da er sie benutzen mußte. Wußte, daß die Zeit nahe war.

Er hatte eine Menge herausgefunden. Aber er hatte das ungute Gefühl, daß es noch mehr gab. Irgend etwas, das ihm entging.

Er lehnte sich über das Bett — legte das Buch an seinen Platz zurück und glättete das Kissen — da sah er es. Ein Telefon. Es stand auf dem Boden in dem engen Zwischenraum zur Wand. Unten im Treppenhaus gab es ein Gemeinschaftstelefon. Ein privates Telefon in einem heruntergekommenen Mietshaus war ungefähr so normal wie ein Bidet auf dem Lokus. Aber Gott sei Dank war es hier. Und Gott und der Heiligen Mutter sei Dank hatte er es gefunden.

* »Sonnets From The Portuguese« von Elizabeth Barrett Browning (1806-1861). [Anm.d.Übersetzerin]

Zu einem Telefon gehörte eine Telefonnummer. Und zu einer Nummer gehörte ein Name. Und ein Name war genau das, was er am dringendsten benötigte.

13. Kapitel

Die Brise blies durch Harriets Haar und zerzauste die normalerweise glatte, blaßgolden schimmernde Frisur. Über die Reling der Fähre gebeugt, glich die klare Linie vom Kopf über die Schultern zu der schmalen Taille einer Galionsfigur, in den Bug eines Segelschiffs geschnitzt, das sich auf großer Entdeckungsfahrt befand. Nicht, daß es exotischer Exkursionen in fremde Länder bedurfte. Es war schon ein Abenteuer, nur in Harriet Crofts Nähe zu sein. Ein Ausflug zum Supermarkt — das Entlanglaufen auf einer gewöhnlichen Straße — die alltäglichsten Aktivitäten wurden farbenprächtig und überirdisch.

»Wir haben unsere Picknickausflüge immer hierher gemacht — Marcie und ich.« Die Toronto Islands, nur wenige Minuten mit der Fähre entfernt, waren eine kühle Oase, wenn die Stadt vor Hitze verging. Strände, Wanderwege, Fahrradrouten — fünf Meilen Landschaft mit direktem Blick auf die Bay Street, das Finanzzentrum Torontos.

»Es hat sich verändert. Es ist viel kommerzieller geworden. Angelegte Gärten. Ein schickes Teehaus. Ein Streichelzoo. Wann werden wir endlich aufwachen und begreifen, daß Mehr weniger ist. Und umgekehrt.«

»Na ja, wenigstens haben sie die Anwohner in Ruhe gelassen«, bemerkte Harriet.

»Nur weil die sich wie verrückt gewehrt haben. Wenn du glaubst, es sei hart für Melanie, ein paar Monate durchzustehen, dann stell dir mal vor, wie das für die Inselbewohner ist. Einige sind hier geboren. Ihr Leben lang kämpfen sie schon gegen Räumungsbefehle. Ihre Nerven liegen wahrscheinlich total bloß.«

Von den acht Inseln war Ward's Island die einzig bewohnte. Der erste Siedler, der Fischer David Ward, hatte sich 1834 illegal angesiedelt. Mit den Jahren war die Niederlassung zu einer planlosen Gemeinschaft von baufälligen Hütten und ordentlichen, ständig bewohnten Häusern geworden. Da das Land ihnen nicht gehörte und sie wußten, daß die Besitzverhältnisse unter den günstigsten Voraussetzungen strittig waren, gaben die meisten Anwohner sich mit notdürftigen Ausbesserungen zufrieden, wann immer Reparaturen anfielen. Trotzdem — vielleicht auf Grund dessen — besaß die Siedlung einen sanften, altmodischen Charme. Bäume und Gemüsegärten — gepflegte Rasen und Sträucher — ein Sturzbach an Hunden und Katzen und Kindern, die sich um keinen Verkehr sorgen mußten — es überraschte nicht, daß die, die das Glück hatten, an einem Ort zu leben, wo die Zeit stillzustehen schien, bleiben wollten.

Sie waren auf dem Weg zu einer Verabredung mit Clarence. Harriet hatte die Insel vorgeschlagen — ihre Art, so vermutete Leslie, das Geschäftliche mit einem angenehmen Ausflug zu verbinden.

»Ich wußte nicht, daß Clarence hier ein Haus hat.«

»Es gibt eine Menge Dinge über Clarence, die du nicht weißt. — Meistens bleibt er in der Stadt. Er läuft nachts auf Hochtouren, die Fähre jedoch nicht. Seine freie Zeit verbringt er aber hier. Eine Art, mal alles hinter sich zu lassen.« Den Weg vom Dock hinauf waren sie gemeinsam mit Frauen gegangen, die Einkaufswagen hinter sich herzogen, mit Müttern, die Kinderwagen schoben, mit Heimwerkern, die Werkzeugkisten schleppten. Nach und nach zerstreute sich die Gruppe. »Er ist hier aufgewachsen. Seine Eltern haben das Haus nach ihrer Heirat gebaut.«

'Das Haus' war ein kleiner Holzbungalow mit einem

Giebeldach und einem blendenden Anstrich aus weißer Farbe. Ein Palisadenzaun mit einer Pforte umgab den kleinen Garten mit seinem Fleckchen Rasen und einem Steinplattenweg, der unter einem Spalier hindurch hinter das Haus führte. Es war so gepflegt und adrett wie sein Besitzer schludrig und schlampig war. »Ich fasse es nicht. Wie kann jemand so ordentlich mit einem *Ort* umgehen und so nachlässig mit sich selbst?«

»Die Nachbarn kümmern sich für ihn darum.« Harriet schloß die Tür auf. »Ich weiß nicht, warum er überhaupt Schlüssel hat. Die Fenster sind unverschlossen. Und an der Hintertür ist lediglich ein alter Haken mit Öse. Einige dieser Häuser haben nicht mal Schlösser.«

Die Tür öffnete sich in ein Wohnzimmer, das so breit war wie das ganze Haus. An drei Seiten Fenster. In einer Ecke stand ein Acorn-Kamin. Der Holzfußboden war blankgescheuert, kleine Flickenteppiche bildeten leuchtende Farbtupfer. Ein heller, gemütlicher, wohnlicher Raum, mit eingebauten Bücherregalen unter den breiten Fensterbänken und fröhlichbunten Decken auf dem Chesterfieldsofa und den Sesseln.

»Schau dich um, wenn du magst.« Harriet ging weiter in die Küche und durchsuchte einen Schrank über der Spüle. »Für Besucher hat er immer Kaffee hier. Der Trick ist, ihn zu finden.«

Der Garten hinter dem Haus war klein und vollständig von Zedern umschlossen. Vollkommen privat. Man könnte hier nackt sonnenbaden — auf Clarence bezogen ein absurder Gedanke. Leslie hakte die Fliegengittertür auf und trat hinaus. Schon gut, daß diese enge, kleine Enklave an diesem sicheren Ort lag. Ein paarmal an dem Riegel gerüttelt und der Haken würde abspringen.

Aus dem Haus drangen Stimmen an ihr Ohr. Clarence war gekommen. Ein Clarence, der noch erschöpfter war als sonst. »Du hast mir nicht gesagt, daß ich den Babysitter für eine

Übergeschnappte spielen soll.« Er stand am Tisch, Harriet den Rücken zugewandt, hievte Pakete aus einer großen Einkaufstüte, zwinkerte Leslie zu und brummte: »Eine Kreatur des Fleisches. Eine Verworfene. Entschlossen, mich mit allen Mitteln gefügig zu machen. Und ich sage dir, Harriet, ihre Mittel sind nicht meine Mittel. Hundehalsbänder und Peitschen. Handschellen und Ketten. Du hast mich dem unsagbar Bösen ausgeliefert.«

»Hör mit dem Quatsch auf.« Harriets Blick war amüsiert, ihr Ton gelassen. »Hast du irgendwas Verdächtiges gehört?«

»Schweres Atmen und ausgelassenes Lachen. Gegen solch' heftige Attacken kann meine Tugend nicht lange bestehen.«

»Sie steht doch nicht wirklich auf S & M?« fragte Leslie.

»Natürlich nicht, Liebling. Hör nicht auf ihn.« Harriet stellte Becher auf den Tisch und setzte sich Clarence gegenüber. »Ich will wissen, was alles passiert ist.«

Clarence öffnete eine Schachtel mit Keksen für seine Gäste und holte sich selbst eine Cola aus dem Kühlschrank. »Eigentlich ist gar nichts passiert. Bist du sicher, daß sie dir nicht nur Geschichten erzählt? Sie ist mehr als nur ein wenig eigentümlich.«

»Sie ist eine Schriftstellerin.«

»Liebesromane«, fügte Leslie hinzu.

»Sie denkt sich also Geschichten aus.«

»Was uns gestern passiert ist, hat sie sich nicht ausgedacht. Und was mit dem Auto passiert ist, hat sie sich auch nicht ausgedacht.«

»Was ist mit dem Hund? Hast du den gesehen?«

»Hab' ich. Ich finde nicht, daß er bösartig aussieht. Hat sich nicht gerührt. Hat keinen Mucks getan. Er tat mir leid. Ich glaube, unser Muskelmann nimmt ihn ganz schön an die Kandare.«

Leslie stellte sich den geifernden Hund am Autofenster vor. Gefährlich. Und doch gespenstisch still. Welche Art von Training konnte ein solch unnatürliches Verhalten bewirken?

Mit tödlicher Absicht angreifen, auf Befehl ängstlich zusammenkauern. Für eine Sekunde fühlte sie Mitleid, verdrängte es aber. »Er hätte Harriet töten können.«

»Ich bezweifle, daß das *seine* Idee war.« Gleichmut von Harriet, die offensichtlich nicht nachtragend war. »Gib nicht dem Werkzeug die Schuld. Suche die Quelle.«

Oh Gott. Leslie stopfte sich den Mund mit Keksen voll, um sich vom Reden abzuhalten.

»Apropos, sie hat sich blicken lassen. Die Quelle nämlich. In einer Luxuslimousine, drunter macht er's nicht. Unten am Hafen. In den Trümmern. Mit Limousine und Chauffeur. Der Typ hat keinen Stil.«

»Das ist nicht das einzige, was ihm fehlt.« Harriet lehnte den Keks ab, den Leslie ihr anbot. »Was glaubst du, was er wollte?«

»Wer weiß. Er ist nicht mal ausgestiegen. Er wechselte ein paar Worte mit unserem Kerlchen und verschwand wieder. Ehrlich gesagt, glaube ich, daß du dir um den keine Sorgen mehr machen mußt. Du hast ihn wohl ganz schön erschreckt, denn es gab die ganze Nacht über nicht das leiseste Geräusch. Wir haben beide gut geschlafen. Von ein paar Arbeitern heute morgen abgesehen, ist es ziemlich still. Was zu berichten mir große Freude bereitet, denn ich habe nicht viel Lust, mich auf alle Ewigkeit mit deiner Freundin in diesem Loch zu verkriechen.«

»Sobald du ausziehst, kommen die Gorillas zurück. Solange du da bist, wird nichts geschehen, Clare. Ich würde dich nicht darum bitten, wenn ich glaubte, du wärst in Gefahr.«

»Aber ich *bin* in Gefahr. Sie macht mich unbehaglich. Sie ist nicht die Art von Frau, die ich reizvoll finde.«

»Du kannst dir jederzeit Gesellschaft auf der ersten Etage suchen«, witzelte Leslie.

»Wer wohnt auf der ersten Etage?«

»Gary Irgendwer. Sehr künstlerisch veranlagt.«

»Hör nicht auf sie.« Harriet trank ihren Kaffee aus und

spülte den Becher. »Solange wird's nicht dauern. Und es sind nur die Nächte. Dir bleiben immer noch die Tage. Ich weiß, daß es ein Schock für deine biologische Uhr sein wird, aber du kriegst das schon hin.«

Seine Augen, mit großen Pupillen und halb verdeckt unter den gesenkten Lidern, erinnerten Leslie an Augen, die sie einmal durch ein Loch im Zaun hatte spähen sehen. Dieselbe dunkle Intensität. Starr. Unerschrocken.

»Harriet?«

Seine Miene hellte sich auf, als sie sich ihm zuwandte. Leslie sah die Tarnung, und es machte ihr Angst.

»Was du da über die Quelle gesagt hast, an die man gehen muß.«

»Ja?«

»Du meintest Zaricki.«

»Stimmt.«

»Ist dir schon mal in den Sinn gekommen, die Sache von der anderen Seite zu betrachten?«

Harriet trocknete den Becher ab und stellte ihn auf die Anrichte. »Was meinst du?«

»Er meint« — Leslie antwortete an Clares Stelle — »daß, während du Zaricki als Quelle von Melanies Problemen betrachtest — er dich als Quelle *seiner* Probleme sieht.«

»Und das könnte gefährlicher sein als ein paar Schreie in der Nacht.«

»So dumm ist er nicht.« Harriet lächelte sie beide an. Sprach leichthin. »Wenn ich den Fall niederlege, sucht Melanie sich jemand anderes. Das würde überhaupt nichts ändern.«

Es würde doch etwas ändern. Wo könnte die konfuse Melanie zu diesem späten Zeitpunkt noch Rechtsbeistand finden, der mit Harriet Croft vergleichbar war. Leslie blickte Clarence an. Diesmal waren seine Augen auf sie gerichtet, und in ihnen sah sie schreckliche Angst, und sie wußte, daß dieselbe Angst sich in ihren eigenen spiegelte.

14. Kapitel

»Wir haben einen Tisch reserviert.«

Nach einem angenehmen Nachmittag mit Clare auf der Insel waren sie in das Apartment zurückgekehrt. Angenehm, bis auf diesen seltsamen Anfall von Besorgnis, den Leslie höchst verwirrend und beunruhigend fand. Düstere Anwandlungen konnte sie verstehen. Sie waren Teil ihrer Natur. Aber grundlose Angst, die sich wie ein roter Faden durch eine so friedliche Umgebung wie Clares Inselhaus zog — das konnte sie nicht begreifen. Zum erstenmal hatte sie es gespürt, als sie in den kleinen Garten hinter dem Haus getreten war. Fast unmerklich und schnell wieder verdrängt. Bei der Erwähnung von Zaricki hatte sie es stark gespürt, aber in diesem Fall aus gutem Grund — angesteckt von Clare, der das Gefühl ausgestrahlt hatte. Und dann wieder, als sie in die Tiefgarage gefahren und nach dem Parken zu den Aufzügen gegangen waren. Es war eine Sache, mitten in der Nacht die Schwingungen dieses Ortes zu spüren, der alle Geräusche hallend zurückwarf. Eine ganz andere, wenn dieser Ort einem am hellichten Tage, in Gegenwart anderer Menschen, einen Schauder verursachte.

»Darling.« Harriet kam aus dem Schlafzimmer. »Wir haben einen Tisch reserviert«, wiederholte sie. »Kannst du bis acht fertig sein oder bist du zu sehr in dieses Buch vertieft, um dich zu bewegen?«

Leslie schlug das Buch auf. Tat so, als hätte sie gelesen. Besser Melanie Winks' 'Flammende Leidenschaft' als Harriet mit einer vagen Sorge beunruhigen, die ihr nicht aus dem Kopf ging. »Hör dir das an. 'Ihr Busen wogte vor Verlangen, als er sie an seine entblößte Brust riß. Zitternd gab sie sich ihm hin wie ein Opferlamm auf dem Altar ...' Kein Wunder, daß Clarence um seine Tugend bangt. All diese Dinge müssen in ihr brodeln.«

»Ist dir noch nie aufgefallen, daß die, die am meisten drüber reden, am wenigsten tun? Eigentlich haben die beiden viel gemeinsam. Sie sind beide Romantiker. Was ist jetzt mit Essen? Gehen wir oder bleiben wir zu Hause?«

»Noch so ein Dreisterne-Mahl von der Chefin des Hauses?« Ein gespieltes Schaudern, gefolgt von Harriets gutmütigem Lachen. Einen Abend lang auszugehen, in Gesellschaft anderer zu sein, selbst wenn es Fremde waren, würde helfen, das nagende Unbehagen zu verscheuchen. »Acht Uhr ist prima. Wohin gehen wir? Oder ist das eine Überraschung?«

»In den 'Imperial Room'.«

»Oh, Harriet.« Der 'Imperial Room' des ehrwürdigen 'Royal York' Hotels. Toronto hatte mehr als genug erstklassige Restaurants und hervorragende Hotels. Neuer. Spektakulärer. Aber das 'Royal York' — die alternde Aristokratin, die einst die Skyline dominierte und jetzt neben den vielen Glastürmen fast verschwand — das 'Royal York', im ersten Viertel des Jahrhunderts errichtet, blieb die *grande dame*. »Ich habe nichts zum Anziehen mitgebracht.«

»Wundervoll. Du wirst die Sensation sein. Lady Godiva zu Fuß.« Sie verschwand im Schlafzimmer. »Komm her. Ich muß dir etwas zeigen.«

Das 'Etwas' hing auf einem Bügel am Kleiderschrank. Ein Kleid. Einfach. Fast streng. Aber der Stoff war, was Coco Chanel als *luxe* bezeichnet hätte. So leicht und geschmeidig und farbenfroh wie die berühmten italienischen Schals. Nicht nötig, das Etikett zu lesen, um zu wissen, daß es ein Designer-Original war. Als sie das Etikett doch anschaute, sah sie, daß es ein Ungaro war. »Darling, das kann ich nicht annehmen.«

»Sei nicht lächerlich. Es ist ein Geburtstagsgeschenk.«

»Du bist süß, und ich liebe dich, und ich will nicht, daß du so viel Geld für mich ausgibst, selbst wenn ich Geburtstag hätte, was ich nicht habe.«

»Nun, irgendwann wirst du. Denk einfach, es kommt verspätet. Oder verfrüht. Was auch immer.« Harriet nahm es vom Bügel. Hielt es hoch. Ihre Augen trafen sich im Spiegel.

»Ich war für mich selbst einkaufen und hab' es gesehen, und es rief deinen Namen. Ich hab's gekauft. Ich werde es nicht zurückbringen. Keine Widerrede, zieh es an. Und denk an den Gefallen, den du mir damit tust. Man sagt, geben ist seliger denn nehmen. Ich komm' also besser weg als du. Alles, was du bekommst, ist ein Kleid. Ich bin diejenige, die den ewigen Segen erntet.«

»Unter diesen Umständen wirst du noch ohne jeden Pfennig enden.«

Das Kleid war umwerfend, ungeheuer sinnlich auf ihrer Haut. Es war auch magisch. Sie sah nicht nur wundervoll aus — sie fühlte sich wundervoll.

»Ich glaube, ich werde die Reservierung absagen.« Die Stimme war kühl, aber die Augen, die sich im Glas spiegelten, von warmem, tiefem Grün.

Die Reservierung war für acht. Sie kamen nur fünf Minuten zu spät. Fünf Minuten und drei Generationen, dachte Leslie, und fühlte sich, als wären sie in eine frühere, kultiviertere Zeit getreten. Frische Blumen und schneeweiße Tischtücher — verziertes Silber und feines Kristall — dies war mit Sicherheit immer noch derselbe 'Imperial Room', der einst als 'das vornehmste Hotel im Britischen Commonwealth' gegolten hatte.

»Ist dir eigentlich klar«, — nachdem sie sich gesetzt hatten und der Ober bei ihnen gewesen war — »daß dies unsere erste wirkliche Dinner-Verabredung ist? Ein Ereignis. Es gibt Paare, die jeden Hochzeitstag hier feiern. Ihre Kinder wachsen auf und tun dasselbe. Meine Mutter hat mich jedes Jahr an meinem Geburtstag hierhergebracht. Eine Familientradition.« Ihre Hand umschloß Leslies. »Vielleicht ...«

Vielleicht was, süße Harriet? Vielleicht werden wir in vierzig Jahren genau dasselbe tun? Hier, in dieser stillen Oase, die an eine vornehmere, längst vergangene Epoche erinnerte, schienen alle Dinge unveränderlich. Doch das einzig Unveränderliche war der Wandel.

»Hättest du einen etwas flotteren Ort vorgezogen?«

»Das hier ist perfekt.« Und das war es. Die Gesellschaft. Das gedämpfte Ambiente. Das Essen, das Harriet bestellte, ohne auch nur einen Blick auf die Karte zu werfen. Chateaubriand. Ein 59er Burgunder. Ein gebackener Camembert mit Früchten und eine Flasche Charles Heidsieck Champagner.

Sie waren bei der zweiten Tasse Kaffee angelangt. Harriet fragte, ob sie auf dem Nachhauseweg noch irgend etwas unternehmen wolle, und Leslie sagte, nein, sie würde gern nach Hause gehen, als eine Stimme neben ihr sagte: »Ich glaube es einfach nicht. Ist das die einzigartige Harriet Croft geborene Fordham, die ich da vor mir sehe?«

Leslie blickte auf, direkt in ein Paar blaugraue Augen, die kurz bei ihr verweilten, bevor sie zu Harriet wanderten. Seine Erscheinung paßte zur Stimme. Geschliffen. Selbstsicher.

Der Mann, tadellos in steifem, weißem Hemd und dunklem Straßenanzug, war groß, gut gebaut und sehr von sich überzeugt. Mit einem angenehmen Lächeln und einem 'Ihr gestattet', das eine Antwort weder erwartete noch abwartete, zog er einen Stuhl heran und setzte sich, die Beine übereinandergeschlagen, einen Arm auf der Stuhllehne. »Du siehst gut aus, Harriet. Wie gewöhnlich.«

Herablassend. Vertraulich. Eine Vertrautheit, die über bloße Freundschaft hinausging. Wäre er dazwischengeplatzt, wenn Harriet mit einem Mann zu Abend gegessen hätte? Gab es an dem Umstand, daß zwei Frauen allein zusammen waren, irgend etwas, das inakzeptables Verhalten akzeptabel machte? Leslie rief sich ins Gedächtnis, daß dies ein Teil von Harriets Leben war — ein Leben, von dem sie nichts wußte — sie nippte an ihrem Champagner und versuchte, keinen Ärger zu fühlen.

»Ich wußte nicht, daß du in der Stadt bist.«

»Ich wollte anrufen, aber ich war beschäftigt. Aber, wie ich höre, warst du das auch.«

Leslie entging der Tonfall nicht. Die subtile Anspielung.

Sie dachte — hier haben wir einen Mann, der gewohnt ist zu bekommen, was er will. Alles andere ist überflüssig. Ich bin überflüssig.

»Ich habe nachher noch Zeit. Warum komme ich nicht auf einen Schlummertrunk vorbei. Wir haben unsere letzte Unterhaltung noch nicht beendet.«

Besser, sie ließ die beiden allein, damit sie ihre unerledigten Geschäfte regeln konnten. Sie begann, aufzustehen. Hielt inne, als Harriets Aufmerksamkeit sich ihr zuwandte.

»Wohin gehst du?«

»Mir die Hände waschen.«

»Wir können gehen. Warte doch, bis wir zu Hause sind.«

Der Mann wandte sich Leslie zu und schaute sie an. Schaute sie zum erstenmal richtig an. Ein intensiver, prüfender Blick, der bis tief in ihr Innerstes zu dringen versuchte. An Harriet gerichtet sagte er: »Donnerwetter. Es ist also wahr.« Seine scharfen, grauen Augen funkelten amüsiert. Aber da war noch etwas. Eine Spur Bosheit, die aufflackerte und wieder verschwand. »Ich glaube, wir sollten uns einander vorstellen.« Er reichte ihr seine Hand. »Ich bin Cornelius.«

Und noch ein Name auf der Liste. Tallulah. Cher. Cornelius. *Und wer oder was, bitte schön, ist Cornelius?* Sie nahm seine Hand. Wollte sich gerade vorstellen, als Harriet sie unterbrach. »Tut mir leid. Ich hatte gehofft, daß dies nicht nötig sein würde. Cornelius kann eine schreckliche Nervensäge sein.« Zu ihm: »Wie war Hongkong?«

»Profitabel.« Er war aufgestanden und starrte auf Leslie herab — ein durchdringender, analytischer Blick, dem sie standhielt, bis er sich abwandte. »Ich werde für ein paar Wochen hier sein.« Er küßte Harriet auf die Wange. »Ich rufe dich an. Wir müssen über eine Menge Dinge reden.«

Sie fuhren schweigend zum Apartment zurück. Nichts Ungewöhnliches. Autofahren bedeutete für Harriet Zeit zum Nachdenken. Sie konnte meilenweit fahren, ohne ein Wort zu sagen. Ein Auto folgte ihnen in die Tiefgarage. Das ältere

Paar nickte Harriet zu. Quetschte sich in den kleinen Aufzug. Unterhielt sich über Freunde, die eine Schiffsreise nach Europa planten, und wäre es nicht wunderbar, all diese alten Schlösser und Ruinen zu sehen? Und schließlich waren sie im Penthouse, und Harriet zog einen Bademantel an und schüttete sich einen Cognac ein und sagte: »Es ist ein wunderschöner Abend. Würdest du gern auf dem Balkon sitzen?«

Die Yonge Street war eine Lichterkette. Blinkendes Neonlicht. Kriechende Autoschlangen. Und in der Ferne das tintenblaue Schwarz, da, wo der See mit dem Himmel zusammentraf und das Leben in der Stadt zum Erliegen kam. Melanie war irgendwo da unten am Ufer. Und Clare. Und Menschen, die soviel besaßen, daß sie nicht mehr wußten, wohin damit. Und andere — die all ihr Hab und Gut in einer Plastiktüte mit sich herumtrugen. Leslie seufzte. »Ich liebe diese Aussicht.«

»Es ist wunderbar, hinabzuschauen. Heraufzuschauen aber nicht. Ich hatte schon vergessen, wie hell die Sterne leuchten — wie wunderschön der Himmel nachts ist. Es ist natürlich kein Vergleich mit der Aussicht auf deiner Insel.« Und im selben Atemzug — »Wie fandest du Cornelius?«

»Du hast uns einander nicht vorgestellt.«

»Nein, hab' ich nicht. Ich hatte die Befürchtung, daß wir ihn nicht mehr loswerden, wenn er es sich erst gemütlich gemacht hätte. Es ist typisch für die Crofts, nicht zu wissen, wann es Zeit ist zu gehen.«

»*Croft?* Du meinst, er ist ...«

»Mein Ex. Ich dachte, du wüßtest das.«

Du hast ihn nie erwähnt. Woher hätte ich es wissen sollen? »Cornelius?«

»Mach dich nicht lustig.« Automatisch, so als wäre sie es gewohnt, den ungewöhnlichen Namen ihres Ex-Mannes zu kommentieren, fügte sie hinzu: »Was gut genug für die Vanderbilts war, war auch gut genug für die Crofts. Und bevor du fragst — nein, man hat ihn nie 'Corny'* genannt. Nicht mal in der Grundschule.«

»Das glaube ich.« Stählerne Augen — ein herrisches Wesen — wer würde es wagen? »Womit ich Probleme habe, ist zu glauben, daß du jemals verheiratet warst. Und besonders mit jemandem, der Cornelius heißt. Du hast nie darüber gesprochen.«

»Was vorbei ist, ist vorbei. Wichtig ist nur, was in der Gegenwart passiert.«

Die Autos unter ihnen bewegten sich wie leuchtende Perlen einer Halskette. Der Lärm des Verkehrs war ein kaum wahrnehmbares Brausen, unterbrochen von gelegentlichen Huptönen. Der Balkon war ein fliegender Zauberteppich, der mitten in der Luft hing. Aber was geschah mit einem fliegenden Zauberteppich, wenn der Zauber entschwand? Und was geschah, wenn der Zauber nur für den einen blieb, nicht aber für den anderen. »Er liebt dich immer noch.«

»Cornelius?« Eine schlanke Hand tat dies mit einer Bewegung ab. »Darling, er hat immer nur sich selbst geliebt.«

»Er weiß über uns Bescheid.«

»Zweifellos. Sein größtes Talent ist es, immer auf dem laufenden zu bleiben, selbst wenn er *in absentia* ist. Er hat auch ein unglaubliches Geschick, wenn es darum geht, Menschen zu deuten. Das ist der Grund, warum er so erfolgreich ist.«

»Warum hast du ihn verlassen?« Eine sichere Annahme. Sie konnte sich nicht vorstellen, daß es andersrum gewesen war.

»Ich fand keine Gründe mehr zu bleiben. Für eine Weile war es in Ordnung. Wir waren jung. Heiraten war etwas, das alle taten. Er sah gut aus. War intelligent. Interessant.«

»Ein guter Fang.«

»In vielerlei Hinsicht. Die Frauen waren schon immer hinter ihm her. Ein Wolf im Wolfspelz. Es ist nicht sein Fehler. Er ist einfach zu verdammt attraktiv, und das ist nicht zu

* »corny« = blöd, kitschig. [Anm.d.Übersetzerin]

seinem Besten. Wenigstens war er schlau genug, nicht nochmal zu heiraten. Ich glaube nicht, daß er sich jemals mit einer einzigen Person zufrieden geben wird.«

»Hatte er Affären, während ihr verheiratet wart?«

»Von Anfang an. Ich wußte es zuerst nicht.«

»Und deshalb hast du dich scheiden lassen?«

»Himmel, nein. Das war mir völlig egal. Er sagte, ich sei frigide, und ich nehme an, das war ich wirklich. Ich war erleichtert, als er das, was er wollte, woanders fand.«

»Und du warst kein bißchen bestürzt?«

»Niemals. Warst du es, als du das über Marcie rausgefunden hast?«

Marcie. Hübsche Marcie, die ihr kurzes Leben damit verbracht hatte, etwas zu suchen, das sie nie fand. »Ja, ich war bestürzt. Als ich herausfand, daß sie mit anderen Frauen rummachte. Und dann, als sie Charlie verlassen und zu mir zurückkommen wollte — konnte ich es einfach nicht.« Und wenn sie da weitergemacht hätte, wo sie aufgehört hatten, dann würde Marcie vielleicht noch leben. Und ihre Kinder würden nicht bei den Großeltern aufwachsen, und Charlie wäre nicht im Gefängnis, und sie ertrug es nicht, darüber nachzudenken, weil der Schmerz noch zu frisch war. »Ihr hattet also eine offene Ehe.«

Es gab eine lange Stille. Schließlich sprach Harriet, unendlich müde. »Ja, wir hatten eine offene Ehe. Cornelius hatte andere Frauen. Was du wirklich wissen willst, ist, ob ich andere Männer hatte? Was für einen Unterschied macht das? Ich hatte keine, aber nicht aufgrund irriger Moralvorstellungen. Ich hatte keine Lust. Es ist keine Tugend, einer Versuchung zu widerstehen, wenn es keine Versuchung gibt, der man widerstehen könnte. Und ehrlich gesagt, Leslie, habe ich Sex und Tugend nie als zusammengehörig betrachtet.«

Leslie zitterte in einem Anfall von Kälte, die nichts mit der Temperatur zu tun hatte. Oder mit dem kühlen Verkünden einer Philosophie, die der ihren vollkommen widersprach. Es war etwas, das Harriet kurz zuvor gesagt hatte. Über die Crofts, die nicht wußten, wann es Zeit war, zu gehen. Eine Schwäche, die eng verbunden war mit der Unfähigkeit, loszulassen.

Cornelius und Harriet waren geschieden. Aber er hatte sie behandelt, als gehöre sie ihm. Eine ungebundene Harriet war keine Bedrohung für sein Ego. Aber eine Harriet, die ein Verhältnis hatte — besonders, wenn sie dieses Verhältnis mit einer anderen Frau hatte? Nach ihrer Einschätzung war er nicht der Typ Mann, der Abtrünnigkeit auf die leichte Schulter nahm.

15. Kapitel

Leslie fuhr am Sonntag. Cornelius rief am Montag an.

Sie trafen sich auf einen Drink im 'Harbour Castle' direkt am Hafen — in dem Luxushotel, das sie in der Vergangenheit regelmäßig besucht hatten. Da es zu Fuß von ihrem Büro aus zu erreichen war, schien die Wahl mehr als logisch. Erst als Cornelius eintraf, sich wie üblich einen Weg bahnte — erst als er ihr einen besitzergreifenden Kuß gab und bedeutungsvoll sagte, »Wie in guten alten Zeiten«, ging ihr auf, daß er versuchte, Erinnerungen zu wecken.

Cornelius, der Manipulator. Ein geborener Schauspieler, der schon so lange eine Hauptrolle spielte, daß sie ihm zur zweiten Natur geworden war. Bei ihrem ersten Treffen hatte seine ihn vergötternde Mutter gesagt: »Mit seinem Charme kann mein Sohn die Vögel von den Bäumen herunterzaubern.« Ein Satz, der vermuten ließ, daß nichts Mrs. Croft Senior glücklicher machen würde, als wenn sie, Harriet Fordham, ihre Flügel aufspannen und davonfliegen würde. Als sie es dann schließlich tat, war die neun Jahre währende Eiszeit mit einem Mal vorüber. Sie waren nicht gerade Freundinnen geworden, aber seit der Scheidung waren sie auch keine Feindinnen mehr.

»Hast du meine Blumen bekommen?«

»Heute morgen sind sie gekommen.« Drei Dutzend langstielige rote Rosen. Ein Prestigekauf. Typisch. Auch typisch — seine Wahl einer Kreuzung, die zwar optisch vollkommen war, ihren Duft aber verloren hatte. Sie verblaßten neben dem Durcheinander der stämmigen Zaunrosen in Leslies Garten — eine verschwenderische Fülle von Farben und Düften.

»Ich weiß, wie sehr du Rosen liebst. Ich erinnere mich, Harriet. Ich erinnere mich an viele Dinge.«

Ach, Cornelius, du erinnerst dich nicht daran, wieviel du vergessen hast. Diese langen, grünen Schachteln hatten während ihrer Ehe mit der Zeit immer nur eins bedeutet. Das Ende einer Affäre. Die kurze Zeit zwischen dem Abschütteln der einen Geliebten und der Errungenschaft der nächsten. Er hatte nie geahnt, wie wenig es ihr ausmachte. War immer noch der Überzeugung, daß sie sich wegen der anderen Frauen in seinem Leben hatte scheiden lassen. Was teilweise ihr Fehler war. Sie hatte ihm nie gesagt, daß es Langeweile und nicht Groll gewesen war, der zu ihrer Trennung geführt hatte. Die Zuneigung, die sie für ihn fühlte — immer noch fühlte — hatte sie dazu bewegt, die Trennung für ihn so schmerzlos wie möglich zu machen. Zu wissen, daß es ihr vollkommen egal war, hätte ihn niedergeschmettert. Bemüht, seine Gefühle zu schonen, hatte sie ihm gestattet zu glauben, was er wollte.

»Ich habe dich vermißt.« Die grauen Augen leuchteten vor Aufrichtigkeit. Ein blauer Schimmer lag auf seinem adretten schwarzen Haar. Sein Lächeln war warm und vertraut. Unverwechselbar Cornelius.

Eine Frau am Nebentisch warf Harriet einen neidischen Blick zu — einen koketten, flirtenden in Cornelius' Richtung. Es hatte Zeiten gegeben, da hätte er reagiert. Untypischerweise schien er es gar nicht zu bemerken. Er wartete darauf, daß sie sagte, ja, sie vermisse ihn auch. Das Lächeln gefror ein wenig, als sie statt dessen fragte: »Was hast du in Hongkong gemacht?«

»Ich habe mit Leuten geredet, die Geld ausgeben wollen. Ich habe eine Gruppe von Maklern in Vancouver, die zwar viele Ideen, aber wenig Geld haben.« Es sei immer noch einer der schönsten Flecken auf der Erde, sagte er, aber die Anspannung sei fast unerträglich. Die Hoffnung, daß Hongkong ein gewisses Maß an Autonomie behalten könne, war mit dem blutigen Aufstand in Peking am Tor des Himmlischen Friedens geplatzt. Die Menschen drängten sich darum, die Stadt zu verlassen. Die Reichen konnten sich den Weg in die Freiheit erkaufen. Die Armen würden so gut sie konnten zurechtkommen.

Als begabtem Unterhalter gelang es Cornelius, Menschen und Orte zu anschaulichem Leben zu erwecken. Sie war von sich überrascht, als sie seinem Vorschlag, gemeinsam zu Abend zu essen, zustimmte. Und wunderte sich, daß ein Mann, mit dem zusammenzuleben so langweilig war, ad hoc so interessant sein konnte.

Unter dem sehnsüchtigen, bedauernden Blick der Rothaarigen vom Nebentisch zogen sie von der Lounge in den Speiseraum. Mit den Örtlichkeiten wechselten sie auch das Gesprächsthema. Nachdem er für Harriet bestellt hatte, ohne sie vorher zu fragen, kam er umgehend auf seine bevorstehende Reise zu sprechen. Perestroika hatte die Tür für mögliche Investitionen hinter dem rostigen Eisernen Vorhang aufgestoßen. Schau dir McDonalds an. Unglaublich. Obwohl nur Gott wußte, wie lange das gut gehen würde, und der hielt sich bedeckt. Die Dinge standen schlecht und verschlechterten sich noch, aber inmitten des wirtschaftlichen Zusammenbruchs konnten und wurden Vermögen gemacht. Nächste Woche machte er sich also auf den Weg nach Polen, Ungarn, in die Tschechoslowakei. Und natürlich nach Deutschland. Der Berliner Wohnungsmarkt stand vor einer ernsten Krise.

Mit all den Investoren, die schon Schlange standen — wer konnte der Nachfrage da besser gerecht werden? Es wäre natürlich nicht, so betonte er, nur Arbeit und kein Vergnügen. Wenn Harriet mitkommen würde ...

Sie probierte den Lammbraten und dachte an die Reisen, die sie in der Vergangenheit unternommen hatten. Geschäftsreisen, auf denen sie die meiste Zeit allein verbracht hatte. Es hatte sie nicht wirklich gestört. Anfangs nicht. Aber am Ende war sie der Museen und Galerien und Hotels müde geworden und war mehr als zufrieden gewesen, zu Hause zu bleiben.

»Wir werden eine wunderbare Zeit verleben.« Seine Hand umschloß die ihre. »Wir machen Zwischenstation in Paris. In London auch, wenn du magst.«

»Zweite Flitterwochen?«

Ohne die Spur Sarkasmus wahrzunehmen, sagte er eifrig: »Warum nicht? Du wolltest die Scheidung doch nicht wirklich. Ich weiß, daß ich sie nicht wollte. Ich habe mich wie ein Narr benommen. Nie wieder. Ich habe meine Lektion gelernt, Baby.«

Es gab keinen Mann im Raum, der Cornelius Crofts Flair besaß. Harriet wußte, daß sie ein eindrucksvolles Paar waren. Gemeinsam zogen sie bewundernde Blicke auf sich — und anerkennendes Lächeln. Eine viel angenehmere Art der Aufmerksamkeit als die, die sie gemeinsam mit Leslie erregte. Es gab etwas an dem Umstand, daß zwei schöne Frauen ihre gegenseitige Gesellschaft genossen, was Feindseligkeit entfachte. Bei unscheinbar aussehenden Frauen konnte man das ja noch verstehen. Nicht aber bei Frauen, die wählerisch sein konnten und ganz offensichtlich einander gewählt hatten.

»Ich bitte dich, mich zu heiraten.« Das Lächeln blieb unverändert, während die Wärme verebbte. »Ich habe dich schrecklich vermißt. Ehrlich gesagt, Harriet, bin ich verdammt unglücklich.«

Vor Jahren hatte eine Umfrage ergeben, daß verheiratete Männer und unverheiratete Frauen am glücklichsten waren, unverheiratete Männer und verheiratete Frauen am *un*glücklichsten. Ein Unterschied, der ein fünfzigprozentiges Defizit im Eheparadies garantierte. Ein Juwel des Trivialwissens, das besser unerwähnt blieb. »Ich habe dich zu gern, um dich zu heiraten.« Auf eine merkwürdige Art und Weise war das sogar die Wahrheit. »Man sollte dich niemals binden, Cornelius. Es wäre dir gegenüber nicht gerecht. Eine Ehefrau ist das letzte, was du brauchst.«

»Sag mir nicht, was ich brauche.« Das Lächeln verschwand. »Ich war noch nicht bereit. Jetzt bin ich es.« Er schob das störrische Croft-Kinn nach vorne. »Die Frau, mit der du da warst. Leslie. Siehst du sie oft?«

Die Frage löste ein Kaleidoskop an Bildern aus. Leslie, glitzernd unter der Dusche. Leslie, dunkel und glutvoll zwischen weißen Laken. Leslie, wild herumtobend mit Duchess. »Ja, das tue ich.«

Er wartete darauf, daß sie fortfuhr. Als sie es nicht tat, sagte er kalt: »Sie ist diejenige, nicht wahr?«

»Was soll das heißen?«

»Du weißt verdammt gut, was das heißt.« Er war jetzt wütend. Stand kurz vor dem Explodieren. Am Rande einer seiner ausgewachsenen Wutausbrüche. »Ich hatte gehört, es gäbe jemand anderen. Ich hatte gehört, es sei eine Frau. Ich wollte es nicht glauben. Ausgerechnet du. Warum hast du mir nicht gesagt, daß du andersrum bist? Warum hast du mich all die Jahre wie einen Narren dastehen lassen? So gottverdammt erhaben und die ganze Zeit hast du hinter meinem Rücken mit Frauen gebumst.«

Vorsichtig faltete Harriet ihre Serviette zusammen und legte sie neben ihren Teller. Mit kühler, formeller Höflichkeit sagte sie: »Cornelius, ich habe diesen Abend genossen. Ich will nicht, daß er schlecht endet. Ich möchte, daß wir Freunde sind.«

Zu spät begriff sie, daß dies das Schlimmste war, das sie hätte sagen können. Freunde? Was sie in seinen Augen sah, war keine Freundschaft. Sie glühten vor Zorn. Und etwas anderem. Nacktem Haß.

Sie ließ ihn dort zurück. Traurig, daß sie ihn verletzt hatte. Wissend, daß er es nicht vergessen würde. Unbeeindruckt davon, daß er ihr niemals vergeben würde.

16. Kapitel

Die Telefonzelle war an der Ecke Danforth und einer ihrer zahllosen Seitenstraßen. Die Goldene Meile. Eine Hauptverkehrsstraße, bevölkert von Autohändlern und Selbstbedienungsläden — einst vor den Toren Torontos, mittlerweile von der sich ausbreitenden Stadt einverleibt. In diesem Viertel lebten vor allem Griechen — eine Wohn- als auch Geschäftsgegend, in der alles dermaßen unbeständig war, daß die Ortsansässigen Fremde als Außenseiter betrachteten, die dort ihre Geschäfte tätigten, während die Geschäftsleute die Anwohner kaum von den Pendlern unterscheiden konnten. Niemand wußte, wer wohin gehörte, und niemand wollte es wissen. Es gab keinen besseren Ort, um seine Geschäfte anonym per Telefon zu erledigen.

Delbert Klages legte den Hörer auf und atmete tief ein, als er aus der Zelle in den feinen Regenschleier hinaustrat. Er stellte sich an die Ecke — ein grauer Mann an einem grauen Tag — und dachte darüber nach, wie nah dran er gewesen war, einen Fehler zu begehen. Einen *großen* Fehler. Angenommen, sie wäre auf der Insel gewesen, als sie dort angekommen waren. Und angenommen, Pony hätte die Kontrolle über sich verloren, wie es oft vorkam, wenn er angeschickert war — was er tatsächlich gewesen war — und sie hätten mit einer Leiche dagestanden. Diesmal würde er verdammt sichergehen, daß das Unternehmen alkoholfrei ablief.

Es sollte ihr nichts zustoßen. Wenigstens nicht, bis der Mann am Zug war. Weit weg von der lärmenden Menge. Natürlich leichter gesagt als getan. Sich jemand Lebendigen zu schnappen war nie einfach. Nicht wie ein sauberer Schuß, den man jederzeit, überall abfeuern konnte. Wenn jemand wollte, daß du durchlöchert wurdest, dann warst du so gut wie tot. Aber wenn der Vertrag ein vorhergehendes *parlez-vous* verlangte, lief das Spiel völlig anders. Deshalb war die Insel ein solches Gottesgeschenk gewesen. Deshalb *war* sie ein solches Gottesgeschenk. Selbst wenn Ostern auf Weihnachten fiel, würde man sowas nicht mehr finden.

Wenn Brack, dieser Trottel, sich eher bei ihnen zurückgemeldet hätte, wäre jetzt alles erledigt. Er war derjenige, der die Sache vermasselt hatte. Er war derjenige, der verdammt nochmal alles wieder in Ordnung bringen würde.

Die Stimme am Telefon, als er angerufen und seinen Bericht abgeliefert hatte, klang immer noch in seinem Ohr. So klar und kalt wie ein Eisblock. »Keine Erklärungen, Klages. Keine Entschuldigungen. Kein weiterer Aufschub. Ich will dies vor dem Wochenende erledigt haben. Ich warte darauf, von Ihnen zu hören.«

Und Sie, Mr. Brack, werden jetzt von *mir* hören.

Delbert trat wieder in die Telefonzelle und wählte Tuppers Nummer. Dann lief er durch den Nieselregen zu seinem Auto und fuhr in die Stadt, Richtung Queen's.

Das Telefon klingelte, Tupper hob ab und hätte sich treten können, als er das zischelnde Flüstern hörte. Völlig erledigt von einer Überwachung, die vor Mitternacht begonnen und fast bis zum Mittag angedauert hatte, war er nicht in der Stimmung für Mr. Aalglatt und dessen Probleme. Im Moment war es wichtiger, den Tütenmann und seine Angewohnheiten in den Griff zu kriegen.

Tütenmann. Ein Nachtvogel, hatte man ihm gesagt. Nächtliche Kreaturen kamen bei Tagesanbruch in ihre Höhlen zurück. Deshalb hatte er die ganze Nacht auf der Lauer gelegen und noch länger und alles umsonst. Der Tütenmann, so schien es, war die Ausnahme.

Es gab noch eine Bleibe, das war klar, obwohl man nur raten konnte, wo die wohl sein konnte. Vielleicht außerhalb der Stadt. Vielleicht sogar außerhalb des Landes. Der Zoll war klasse, wenn es darum ging, Schmuggler zu kassieren, aber wenn es um unerwünschte Ausländer ging, waren sie auf beiden Augen blind. Der Tütenmann war schuld daran, daß er den Hörer sofortemang abnahm, als es klingelte.

Überraschung. Anstelle des erwarteten Rückrufs seines Informanten, der die Telefonnummer überprüfte, erklang Mr. Aalglatts Stimme, und die Botschaft war knapp. »Treffen Sie mich im Queen's.«

Nicht, können Sie. Wollen Sie. Würde es Ihnen was ausmachen.

Tupper bespritzte sein Gesicht mit kaltem Wasser. Wechselte das Hemd. Versuchte, nicht daran zu denken, was man wohl diesmal von ihm verlangen würde.

Clarence Crossley stand am Fenster und beobachtete einen Überseefrachter, der am Ladedock vertäut war. Regen lief an der Scheibe herunter. Eine streunende Katze auf der Suche nach Schutz schlich vorbei. Ein trostloses, tristes Ödland.

Das einzige Geräusch in der Wohnung war das leise Klappern der Tasten, das Melanies Zwiesprache mit ihrem Computer verursachte. Als Gewohnheitsleser hatte er nie viele Gedanken darauf verschwendet, wie die Worte ihren Weg auf eine gedruckte Seite fanden. Die Produktion von Büchern hatte er sich immer als einen raschen Prozeß vorgestellt — zack und fertig. Nun wurde er in den Entstehungsprozeß eingeweiht, und er begriff, daß dieser Prozeß bestimmt war von Aussetzern und Einsätzen — Zeiten, da man nur ins Leere starrte, abgelöst von plötzlichen Ausbrüchen, in denen Buchstaben zu Wörtern wurden und Wörter zu Sätzen und Sätze zu ganzen Abschnitten. So war es zumindest bei Melanie.

Er gewöhnte sich allmählich an diese raschen Geräuschsalven, nahm sie hin wie das Ticken der Uhr oder das Summen des Kühlschranks. Es war nicht ihre Tipperei, die ihn so nervös machte. Was war es dann?

Konnte es das Gebäude sein? Kaum. Seit er angekommen war, hatte es nicht die leiseste Störung gegeben. Kein Rumpeln um Mitternacht. Keine Abbruchtrupps am hellichten Tag. Nur das tätowierte Wunder und sein schwarzer Schatten — beide schienen eine bestimmte imaginäre Linie nicht zu überschreiten.

Konnte es Harriet sein? Ja, natürlich war es Harriet. Er fühlte sich immer unwohl, wenn ein schwieriger Fall in die harte Endphase ging, genau wie jetzt, so kurz vor Zarickis Anhörung. Er saß hier fest, während er da draußen sein sollte — mit offenen Ohren und ausgestreckten Fühlern unter die Nachtmenschen gemischt, die den Bodensatz der Stadt bildeten, Leute, die zu jener gleichsam unterirdischen Kultur gehörten, welche die sichtbare Alltagsgesellschaft funktionsfähig erhielt.

Der Regen half ihm auch nicht weiter. Er brauchte einen Tapetenwechsel, mußte dieses Gefängnis verlassen, aber er würde sich nicht bis auf die Haut durchnässen lassen und dann im Adamskostüm rumsitzen und darauf warten, daß seine Klamotten trockneten. Nicht, daß sie das bemerkt hätte. Die meiste Zeit war ihr nicht mal bewußt, daß er da war.

Es klopfte an der Tür. Erschreckt blickte Melanie ihn an, ihre Augen wie die eines Rehs, erstarrt im Scheinwerferlicht. »Ich geh schon«, sagte er. Er zog den Riegel zurück und blickte in die leeren Augen des Hausmeisters.

»Ich werd jetzt das Wasser für ’ne Weile abstellen. Sie füllen sich besser ein paar Eimer.«

»Was ist diesmal der Grund?« Melanie klang mehr resigniert als wütend.

»Wir haben ein Leck im Keller.« Der Zahnstocher wanderte in den anderen Mundwinkel. »Musses repariern, bevor wir absaufen.«

»Wie lange wird es abgestellt?« Dies von Clarence.

»Kann man nicht sagen, Mister. Diese Dinge brauchen ’ne Weile.«

»Ich werde Ihnen helfen.«

»Kein Grund, sich Umstände zu machen.« Der Zahnstocher tanzte im Takt.

»Das ist schon okay. Ich liebe Keller. Man weiß nie, was man in diesen alten Gebäuden da unten so alles findet.«

»Wir lassen Anwohner nicht in den Keller.« Sein Gesicht war so hölzern wie der Zahnstocher in seinem Mund.

»Da ich kein Anwohner bin, dürfte das kein Problem sein.« Clarence bewegte sich in Richtung Treppe. »Wo ist Ihr Alter Ego?«

»Mein was?«

»Der Hund. Der Dobermann. Wo ist er?«

»Der Hund? Is’ nicht meiner. Gehört zu dem Laden hier.«

»Tatsächlich? Ich habe gehört, er sei ziemlich unberechenbar. Achten Sie drauf, daß er sich nicht von hinten anschleicht.«

»Er ist hinterm Haus. Wenn Sie gebissen werden, dann nur, weil Sie sich wo rumtreiben, wo Sie nix verlorn haben.«

Clare, der vorausgegangen war, blieb im Erdgeschoß stehen. Der Aufseher tat es ihm nach. Zappelte herum. Versuchte es nochmal. »Ich brauch’ Sie nicht, Mann. Das hier is’ meine Aufgabe.« Er blockierte den Treppenschacht, sichtlich nicht willens nachzugeben.

»Es macht mir keine Mühe. Ich habe nichts besseres zu tun.« Grinsend, ebensowenig willens nachzugeben, spöttelte Clarence: »Sie haben doch wohl keine Leichenhaufen da unten, oder?«

»Wenn Sie schwarze Löcher so toll finden, bitte sehr.«

Die Holztreppe war steil. Fast senkrecht. Der obere Treppenabsatz war schwach von einer einzelnen Glühbirne an der

Decke erleuchtet, in der Tiefe war es rabenschwarz. Auf dem Weg nach unten hörte Clarence ein schnelles Trippeln. Das knisternde Rascheln von altem Papier.

»Mögen Sie Ratten?« Die Frage klang verdrießlich, aber zufrieden. »Wenn Sie irgendwas fühlen, das Ihr Bein raufkriecht, sagen Sie nicht, ich hätt' Sie nicht gewarnt.«

Die Muffigkeit machte die Luft schwer. Geruch von feuchtem Schimmel wirbelte umher und verstopfte Clarences Nase. Die Kellerbeleuchtung brachte eine riesige Höhle voller Schatten zum Vorschein, einen Boden, verdreckt und übersät mit Müll, der sich mit den Jahren angesammelt hatte, steinerne Wände, überzogen von grünem Schleim. Clare blickte sich um. Als wäre er leichtgläubig genug, anzunehmen, es gäbe wirklich ein Problem, fragte er: »Also, wo ist das Leck?«

»Das is' die große Frage, hä?«

Gemeinsam inspizierten sie die Rohre. Fanden nichts. »Glauben Sie, es ist vielleicht oben?« Dann, um ihm eine Chance zu geben, sein Gesicht zu wahren: »Es ist, wie wenn man zum Arzt geht. Man hat Schmerzen. Kaum ist man da, sind sie verschwunden. Die Eimer können wir dann wohl vergessen, oder?«

Es war eine Erleichterung, den feuchten, übelriechenden Kerker zu verlassen. Es war keine Erleichterung, zu wissen, daß die Belästigungen, über die Melanie sich beklagt hatte, wieder anfingen. Ein Hinweis darauf, daß die Zeit knapp wurde und die Geduld nachließ.

Clarence hielt im Erdgeschoß inne. »Wir können ebensogut hier oben mal nachgucken, nur um sicher zu gehen.« Er hatte es nicht eilig, zu Melanie zurückzukehren. Und er war neugierig auf die Demontage des Gebäudes, wollte mehr sehen als das, was er auf dem Weg zu Melanies Wohnung gesehen hatte.

Das gesamte Erdgeschoß war bis auf die tragenden Mauern auseinandergenommen worden. Die einzige Ausnahme war eine behelfsmäßige Kabine in einer der hinteren Ecken, vorübergehende Unterkunft für ein zerwühltes Feldbett, Kochplatte, Tisch und Stühle und ein kleines Radio. Ein halbzugezogener Vorhang in einer Nische verbarg eine Toilette und ein schmutziges Waschbecken.

Clare warf einen kurzen Blick hinein, bevor er, auf frische Luft hoffend, zur Hintertür ging. Der Regen hatte aufgehört, aber der Himmel war immer noch tief verhangen. Der Boden war matschig und wahllos mit Bergen von zersplittertem Sperrholz und Gipsbrocken überhäuft. Eine rostige Mülltonne, bis über den Rand gefüllt, stand an der einen Seite. Und dort, an einer kurzen Kette im Freien angebunden, lag der Hund, naß und zitternd. Clare war nicht gerade ein Tierfreund — häufig nicht einmal ein Menschenfreund — und deshalb traf ihn die Welle des Mitleids, die er fühlte, unvorbereitet. Die Länge der Kette abschätzend ging er auf den Dobermann zu.

»Bleiben Sie weg. Das Vieh mag keine Fremden.«

Mit nagender Wut im Bauch wandte Clare sich um. »Warum bringen Sie ihn nicht rein? Er ist völlig durchnäßt.«

»Ich will nicht, daß es frei rumläuft. Vielleicht die falschen Leute verletzt. Ich kann es nicht jede Minute beaufsichtigen.«

»Sie können ihn festbinden, oder? An den Bettpfosten. Irgendwo.«

»Das Vieh is' nicht stubenrein, Mann, und ich werd' den Teufel tun und hinter 'nem verdammten Hund aufwischen.«

Wenn ich die Wahl zwischen euch beiden hätte, nähme ich den Hund, dachte Clarence. »Wie ist sein Name?«

»Ich nenn' ihn 'Hund'. Mehr kennt er nicht.« Die trüben, stumpfen Augen des Mannes standen in merkwürdigem Kontrast zu dem strahlenden, intelligenten Schimmer in den Augen des Dobermanns. Der Mann baute sich vor Clarence auf. »Sie gehn jetzt besser zu Ihrer Freundin zurück. Die fragt sich sicher schon, wo Sie sind.«

Er fand Melanie genauso vor, wie er es erwartet hatte. Fleißig tippend. Versunken in ihrer Phantasiewelt. Er könnte für Stunden verschwinden, und sie würde nicht mal merken, daß er weg war. Nicht, daß das etwas ausmachte. Wenn die Nachtschicht vorbei war, konnte er tun, was er wollte. Und wonach es ihm im Moment gelüstete, war ein gemütlicher Spaziergang in die Yonge Street, um an frische Unterwäsche zu kommen und etwas Zeit für sich selbst zu haben.

Eines der Merkmale einer heruntergekommenen Straße mit heruntergekommenen Mietshäusern — es war immer etwas los. Eine ruppige Kameradschaft entwickelte sich unter den Männern, die nichts hatten außer einander. Sie versammelten sich in Grüppchen auf den Stufen — meckernd, diskutierend, lachend, streitend, trinkend. Normalerweise konnte man den Lärm schon am Ende des Blocks hören. Aber heute war die Straße menschenleer. Der graue Tag hatte alle drinnen gehalten, zusammengepfercht in einem der Räume. Die Tür war offen und als Clarence vorbeiging, rief einer der Männer: »Hey Mann, warste im Süden? Haste dich unter die bessere Gesellschaft gemischt?« Ein gackerndes Lachen, gefolgt von einer zweiten Stimme: »Haste deinen Freund denn getroffen?«

Clarence ging zurück. Stand in der Tür, schaute von einem zum anderen. »Welchen Freund?« Er stellte fest, daß die vier Männer zu der Gruppe gehörten, die sonst auf der Vordertreppe Hof hielten. »Woher wißt ihr, daß er nach mir gesucht hat?«

»Mußt schon du gewesen sein.« Im Chor: »Wir waren's bestimmt nich'.«

»Wann?«

»Irgendwann.« Die Zeit hatte keine Bedeutung. »Willst'n Schluck?«

Ohne die dargebotene Flasche weiter zu beachten, fragte Clare: »Hat er'n Namen gehabt?«

Sie konnten sich nicht erinnern. Aber einer von ihnen erinnerte sich daran, denselben Mann nach Einbruch der Dunkelheit noch gesehen zu haben. Als wäre er wirklich auf was aus. Als wäre es wirklich was Wichtiges.

Clare zuckte mit den Schultern und ging seiner Wege. Seine Freunde wußten, daß er auf den Toronto Islands lebte. Sie würden ganz sicher nicht hier nach ihm suchen.

Der Raum war vom langen Verschlossensein stickig. Er öffnete ein Fenster und legte sich aufs Bett, genoß den Luxus, mit sich selbst allein zu sein, was nicht dasselbe war wie mit Melanie Winks allein zu sein. Er schaltete alle Gedanken vollkommen ab, trieb im leeren Raum. Als er eine halbe Stunde später wieder auftauchte, fühlte er sich ausgeruht und hellwach.

Er stopfte frische Socken und Unterwäsche in seine Taschen. Versuchte, Harriet anzurufen, die aber nicht da war. Sprach mit Donna, die da war und Harriet ausrichten würde, daß er angerufen hatte. Machte das Fenster zu und verschloß die Tür und eilte an dem Raum vorbei, in dem die Party langsam in Fahrt kam.

Ein paar Häuserblocks südlich gab es einen Supermarkt. Er hatte die Nase bereits voll von Melanies Müsli und Bohnenkeimen und Vollkornreis. Er kaufte einen Chelsea-Kuchen und ein Dutzend Danishs und ein Sechserpack Cola. Und dann, ganz spontan, drückte er auf den Knopf an der Fleischtheke und bat den Metzger um einen Suppenknochen. Mit Fleisch dran. Während er Futter und Hundekekse in den Einkaufswagen lud, sagte er sich, daß er schön blöd sei. Was kümmerte es ihn denn, daß dieses traurige Exemplar von 'des Menschen bestem Freund' mißhandelt und vernachlässigt wurde und kein Bissen Nahrung für ihn auch nur zu sehen war? Warum sollte ihn das etwas angehen? Lag es daran, daß das Tier ihn mit diesem stillen Flehen in den Augen betrachtet und sich beim Anblick des tätowierten Wunderknaben scheinbar in sich selbst verkrochen hatte?

Der tätowierte Wunderknabe. Keine Spur von ihm, als Clare das Gebäude betrat. Auch kein Geräusch. Als wäre der

Ort unbewohnt und niemand da, der sich um den Laden kümmerte. Nur Melanie, die ihn mit einer Botschaft empfing. »Harriet hat angerufen.«

Hatte seinen Anruf beantwortet, der gar nicht so dringend gewesen war. Er stellte seine Einkäufe auf die Anrichte. »Ich bin gleich wieder da. Ich will zuerst noch was erledigen.«

Der Hund war immer noch an die kurze Leine gebunden. Seine Muskeln spannten sich an, als Clare ein Brett von dem Schutthaufen zog und das Hundefutter darauf verteilte. Mißtrauisch beschnüffelte er das Hühnerfleisch, bevor er aufstand und es herunterschlang. Clare trat näher und hielt ihm den Knochen entgegen. Mit wachsamen Augen und gefletschten Zähnen wich der Hund zurück. Wußte er denn nicht, daß man die Hand, die einen fütterte, nicht biß? Offensichtlich nicht. Er machte einen Satz nach vorn, Clarence zog sich zurück, versuchte es noch einmal, probierte es solange, bis die Versuchung größer wurde als die Umsicht und 'Hund' sich nach vorne streckte und den Knochen vorsichtig an einem Ende packte.

In Hochstimmung rannte er die Treppen rauf und rief Harriet an. Sagte, daß er nichts zu berichten habe, daß er und Melanie eine ruhige Nacht verbracht hatten, daß alles unter Kontrolle sei. Am Morgen habe es einen winzigen Vorfall gegeben. Ein vorgetäuschtes undichtes Wasserrohr. Aber darum hatte er sich gekümmert.

Sie wartete, bis er fertig war. »Ich bin froh, daß ihr zwei so gut miteinander auskommt. Eigentlich habe ich dir etwas mitzuteilen. Gute Nachrichten und schlechte Nachrichten.«

Unmöglich, von ihrer Stimme darauf zu schließen, welche Sorte überwog. »Die gute Nachricht ist, daß du mich hier rausholst. Ich bin frei und kann gehen.« Das wäre so in etwa die beste Nachricht, die er sich vorstellen konnte.

»Noch nicht, aber vielleicht früher als du denkst. Ich habe einen Anruf von Zarickis Anwalt bekommen. Wir haben für Anfang der Woche einen Termin gemacht. Ich glaube, die haben jetzt kapiert, daß sie keinen weiteren Aufschub mehr kriegen werden. Die Anhörung steht fest. Und sie wollen auf gar keinen Fall, daß wir damit an die Öffentlichkeit gehen.«

Die Anhörung war nächsten Mittwoch. Heute war Donnerstag. Der Termin Montag oder Dienstag. Ergo — ein Wochenende mit Melanie. Das war die schlechteste Nachricht, die er sich vorstellen konnte. »Wenn er sich mit uns einigen will, warum bis nächste Woche warten?«

»Früher kann er nicht.«

»Harriet, ich bitte dich. So beschäftigt kann er nicht sein. Was tut er denn schon außer in der Gegend rumlaufen und Mieten kassieren? Für mich hört sich das so an, als ob er sich Zeit für einen letzten Schlag nehmen will.«

Er konnte das Summen in der Leitung hören. Ihr Atmen. Konnte ihr Gesicht sehen, kühl und selbstsicher — ihre meergrünen Augen, die leicht amüsiert glitzerten. Konnte sich vorstellen, was sie dachte. *Mein Freund Clare, der Schwarzseher.* Nun, es stimmte. Er machte sich zu viele Sorgen, weil sie sich zu wenig machte. Ein Schauder lief kalt über seinen Rücken. Eine Vorahnung, daß irgend etwas Unheimliches im Gang war, und daß dieses Etwas Harriet betraf.

Als er den Hörer aufgelegt hatte, wischte er die feuchte Stelle ab und trocknete seine Handflächen an den Hosenbeinen.

Für die meisten Stammgäste war es noch zu früh am Tag. Ein paar Pennerinnen, die dem Regen entgehen wollten. Ein älteres Rentnerpaar. Und ganz allein am anderen Ende des Raums — Mr. Aalglatt.

Seit dem Abstecher auf die Insel hatte Tupper ihn nicht mehr gesehen. Hatte gehofft, ihn niemals wiederzusehen. Er hatte schon genug Probleme, auch ohne daß er mit den Gebrüdern Rambo rumtändelte.

»Sie haben sich Zeit gelassen.«

Der Hundesohn. Was denkt er, wer er ist? »Ich hab' noch halb geschlafen. Hab' die ganze Nacht jemanden observiert.« Er würde nicht zugeben, daß er für sich selbst arbeitete.

»Das ist Pech. Ich fürchte, was immer Sie gerade am Wickel haben, wird warten müssen. Ihre Arbeit mit uns ist noch nicht beendet.«

Tupper preßte seinen Arm gegen die beruhigende Wölbung unter seiner Achsel. Signalisierte Johnny, daß er zwei vom Faß wollte. Sagte mit soviel Überzeugung, wie er aufbieten konnte: »Sie haben bekommen, wofür Sie bezahlt haben. Sie wollten sie beschatten lassen. Ich hab' sie beschattet. Das war's.«

»Nein, Mr. Brack, das war's nicht. Ich sage Ihnen jetzt, was Sie tun werden.«

Die Instruktionen, die folgten, waren knapp. Und total irreal. Tupper schluckte. »Das ist unmöglich.«

»Nichts ist unmöglich, Mr. Brack. Sie werden einen Weg finden.« Sein Gesicht erinnerte Tupper an die winterlichen Eisskulpturen vor dem Rathaus.

»Sie sagen, daß Sie nur mit ihr reden wollen. Warum nehmen Sie sich nicht ein Telefon und machen einen Termin?«

»Weil wir es zu unseren Bedingungen wollen, Mr. Brack. Ganz privat. Da, wo wir nicht gestört werden. Dank Ihnen haben wir einen solchen Platz. Alles, was Sie zu tun haben, ist, sie bereitwillig dorthin zu kriegen. Und ohne Argwohn zu erregen.«

»Und wie soll ich das schaffen?«

»Ihnen wird etwas einfallen. Und Sie werden es innerhalb der nächsten zwei Tage tun.« Er stand auf. Legte Geld für das Bier auf den Tisch. Klopfte Tupper auf die Schulter. »Wie ich sehe, tragen Sie eine Waffe. Sehr klug. Heutzutage kann man nicht vorsichtig genug sein.«

Tupper blickte ihm hinterher, kochte vor aufgestauter Wut. Dieser Schweinehund. Diese starren Augen waren wie zwei Laser. Woher wußte er von der Waffe? Und wie konnte er von Tupper Brack erwarten, eine Frau, die er nicht kannte und die ihn nicht kannte, dazu zu bringen, auf eine Insel im Busch zurückzukehren? *Wir wollen nur mit ihr reden ...* Wer's glaubt, wird selig.

Wäre es nur Mr. Aalglatt, würde Tupper es drauf ankommen lassen. Würde vielleicht sogar alles aufgeben und umsiedeln, obwohl es für ihn als gebürtigen Torontianer nicht leicht sein würde, wegzuziehen. Aber es war nicht nur Mr. Aalglatt. Es war der schattenhafte Unbekannte, der hinter ihm stand.

Er bestellte noch eine Runde. Versuchte zu denken. Fühlte einen pochenden Trommelwirbel in seinem Schädel.

Die Idee kam ihm nicht mit einem Schlag. Sie entwickelte sich zentimeterweise. Ein Stück hier, ein Stück da. Jemand würde sie überreden müssen, auf die Insel zurückzukehren, und dieser Jemand müßte eine Person sein, die sie kannte und der sie vertraute. 'Tüte'? Ja. 'Tüte'. Sie würde mit dem Tütenmann gehen, und ganz sicher würde der Tütenmann mit ihr gehen, wenn er glaubte, daß sie in Lebensgefahr schwebte. Natürlich gab es keine Garantie dafür, daß sie zur Insel gehen würden. Aber es war kein Geheimnis, daß es draußen in der Einöde am sichersten war, wenn jemand Schutz brauchte. Je mehr Leute in der Umgebung waren, desto leichter war es, ein Ding durchzuziehen. Man denke nur daran, was mit Kennedy passiert ist. Mit Oswald. Mit Columbo. Eine Armee von Leibwächtern hätte nicht einen von denen retten können. Diese alten Feudalherren hatten das schon richtig gemacht. Verkriech dich in einem Schloß mit Wassergraben und laß sie kommen. Die Hütte war vielleicht kein Schloß und der See kein Wassergraben, aber der Effekt war ungefähr derselbe. Der Tütenmann war kein Idiot, wenn man nach der Gesellschaft ging, in der er sich aufhielt. Er würde sie an einen Ort bringen wollen, der so abgelegen wie möglich war — so schnell wie möglich.

Der Trick würde sein, die Alarmglocken so schrill wie möglich läuten zu lassen und ein Gefühl von höchster Dringlichkeit zu vermitteln.

Weitere Puzzlesteine fügten sich zusammen. Ein Plan nahm Form an. Vielleicht funktionierte es ja nicht. Aber wenn es funktionierte, würde es nicht nur Mr. Aalglatts Problem lösen, sondern auch das mit dem Tütenmann.

17. Kapitel

Leslie war hochzufrieden. Die Diskussion war gut gelaufen. Besser als erwartet. Das Auditorium der Universität war nicht brechend voll gewesen, aber das Publikum war eine gute Mischung aus Studierenden und Leuten aus der Stadt. Sie hatten einen Nerv der kollektiven Psyche getroffen, und der geplante Campus-Workshop war rasch zu einem Gemeindeforum geworden.

Leslie hatte schon einer ganzen Reihe von Diskussionen beigewohnt, aber niemals zuvor hatte eine Zuhörerschaft dermaßen Anteil genommen — sich niemals in einem so hohen Maße beteiligt.

Da war eine junge Frau in einem Rollstuhl, der man während eines Mundraub-Überfalls auf einen Supermarkt ins Genick geschossen hatte und die seitdem querschnittsgelähmt war. Was vorbei war, war vorbei, sagte sie. Ihr Leben würde nie mehr dasselbe sein, aber es würde weitergehen. Sie war zur Uni zurückgekehrt, würde bald ihren Abschluß als Soziologin in der Tasche haben.

Da war ein junger Student, der sagte, es sei ja sehr nett, den Frauenrechten so viel Aufmerksamkeit zu schenken, aber was war mit ihm? Er und seine Freunde hätten auch Probleme. Was war mit ihren Rechten?

Da war eine Blonde um die dreißig, die im Urlaub in Miami eine seltsame, neue Form der Gewalt kennengelernt hatte — brutal und entsetzlich. Vollkommen hingerissen von einem gutaussehenden jungen Mann hatte sie einen Traumurlaub genossen. Eine romantische Phantasie war wahr geworden. Als die Zeit der Abreise gekommen war, hatte ihr Traumprinz sie zum Flughafen gefahren und ihr ein Geschenk überreicht, das sie erst im Flugzeug öffnen sollte. Das Kästchen, klein genug für einen Ring oder ein Schmuckstück, hatte nichts außer einem Zettel enthalten. »Willkommen in der Welt von AIDS.« Ja, ihr Test war negativ ausgefallen — zumindest bisher. Nein, sie hatten ihn nicht aufspüren können — der Name, den er genannt hatte, war natürlich nicht sein eigener gewesen.

Und da war die junge Ehefrau, begleitet von ihrem Mann, mit dem sie seit zwei Jahren verheiratet war, die entführt, in eine abgelegene Gegend gefahren, mehrfach vergewaltigt und dann mit Messerstichen verletzt worden war. Sie war nur hier, weil ein Farmer, der zufällig in der Nähe in einer Waldung arbeitete, eingegriffen hatte. Sie fürchtete das Alleinsein. Für den Rest ihres Lebens würde sie Alpträume haben. Und zusätzlich zu dem Trauma des Angriffs verfolgte auch sie die Angst vor AIDS. Einige Krankenhäuser testeten Patienten obligatorisch. Aber ihr Angreifer, ein Mann, der zwei Menschen getötet und versucht hatte, sie zu töten, konnte ohne seine Einwilligung nicht getestet werden. Es hatte ein Jahr gedauert, den Fall zur Verhandlung zu bringen — ein Jahr der Weigerung, mit ihrem Mann zu schlafen, für den Fall, daß sie doch infiziert war — ein Jahr des Wartens auf den Schuldspruch und die darauf folgende Einwilligung. Sie waren in Therapie, versuchten, ihre Ehe zu retten.

Und da war der Ehemann, der beschrieb, wie sich die Vergewaltigung auf ihn ausgewirkt hatte. »Ich bin ein Mann. Und ein Mann hat dies getan. Ich war so voller Wut, daß ich ihn töten wollte. Und ich konnte nichts tun. Aber ich habe auch etwas gelernt. Ich habe Frauen oft Streiche gespielt. Kleine Sachen, die ich für witzig hielt. Das tue ich nicht mehr.«

Über dem Frühstück durchlebte Leslie den Abend noch

einmal und stellte fest, daß sie genug Anhaltspunkte für eine ganze Serie von einstündigen Sondersendungen gesammelt hatte. Und ganz an der Spitze ihrer Liste stand der sporttauchende Professor — aufgrund seiner Verbindung mit Harriet von besonderem Interesse. Sie hatte sich auf verstohlene Lüsternheit, einen leichten Anflug von Schlüpfrigkeit vorbereitet und hatte ihn statt dessen charmant und sehr korrekt gefunden. Wenn sein Verhalten auch manchmal herablassend schien, vermutete sie dahinter weniger eine Brüskierung von Frauen als vielmehr eine altmodische Erziehung. Die Rede, die er vorbereitet hatte, war objektiv und sollte nur, sagte er, eine rationale Diskussion in Gang bringen. Der Eindruck, den er hinterließ, war der eines Mannes, gegen den man mehr gesündigt hatte als er selbst sündigte. Erst später, als sie über einer Tasse Kaffee plauderten, hatte sie die Tiefe seiner Verbitterung und seines Grolls gegen 'diese Anwältin' erkannt.

Eins war klar — die Kluft zwischen den Geschlechtern war breit und wurde immer breiter. Und nirgendwo war die Spaltung offensichtlicher als bei männlichen und weiblichen Ansichten über Vergewaltigung während eines freiwilligen Rendezvous*. Ist überhaupt keine Vergewaltigung, sagten die jungen Männer. Wenn ein Mädchen danach fragte, bekam sie's und hatte sich dann nicht zu beschweren. War doch egal, daß 'danach fragen' manchmal nicht mehr war als ein Zusammentreffen der Blicke und ein Lächeln. In einem Punkt allerdings hatten sie leider recht. Sich beschweren brachte überhaupt nichts. Die Studentinnen hatten aufgehört, es den Offiziellen der Schule zu melden, und waren statt dessen zur Waschraum-Justiz übergegangen. Eine schwarze Liste, an die Wände der Badezimmer geschrieben. Die Studenten heulten beleidigt auf. Professoren verlangten, daß diese Verfahrensweise unterbunden wurde. Die daraus resultierende Pattsituation war einer der Anlässe für diese Diskussionsrunde gewesen.

* US-amerikanisch: »date rape«. [Anm.d.Übersetzerin]

Ja, es war eine lohnende Zusammenkunft gewesen — wenn auch die Ansichten nicht zusammenzubringen waren, so doch die verschiedenen Parteien, um sich auseinanderzusetzen. Was hätte Harriet darüber gedacht? Ein Team vom Sender hatte den gesamten Abend aufgezeichnet. Sie würde eine Videokopie mit der Post schicken, und wenn sie das nächste Mal zusammen wären, könnten sie darüber diskutieren. Besonders über den gebeutelten Wassergeist.

Harriet. Was sie wohl gerade tat? War sie vor Gericht? Im Büro? Fühlte sie sich ein wenig niedergeschlagen, weil im Gegensatz zu dem sonnigen Wetter hier in Spruce Falls Toronto im Regen versank?

An Harriet zu denken versetzte sie immer in gute Laune. Sie lächelte, als sie sich auf den Weg zur Arbeit machte. Lächelte immer noch, als sie kurz vor Mittag beim Sender ankam.

Tupper sah das blinkende Licht seines Anrufbeantworters im selben Moment, da er durch die Tür trat. Eine weitere Forderung von der höchsten Kommandostelle? Eins sprach ja für diese Apparate. Man konnte sich gut hinter ihnen verstecken. Hätte er den letzten Anruf seinem automatischen Stellvertreter überlassen, wäre ihm ein teuflischer Kopfschmerz erspart geblieben.

Er ließ das Band zurücklaufen. Wappnete sich gegen das kalte, durchdringende Flüstern. Entspannte sich, als er die Stimme seines Freundes von der Telefongesellschaft erkannte.

Die Botschaft war kurz, aber vollständig. »Clarence Crossley. Lake Avenue 10. Ward Island.«

Das Timing war perfekt. Ihren Namen kannte er bereits. Harriet Fordham Croft. Jetzt kannte er auch *seinen* Namen. Clarence Crossley.

Die Dinge begannen, sich günstig zu entwickeln. Wirklich sehr günstig.

* * *

Gestern Regen. Heute Regen. Es gab nichts Trüberes als eine verregnete Überfahrt mit der Fähre. Vielleicht hatte die Wettervorhersage ja einmal recht und es würde sich ausgeregnet haben, wenn er wieder Richtung Stadt abreiste.

Seit seinem letzten Besuch war das Haus sauber gemacht worden. Es roch nach Zitronenöl und Bohnerwachs und Schmierseife. Mrs. Mayberry von nebenan kümmerte sich schon seit Jahren ums Reinemachen, und sie nahm es peinlich genau mit Seife, Wasser und Unmengen von Muskelschmalz.

Er ging durch das Wohnzimmer in die Küche und sah es auf einen Blick. Ein Paket von der Größe eines Schuhkartons, in braunes Papier gewickelt, mit einem Bindfaden verschnürt. Es stand auf dem Tisch neben einer Notiz von Mrs. Mayberry. »Es paßte nicht in Deinen Briefkasten, deshalb wurde es bei mir abgegeben.«

Wahrscheinlich die Bücher, die er aus dem Hampstead House-Katalog bestellt hatte. Er hatte Zeit. Würde sie sich später ansehen.

Die Freuden der Einsamkeit. Auch nur wenige Stunden von Melanie befreit zu sein, war Balsam für die Seele. Es war irgendwie beunruhigend, die Wohnung mit einem Wesen zu teilen, das die Luft durch bloßes Herumsitzen hektisch aufwirbelte. Es gab Menschen — Harriet gehörte dazu — deren Gegenwart dich mit Energie auflud. Es gab andere — wie Melanie Winks — die deine Energie aufsaugten, bis du vollkommen leergepumpt warst.

Seit Jahren war ihm die Wirkung klar gewesen, nicht aber die Ursache. Dann, als er nach Leslies Verhandlung nichts mehr zu tun hatte und Harriet in zunehmendem Maße anderweitig beschäftigt war, hatte er sich für einen Schnellkurs im Lesen von Auras eingeschrieben — den Farbfeldern, die von lebendigen Objekten abstrahlten. Ein kosmischer Körperabdruck. Die Kühnheit der Veranstalter hatte ihn neugierig gemacht, denn sie boten nichts Geringeres als eine Geld-Zurück-Garantie. Sie versprachen hoch und heilig, daß man nicht nur lernen würde, diese übersinnlichen Regenbogen zu sehen und zu lesen, sondern daß man auch seinen geistigen Leitfiguren begegnete. Dies würde bei der Entspannung geschehen oder beim Meditieren oder während man schlief und träumte.

Clarence hatte sein Geld nicht zurückverlangt, obwohl er sich zumindest für eine teilweise Rückerstattung qualifiziert hatte. Das einzige Gesicht, das ihm erschien — und zwar in der Sonntagnacht nach Ende des Workshops — war Harriets. Mochte vielleicht stimmen, nur daß die geistigen Leitfiguren, über die sie gesprochen hatten, körperlose Wesen waren, die nicht länger auf physischer Ebene existierten. Auch Auras sah er nicht in farbiger Pracht. Was er sah, war ein blasser Halbschatten, nur zu sehen, wenn man die Augen auf nichts Bestimmtes fokussierte und der Blick indirekt war. Es war so ein seltsames, amorphes Leuchten, das er schließlich wahrnahm. Harriet war großzügig, mitteilsam, gebend; Harriets Aura war breit, vibrierend, lebendig. Melanie war mit sich selbst beschäftigt, egozentrisch. Melanies Aura war ein kleines, unbewegliches Band, nicht breiter als ein Haargummi.

Nachdem er einmal für dieses Phänomen sensibilisiert war, hatte Clare sich angewöhnt, den, wie er es nannte, 'Geist' von Leuten zu überprüfen, wie ein Spirituosenhändler Ausweise überprüfte. Auras variierten natürlich — ganz nach Laune und Umständen und Wohlbefinden. Das machte einen Teil ihres Wertes aus. Wie dieser Fimmel mit den Stimmungsringen vor ein paar Jahren. Man wußte, was die Leute dachten, auch wenn sie versuchten, es zu verbergen.

Ein Klopfen an der Tür unterbrach seine Gedankengänge. Junie Mayberry, die einen kleinen Weidenkorb mit einer großen Serviette in den Händen hielt. »Zimtbrötchen«, erklärte sie. »Ich habe sie heute morgen gebacken. Sie sind noch warm.« Sie starrte an ihm vorbei. »Du hast dein Paket gefunden? Ich wußte nicht genau, ob es vielleicht etwas ist, das verdirbt, wenn man es zu lange rumstehen läßt.«

»Ich danke dir für deine Mühe.« Er zögerte, hatte das Gefühl, er solle sie einladen, wollte aber unbedingt allein sein.

»Macht mir keine Mühe.« Die hellen, kleinen Augen in dem glatten Gesicht funkelten wie die eines Vogels. Sie sah genauso aus wie damals, als er ein kleiner Junge gewesen war und sie für seine Eltern auf ihn aufgepaßt hatte. Für ihn kam sie dem, was man als Familie bezeichnete, am nächsten. Ihr Ehemann rief nach ihr, und sie reichte ihm das Brotkörbchen. »Tut mir leid, Schatz. Ich muß gehen. Wir essen in der Stadt zu Mittag.«

Mittagessen in der Stadt. Die Bewohner der Toronto Islands erholten sich in der Stadt. Ein ständiges Hin und Her, das es schon so lange gab, wie er denken konnte. Die Kirschen in Nachbars Garten ...

Die Brötchen rochen wundervoll. Er biß in eins. Stellte die restlichen samt Körbchen auf die Küchenanrichte. Richtete seine Aufmerksamkeit auf das Paket. Wer auch immer es eingepackt hatte, hatte gute Arbeit geleistet. Es war mit Klebeband umwickelt. Graues Rohrband, das wie Sekundenkleber festpappte. Da es unmöglich war, es aufzureißen, benutzte er eine Schere — dabei überzogen klebrige Rückstände die Klingen. Er setzte sie ab — sie würden später mit Stahlwolle gereinigt werden müssen — entfernte das Papier und hob den Deckel hoch.

Es mußte ein Fehler sein. Dies konnte nicht für ihn bestimmt sein. Man hatte ihm aus Versehen ein Geschenk für ein Kind zugestellt. Er überprüfte die Verpackung. Sah seinen Namen in großen, schwarzen Buchstaben gekritzelt. Dachte an Donna und ihre Scherze. Die Art, wie sie ihn wegen der Tatsache aufzog, daß er keine körperliche Beziehung zu irgend jemandem hatte. Es sähe ihr ähnlich, ihm eine Barbiepuppe zu schicken, aufgemotzt mit Pailletten und Straß. Ein kindischer Streich.

Er wollte den Deckel gerade wieder auflegen und das Ding in die Ecke werfen, als er die Flecken vorne auf dem Satinkleid sah. Flecken, die wie Blut aussahen, es aber nicht sein konnten, weil sie, wenn sie es wären, dunkelbraun und verkrustet aussähen — nicht hellrot glänzend. Und der rote Schnitt daneben wäre nicht so gleichmäßig wie ein Pinselstrich. Ein Streich vielleicht. Aber nicht von Donna. Und nicht scherzhaft gemeint.

Er griff vorsichtig in die Schachtel und nahm die Puppe heraus. Starrte auf den Boden des Kartons, in ein Gesicht, das ihm so vertraut war wie sein eigenes. Die glatten, goldenen Haare. Dunkle, geschwungene Brauen über smaragdgrünen Augen. Ein entschlossener Mund, den ein kleines Lächeln weicher machte. Ein eindrucksvolles Gesicht. Das Gesicht von Harriet Fordham Croft.

Zitternd — mit dem Gefühl, als ob ein riesiger Wurm sich durch seine Eingeweide fräße — ließ er die Puppe fallen. Nahm die Fotografie aus der Schachtel. Sah den Umschlag. Die Notiz darin war zusammengeklebt. Buchstaben, aus einer Zeitschrift geschnitten:

IHRE FREUNDIN WIRD VERFOLGT!
SIE IST IN GROSSER GEFAHR. BRINGEN SIE SIE
AUS DER STADT BIS JEMAND FESTGENOMMEN WIRD!
ES WIRD BALD GESCHEHEN! EIN FREUND.

Es wird bald geschehen. Was würde bald geschehen? Irgend etwas mit Harriet? Oder die Festnahme?

Die Puppe starrte ihn aus blicklosen Augen an. Eine obszöne, groteske Warnung, die ihn so sehr viel mehr beunruhigte als die rätselhafte Notiz.

Eins war klar. Harriet brauchte Hilfe. Und um ihr zu helfen, würde er vollkommene Ruhe bewahren müssen. So kühl und unpersönlich wie möglich. Dieser blutrote Schleier, der ihm nach dem ersten Schreck über die Schachtel die Sicht genommen hatte, durfte sich nicht wiederholen — diese lähmende Mischung aus blinder Wut und betäubender Furcht, die das Gehirn ausschaltete und einen ausklinken ließ.

In seinem Innersten gab es einen Ort, wo er Gefühle und Emotionen auf Eis legte, um sich ihnen später zuzuwenden. Verletzbarkeit. Sentimentalität. Die glühende Angst um jemand anders, die Art von Besorgnis, die das Urteilsvermögen trübte und zum Leichtsinn verleitete. Er sammelte sie alle ein, verstaute sie in diesem winzigen Raum und schlug die imaginäre Tür zu. Erst dann kam der Boden unter seinen Füßen wieder ins Gleichgewicht und vernünftiges Denken wurde wieder möglich.

Harriet war die Zielscheibe, er war der Gewehrlauf. Soviel war klar. Was nicht klar war, waren die Absichten des 'Freundes'. Auf welcher Seite stand er? War die Schachtel mit ihrer Botschaft eine Warnung oder eine Drohung? Was auch immer, Harriets Sicherheit hatte Vorrang. Sie mußte so schnell wie möglich aus der Gefahrenzone entfernt werden. Und dazu mußte sie überredet werden, ohne zu wissen, warum. Sie würde es nie zulassen, aus der Stadt gebracht zu werden. Wenn sie die Wahrheit kannte, würde sie das Ganze entweder mit einem Lachen abtun oder sich auf die Schlacht vorbereiten.

Erst wenn sie außer Reichweite war, konnte er mit seiner Jagd beginnen. Er würde mit dem Mietshaus beginnen. Wer auch immer es gewesen war, der nach ihm gesucht hatte, mit ihm würde er beginnen. Die Tatsache, daß ein Paket hierher geschickt worden war, nachdem man dort nach ihm gefragt hatte, war zu auffällig, um darüber hinwegzugehen.

Er ging davon aus, daß es einen Grund gab, warum man mit ihm Kontakt aufgenommen hatte, statt sich direkt an Harriet zu wenden. Ging auch davon aus, daß sich ihm dieser Grund letztendlich erschließen würde.

Clarence kam nicht auf den Gedanken, daß auch er in Gefahr war. Er war zu sehr damit beschäftigt, über Harriet nachzudenken, um sich auch noch über sich selbst Sorgen zu machen.

Er nahm den Telefonhörer, um ein Ferngespräch zu führen. Wartete ungeduldig, während die Empfangsdame nachsah.

Sich schließlich zurückmeldete: »Es tut mir leid, Miss Taylor ist im Moment nicht erreichbar. Wollen Sie eine Nachricht hinterlassen?«

»Ich muß jetzt mit ihr reden. Ist sie im Haus?«

»Sie telefoniert gerade. Kann eine Weile dauern.«

»Ich rufe von außerhalb an. Es ist sehr wichtig. Würden Sie ihr sagen, daß es Clarence Crossley ist?«

Es gab eine Pause mit Fahrstuhlmusik, dann Leslie — gehetzt und nervös. »Harriet ist etwas zugestoßen.«

»Nein.« *Jedenfalls noch nicht.* »Kannst du mich von einem öffentlichen Telefon zurückrufen?« Er gab ihr seine Nummer. Lief ruhelos auf und ab, während er wartete.

Nach zehn Minuten klingelte das Telefon. Aufgeregt, die Worte überschlugen sich, fragte sie: »Clarence? Was ist los?«

»Nichts ist los.« Er würde ihr nichts — konnte ihr nicht — von der schaurigen Barbiepuppe erzählen. »Ich möchte, daß du etwas tust.«

Die Telefonleitung knisterte vor Besorgnis. »Was?«

»Ich will, daß Harriet für ein paar Tage die Stadt verläßt. Irgendwohin, wo keine Leute sind. Der beste Platz wäre eure Insel.«

»Wir sind gerade erst von da zurückgekommen. So bald wird sie diese Reise nicht wieder machen wollen.«

»Ich will sie so schnell wie möglich hier weg haben. Nicht morgen, Leslie. Heute. Sag ihr nicht, daß du mit mir geredet hast. Der einzige Weg, wie du sie dorthin bekommst, ist, sie im Glauben zu lassen, sie täte es für dich.«

»Wirst du mir sagen, warum?«

»Nein.«

»Clarence, ich habe Angst.«

Ich auch, Leslie. Ich doch auch. Aber er sprach es nicht aus. Antwortete statt dessen mit: »Kein Grund, sich Sorgen zu machen. Tu, was ich dir sage, und alles wird gut werden. In zwei Stunden geht ein Nordair Flug nach Spruce Falls. Sorge dafür, daß sie den nimmt. Ich will nicht, daß sie alleine da rauffährt.«

»Sie wird nicht alles stehen und liegen lassen und rauffliegen, nur weil ich sie darum bitte.«

»Leslie, wir verschwenden Zeit. Ich möchte, daß sie dieses Flugzeug nimmt. Raus aus der Stadt. Weg von den Menschen. Ich würde vorschlagen, daß du sie am Flughafen abholst und ihr direkt losfahrt. Sprich nicht mit deiner Familie. Sprich mit niemandem.«

Ein Spiel — Verstecken und Aufspüren. Leslie würde sich ums Verstecken kümmern. Er ums Aufspüren. In einer Stadt mit zwei Millionen Einwohnern? *Viel Glück, Clarence Crossley. Du wirst es verdammt nötig haben.*

Harriet hatte den Morgen vor Gericht verbracht. War gerade im Büro angekommen, als das Telefon klingelte und sie Donna sprechen hörte. »Leslie? Ja, sie ist hier. Ich gebe sie dir.«

Es war nichts Ungewöhnliches, daß Leslie anrief. Es *war* ungewöhnlich, daß sie es während der Sprechstunden tat. Es war das erste Mal, daß sie im Büro anrief. Harriets Überraschung wandelte sich in Sekundenschnelle in Besorgnis, als sie das Zittern in der sonst so professionellen Stimme hörte.

»Ich muß dich sehen.«

»Liebling, was ist? Was ist los?«

»Das kann ich dir am Telefon nicht sagen. Ich brauche deine Hilfe, Harriet. Kannst du jetzt kommen? Heute?«

Donna beobachtete sie aus dem Vorzimmer, das fröhliche Gesicht in sorgenvolle Falten gelegt. »Kannst du nicht hierherkommen?«

»Du weißt, daß ich dich nicht bitten würde, wenn es nicht wichtig wäre, Harriet. Bitte. Du bist die einzige, die helfen kann.«

Harriet griff nach dem Telefonapparat. Bemerkte Donna, die mittlerweile neben ihr stand und begriff, daß irgend etwas nicht in Ordnung war, und helfen wollte. »Natürlich komme ich. Ich bin so schnell ich es schaffe bei dir.«

»Bei Nordair startet gleich ein Pendlerflug. Ich treffe dich am Flughafen.«

»Clarence und ich werden's schon allein schaffen.« Ruhige, zuverlässige Donna. »Was auch immer es ist, ich hoffe, es ist nichts Ernstes.«

»Was auch immer es ist, ich bin sicher, es läßt sich in Ordnung bringen.«

Sie verließ das Büro und ging nach Hause, um sich umzuziehen. Sie machte sich nicht die Mühe, eine Tasche zu packen — so lange würde sie nicht weg sein.

Harriet Croft, die sich selten irrte, war der Wahrheit niemals ferner gewesen.

Leslie legte den Hörer auf und lehnte sich gegen die Scheibe der Telefonzelle, bis das Zittern aufhörte. Harriet hatte tatsächlich eingewilligt zu kommen.

Mit etwas mehr Zeit wäre ihr vielleicht eine plausible Geschichte eingefallen. Wie die Dinge standen, blieb ihr nichts anderes übrig, als das, was sie füreinander empfanden, auszunutzen. Etwas, das sie für sich selbst niemals getan hätte — etwas, das sie ohne Zögern für Harriet zu tun bereit war.

Was ist los? Es hatte soviel liebevolle Sorge in dieser logischen Frage gelegen, auf die es keine logische Antwort gab. Was war los? Sie war in Gefahr, das war los. Sag ihr das, und keine zehn Pferde kriegen sie von der Stelle.

Das kann ich dir am Telefon nicht sagen. Gott, Leslie, was Besseres ist dir nicht eingefallen? Du erwartest von ihr, daß sie alles stehen und liegen läßt, ins nächste Flugzeug springt, und das alles ohne einen guten Grund?

»Kannst du nicht hierherkommen?« hatte Harriet gefragt. *Täte ich ja liebend gern noch in dieser Sekunde, aber das ist nicht das, was Doktor Crossley verordnet hat.*

Sie hatte sich mehr auf Gefühl als auf Logik verlassen, um Harriet nach Spruce Falls zu bringen. Jetzt würde ihr etwas einfallen müssen, das ihre Weiterfahrt zur Taylorschen Insel rechtfertigte.

Phase Zwei verlangte mehr als einen Appell ans Herz. Es würde ihr schon etwas einfallen ... Aber so sehr sie sich auch bemühte, sie konnte sich nicht vorstellen, was.

18. Kapitel

Clarence erwog ein Taxi, entschied sich für die U-Bahn. Ging schneller, als mit dem Auto zur Yonge Street zu fahren.

Er hätte sich ohrfeigen können. Warum hatte er nicht aufgepaßt — dem, was Shorty und die Jungs zu sagen hatten, nicht zugehört? In ihrem immerwährenden Alkoholrausch hatten sie schon genug Probleme, sich an Dinge zu erinnern, die gerade erst geschehen waren. Mittlerweile war ihr Erinnerungsvermögen wahrscheinlich auf den Nullpunkt gesunken.

In der Nähe der U-Bahn-Station gab es einen Spirituosenladen. Er flitzte hinein, fragte den Verkäufer nach der billigsten Flasche Wein. Machte die Entdeckung, daß es so etwas wie eine billige Flasche von irgendwas überhaupt nicht gab. Inflation plus Sündensteuer hatten die Preise so in die Höhe getrieben, daß das Billigste von heute dem Teuersten von gestern entsprach. Er kaufte trotzdem eine Flasche, hoffte, daß es gut angelegtes Geld war.

Die schmale Papiertüte sorgte in der Tat für Aufsehen. Sie sahen ihn schon, als er auf der Hälfte des Blocks war. Äugten hoffnungsvoll auf die Tüte. Schubsten sich gegenseitig, um ihn vorbeizulassen. Grinsten, als er, statt sich vorbeizudrücken, auf der Stufe Platz nahm und die Flasche herauszog.

»Wieder für'n Weilchen hier, Tüte?«

»Ich möchte mehr über meinen Freund erfahren.«

»Welchen Freund?«

Oh, Gott. »Der, der hier war, um mich zu suchen.«

Stille. Er öffnete die Flasche. Beobachtete das Blinzeln der Augen und Kräuseln der Stirnen und die körperliche Anstrengung bei dem Versuch, sich zu erinnern.

»Wann war das?«

»Neulich. Ihr sagtet mir, er sei hier gewesen. Er hat in meinem Zimmer gewartet, aber ich hab' ihn verpaßt.« Er reichte die Flasche herum.

»Da war jemand.«

»Jaaa.« Die Erinnerung kam zurück. »Er war sehr freundlich. Und sehr groß.«

»Nicht so groß. Er sah nur groß aus, weil er fett war.«

»Die vertun sich. Er war nich' fetter als du, Tüte. Und du bis' wirklich nich' füllig.«

Hoffnungslos. »Woher wußtet ihr, daß er nach mir suchte? Hat er einen Namen erwähnt?« Sie würden Clarences bürgerlichen Namen nicht erkennen, wenn sie ihn hörten — aber wenn der Mann nach ihm gesucht hatte, konnte jede Information, wie er hierhergekommen war und wieviel er wußte, Clare helfen, aufzuklären, woher der Typ kam und was er wirklich wollte.

»Er hat dein Aussehen beschrieben. Wars nich' so, Shorty? So ham wir's rausgefunden.«

»Er hat mich beschrieben, aber keinen Namen genannt? War es so?«

Ja, so war es. Clarence war offenbar nicht nur gesehen worden — er mußte mit Harriet gesehen worden sein. Sie trafen sich nur selten in der Öffentlichkeit. Ihre Verbindung war nicht weit bekannt. Seine Privatadresse übrigens auch nicht. Wer auch immer den Zusammenhang hergestellt hatte, mußte sie zusammen gesehen haben. Hätte man ihnen außer seiner Beschreibung auch seinen Namen gesagt, wäre es nicht nötig gewesen, hier nach ihm zu suchen.

Ein Ort, an dem er mit Harriet gesehen worden war. Ein Ort, an dem sein Gesicht bekannt war, nicht aber seine Identität.

Ein Ort, an dem ein Fremder seine Suche nach Clarence Crossley begonnen hatte. An dem Clarence Crossley seine Suche nach einem Mann beginnen würde, der sich 'Freund' nannte.

Er raste zur U-Bahn und quetschte sich in einen Zug, als die Türen sich schon schlossen. Minuten später war er im Stadtzentrum, und trabte zielstrebig ostwärts die Queen Street entlang.

»Kann ich bitte mit Mrs. Croft sprechen?« Eine männliche Stimme. Klangvoll. Höflich.

Donna stellte sich den Anrufer groß und gepflegt vor — ein Geschäfts- oder Fachmann. Ein wünschenswerter neuer Klient, verglichen mit den meisten Typen, die hier vorbeikamen. »Es tut mir leid, Mrs. Croft ist im Moment nicht erreichbar. Vielleicht kann ich Ihnen helfen.«

»Ich glaube kaum. Wird sie heute noch ins Büro zurückkommen?«

Donna zögerte. Sie gab Informationen nicht leichtfertig aus. Andererseits hatte Harriet nicht gesagt, daß ihr Aufenthaltsort geheimzuhalten wäre. »Sie kommt heute nicht zurück. Aber ...«

»Kann ich sie zu Hause erreichen?«

»Ich fürchte, nein. Wenn Sie Ihren Namen hinterlassen, kann ich vielleicht dafür sorgen, daß sie sich mit Ihnen in Verbindung setzt.«

»Das wird nicht genügen. Vielleicht bin ich nicht mehr hier, um den Anruf entgegenzunehmen. Wenn Sie mir ihre Privatnummer geben, werde ich es solange versuchen, bis ich sie erreiche.«

Er war hartnäckig, milde ausgedrückt. »Es tut mir leid«, sagte Donna. »Ich bin nicht befugt, diese Information weiterzugeben. Ich bin sicher, Sie verstehen das.«

»So ein Pech. Mrs. Croft ist mir von einem gemeinsamen Freund sehr empfohlen worden. Clarence Crossley.«

»Clarence?« Jeder Freund von Clare fand automatisch Zustimmung. »Mrs. Croft fliegt noch heute nachmittag nach Spruce Falls. Sie müßte jetzt am Flughafen sein. Vielleicht könnten Sie sie ausrufen lassen.«

Er hatte aufgehängt, bevor sie ihn nach seinem Namen fragen konnte. Das machte nichts. Clarence würde sie schon aufklären. Sie wählte Melanies Nummer. Fragte nach Clare, der nicht da war. Hinterließ die Nachricht für ihn, er solle sofort anrufen, wenn er zurück sei — entweder im Büro oder zu Hause.

Die letzte Klientin, die er ihnen geschickt hatte, war Beulah Anne Sweeney gewesen. Nicht gerade lukrativ. Vielleicht würde dieser helfen, die Bilanz zu verbessern.

Tupper legte den Hörer auf und grinste vor sich hin. Er hätte sich selbst auf den Rücken geklopft, wenn sein Arm soweit gereicht hätte. Der Telefonanruf war gewagt gewesen. Der schnellste Weg, den er sich vorstellen konnte, um herauszufinden, ob seine Nachricht ihr Ziel gefunden und eine Wirkung gehabt hatte.

Die Puppe am anderen Ende hatte so verschwiegen begonnen wie ein Pokerspieler mit einem astreinen Blatt auf der Hand. Und so wäre sie auch geblieben, wenn er nicht diese plötzliche Eingebung gehabt hätte. Er hatte nicht geplant, Clarence Crossley zu erwähnen. Es war ihm so rausgerutscht. Und was für ein Glück. Den Namen zur rechten Zeit fallen zu lassen hatte ihm nicht nur die Auskunft beschert, wohin Harriet Croft unterwegs war, sondern auch wie sie dorthin kam. Mit dem Flugzeug, wie er gehofft hatte.

Es gab natürlich die Möglichkeit, daß sie in Spruce Falls bleiben würde. Aber in Crossleys Situation würde er sie soweit wie möglich fortbringen. Mehr eine Frage der Lage als der Entfernung. Und er würde mit ihr gehen. Er war jetzt bei ihr — unterwegs, beschäftigt.

Lächelnd machte er noch einen Anruf — diesen an Mr. Aalglatt. Tupper hatte sie auf den Weg geschickt. Aalglatt, dem ein Flugzeug zur Verfügung stand, konnte nachprüfen, ob sie angekommen war, bevor er die hohen Tiere informierte.

Zufrieden wie ein Salonstratege, der einen Schlachtplan für andere entwirft — der jetzt nur noch abwarten mußte —, verließ Tupper seine Wohnung und machte sich auf den Weg zu seinem zweiten Zuhause. Es gab Zeiten, da waren die eigenen vier Wände tatsächlich wie ein Gefängnis. Für seine Freunde war es noch zu früh. Sie würden später kommen. In der Zwischenzeit war es ganz angenehm, allein zu sein.

Er war bei seinem zweiten Drink, als die Tür sich öffnete und eine schmale Gestalt in Kleidung, die viel zu groß für einen so kleinen Körper war, auf die Bar zuschritt.

Es konnte nicht sein. Aber es war so. Tupper beobachtete versteinert, wie der Mann, der Harriet Croft eigentlich in Wildwest-Manier beschützen sollte, an der Theke stand und mit Johnny redete. Der kleine Dreckskerl. Warum war er nicht da, wo er sein sollte — auf dem Weg zur Hütte und einem Rendezvous, das auf einen Schlag beide erledigen würde — Crossley und Croft.

Plötzlich löste sich etwas in seinem Kopf. Vielleicht war es noch nicht zu spät.

Clarence Crossley war ein Mann, der Hilfe brauchte. Wen konnte es Besseren geben als Tupper Brack, Privatdetektiv *extraordinaire*, um ihm diese Hilfe anzubieten.

Der Flughafen in Spruce Falls bestand aus Landebahnen, einem Tower und einem schuppenähnlichen Gebäude, das mehr an einen Busbahnhof erinnerte als an eine Einrichtung der Fluggesellschaft. Leslie war früh da, wartete im Auto, bis das Flugzeug zu sehen war, lief an den Rand des Rollfelds, während es zur Landung ansetzte.

In einem wadenlangen, geschlitzten Rock aus heller Wolle und einem ihrer typischen Seidenhemden war Harriet sofort zu erkennen. Sie erinnerte Leslie an ein Reklameplakat für ein elegantes Sportauto. Wie ging der Slogan noch? Eine

Katze unter Tauben. Genauso sah Harriet aus — schlank und elegant und mit katzenhafter Anmut. Aber waren die Mitreisenden Tauben, oder gab es unter ihnen eine gefährlichere Spezies? Sie sahen ziemlich harmlos aus. Zwei Frauen mittleren Alters in Hosenanzügen. Ein älterer Mann, auf einen Stock gestützt. Eine junge Mutter, Baby im Arm, Kleinkind an der Hand. Drei Geschäftsmänner, die an nichts Interesse zu haben schienen als an sich selbst. Kein Grund zur Besorgnis. Aber auch kein Grund zur Selbstzufriedenheit. Nicht, bis sie unterwegs waren, Spruce Falls hinter sich ließen.

Sie trat vor. Nahm Harriet kurz in die Arme. Scheuchte sie zum Parkplatz. »Darling, danke, daß du gekommen bist. Warte im Auto, während ich dein Gepäck hole.«

Harriet reichte ihr ihre Umhänge- und ihre Aktentasche. »Mehr gibt's nicht. Dies ist ein Blitzbesuch. Wortwörtlich.«

Während sie im Auto gedankenverloren Duchess streichelte, die sich von hinten an sie schmiegte, richtete Harriet einen prüfenden, besorgten Blick auf Leslie. »Es ist Charles, nicht wahr? Er hat einen Weg gefunden, sich an dich heranzumachen. Ich habe das kommen sehen. Aber ich bin diejenige, gegen die er etwas haben sollte, nicht du. Hast du die Polizei schon informiert? Dich mit dem Gefängnis in Verbindung gesetzt?«

Charles Denton — Marcies Ehemann? Der Mann, der versucht hatte, Leslie den Mord an seiner Frau anzuhängen? Dank Harriet saß Charlie für den Rest seines Lebens in einem Hochsicherheitstrakt. Clarence hätte es ihr gesagt, wenn Charles etwas damit zu tun hätte.

»Es ist nicht Charles.« Sie fuhr auf den Highway. Ignorierte die Trennlinie mit dem Pfeil, der in Richtung Geschäftsbezirk wies. Nahm die Umgehungsstraße, die mit dem Transcanada-Highway zusammenlief. »Es geht um die Insel. Die Taylors sind schon auf der Insel, seit Großvater Taylor ein kleiner Junge war. Es würde Mom und Dad umbringen, sie zu verlieren.« Würde Harriet die Geschichte, die sie sich ausgedacht hatte, glauben? Man sagte, wenn du schon eine Lüge erzählen mußt, bau so viel Wahrheit ein wie möglich.

»Ich verstehe nicht, was du meinst.« Und als sie begriff, daß sie statt nach Spruce Falls in eine völlig andere Richtung fuhren — »Wir fahren doch nicht etwa jetzt dorthin? Leslie, das ist unmöglich. Ich muß morgen wieder in Toronto sein. Was auch immer los ist, es kann warten.«

»Nein, kann es nicht.« *Würden drei Ave Marias helfen oder mußtest du dafür katholisch sein?* »Dad hat erfahren, daß das Ministerium alle unautorisierten Gebäude in der Gegend niederreißen läßt. Wir stehen für morgen auf der Liste. Jemand muß da sein, um sie zu stoppen. Jemand mit Referenzen, der dem Ganzen Nachdruck verleiht.«

»Das ist Wahnsinn. Die Regierung kann nicht so einfach Privatbesitz zerstören. So wird das einfach nicht gemacht.«

»Oh doch. Vor ein paar Jahren haben die dasselbe am Lake Heller gemacht. Haben es zu einer grünen Zone erklärt und alles niedergerissen, was herumstand. Die haben sich nicht mal die Mühe gemacht, aufzuräumen. Haben einfach die Trümmerhaufen liegengelassen.« Das stimmte, aber es gab einen wichtigen Unterschied. Heller war ein von Menschenhand geschaffener See, vom Lolly River abgezweigt. Das Land gehörte der Regierung; eine Papierfabrik besaß die Wasserrechte, was ihnen erlaubte, den Wasserspiegel so zu erhöhen oder zu senken, wie es nötig war, um die Holzstämme zu befördern.

Durch ihr Engagement in Oka war Harriet in den Sumpf der Grundstücksrangeleien hineingezogen worden und kannte auch den Lake Heller Präzedenzfall. Sie wußte auch, daß das Land der Regierung gehörte und die Hütten dort überhaupt nicht hätten gebaut werden dürfen.

So viel zu Leslies Körnchen Wahrheit. Jetzt auf zur großen Lüge. »Auch wir befinden uns auf Land, das der Krone gehört. Dad versucht schon seit Jahren, eine Eigentumsurkunde zu bekommen.«

»Ach, Leslie, das hättest du mir sagen sollen. Ich hätte über Queen's Park was regeln können. Hätte ein paar Fäden gezogen. Eine Verschiebung beantragt, während wir diese Angelegenheit in Ordnung bringen.« Sie machte eine Pause. Dann — »Wenn ich mich richtig erinnere, sind die Leute am Lake Heller benachrichtigt worden. Es wurde ihnen Zeit gegeben, ihr Hab und Gut fortzuschaffen. Hat man deinem Vater vorher nichts gesagt?«

»Nein.« *Oh, welch' wirres Netz knüpfen wir, wenn wir zum erstenmal betrügen.* »Bis jetzt haben wir auch nur Gerüchte gehört.«

Sie fuhren jetzt sehr schnell — die Stadt lag ein gutes Stück hinter ihnen, Manitoulin Island noch Stunden entfernt. Sie würden erst weit nach Einbruch der Dunkelheit die schmale Brücke erreichen, die Manitoulin mit dem Festland verband. Erst nach Mitternacht von Manitoulin zur Taylorschen Insel übersetzen. Wenn sie erst einmal dort wären, bliebe Harriet nichts anderes übrig, als zu bleiben. Sie würde schrecklich wütend werden, wenn sie begriff, daß sie belogen worden war. Würde sie vielleicht nie wieder sehen wollen. Es war ein erschreckender Gedanke. Aber nicht annähernd so erschreckend wie der Gedanke an Harriet in Gefahr.

Leslie blickte in den Rückspiegel, um sicher zu gehen, daß sie nicht verfolgt wurden. Niemand war hinter ihnen. Kein Grund, sich Sorgen zu machen.

Sie fühlte sich jetzt besser als den ganzen, langen Tag über. Sie schaltete das Radio ein und rutschte in eine bequeme Fahrhaltung. Dies war vielleicht keine Vergnügungsfahrt, das bedeutete aber nicht, daß sie keinen Spaß haben konnten.

Donna wurde ungeduldig. Immer noch kein Zeichen von Clarence. Er haßte es, Melanies Babysitter zu spielen. Hielt es für unnötig. Seit er eingezogen war, hatte es keinen einzigen nächtlichen Vorfall gegeben. Angenommen, er hatte eigenmächtig beschlossen, zu verschwinden und Ms. Winks ihren neurotischen Phantasien zu überlassen? Es sähe ihm nicht ähnlich, Harriets Wünsche zu mißachten, aber unmöglich war es nicht.

Das Büro schloß um fünf. Wenn sie bis dahin nichts von ihm gehört hatte, würde sie sich ein Taxi schnappen, zu Melanie fahren und bei ihr bleiben, bis er auftauchte.

Es ging nur darum, anwesend zu sein, hatte Harriet gesagt. Melanie vor Gericht Rückendeckung geben zu können, falls bestätigende Zeugenaussagen nötig werden sollten.

Es war so typisch für ihr Leben. Noch so ein lahmer, langweiliger Abend, während Clarence sich der Himmel wußte wo amüsierte. Wenigstens mußte sie niemandem Bescheid sagen. Seit sie von Calgary nach Toronto gezogen war, hatte sie nur wenige Freundschaften geschlossen, keine von ihnen enger. Ihre Eltern riefen selten an: falls und wenn sie es taten, versetzte ihre Abwesenheit sie nicht in Sorge. Sie wußten, daß der Job bei Harriet keine regelmäßigen Arbeitszeiten beinhaltete, und obwohl sie es nicht immer guthießen, protestierten sie nur selten. Sie waren der Ansicht, Donna sei alt genug, um zu wissen, was sie tat.

Und meistens wußte Donna das auch. Heute aber, in Gedanken bei der Zeit, die sie schon bald mit einer ihr kaum bekannten Frau verbringen würde, war sie sich nicht so sicher.

»Ist irgend jemand hier gewesen, der nach mir gefragt hat?« Clare stand an der Bar im Queen's und wartete auf eine Antwort.

Fragt nur immer den Kellner, dachte Johnny. Man erwartet von dir, daß du dich an jeden Mist erinnerst, der hier vor sich geht, während du mehr als genug damit zu tun hast, die Bierchen zu zapfen. Er tat so, als zerbreche er sich den Kopf, schürzte die Lippen, runzelte die Stirn. »Ich erinnere mich nicht genau.«

»Es ist wichtig.« Clare nahm einen Zehner in die Hand und hielt ihn bereit. »Ich war neulich mit ein paar Freunden hier.

Frauen.« Clarence Crossley konnte man vielleicht übersehen, nicht aber Harriet Croft.

»Eine Klasseblondine?« Die war ihm tatsächlich aufgefallen. Kamen schließlich nicht jeden Tag berühmte Anwältinnen hier vorbei.

»Das stimmt.« Er legte den Geldschein auf die Theke. »Hat sich irgend jemand für sie interessiert?«

»Mein Freund, jeder Hinz und Kunz hier hat sich für die interessiert.« Das Grinsen verging ihm, als Clares Augen ihn durchbohrten. »Gibt's ein Problem, Kumpel?«

»Kein Problem.« In Kneipen wie dem Queen's stand man sich fast so nah wie in einer Familie. Wenn man regelmäßig auftauchte, gehörte man dazu. Wenn man nur ab und zu vorbeischaute wie Clarence — und besonders, wenn man wie Clarence immer nur Cola trank — wurde man mißtrauisch beäugt. »Jemand war da, um mich zu sehen. Hat eine Nachricht hinterlassen, die besagte, wir wären Schulfreunde gewesen. Ich dachte, er hätte vielleicht mit jemandem hier gesprochen. Und meine Adresse so bekommen. Ich glaube nicht, daß ich ihn erkennen würde, aber es wäre nett, noch mal jemanden von der alten Clique zu treffen.«

»Behalten Sie Ihr Geld, Mister.« Johnny schubste den Zehner über die Theke. »Für Informationen berechnen wir nichts im Queen's. Wir sind hier alle miteinander befreundet. Scheint mir, als hätte jemand nach Ihnen gefragt, bin mir aber nicht sicher, wer. Geben Sie mir ein, zwei Minuten, um drüber nachzudenken.«

»Vielleicht kann ich Ihnen helfen, Mr. Crossley.« Die Stimme — weich, angenehm — kam von hinten. »Wenn Sie sich zu mir setzen wollen ...«

Der Mann drehte sich auf dem Absatz um, und Clarence folgte ihm in den hinteren Teil des Raumes. Eine schwere, kräftige Gestalt in rauher Tweedjacke und Flanellhose. Clarence ließ seinen Blick unscharf werden, als sie in gedämpfteres Licht kamen. Während der Körper verschwamm, kam die

Aura zum Vorschein — ein breites, pulsierendes Leuchten, das dem phlegmatischen, zurückhaltenden Auftreten widersprach. Dann, als er sich behutsam um den Tisch schlängelte und mit dem Rücken zur Wand hinsetzte, zog der blasse Lichtstreifen sich zusammen, bis er nicht mehr als ein geisterhaftes Band war. Hier, so vermutete Clarence, hatten wir einen Mann, den etwas nervös machte. Einen Mann, der etwas zu verbergen hatte.

Er nahm seine Brieftasche heraus. Zog eine Karte hervor. Überreichte sie Clarence. TUPPER BRACK. Der Name sagte ihm nichts. SPEZIALISIERT AUF VERMISSTE PERSONEN. Nicht sehr aufschlußreich. Sein Gesichtsausdruck war offen. Sein Lächeln war entwaffnend. Seine Aura war kaum noch zu sehen.

»Jemand hat Sie angeheuert, mich zu finden, Mr. Brack.«

»Nein, Mr. Crossley. Sie aufzuspüren war meine Idee. In meinem Job hört man so einiges. Gelegentlich sehr beunruhigende Dinge.«

»Zum Beispiel?« Es kostete ihn Mühe, sich nicht über den Tisch zu lehnen und es aus dem Typ herauszuschütteln.

»Ich fürchte, Ihre Freundin ist in Schwierigkeiten.«

»Und Sie auch. Drohungen zu machen ist strafbar.«

»Es war notwendig, um Ihre Aufmerksamkeit zu gewinnen. Es mußte Ihnen bewußt gemacht werden. Der Zeitfaktor ist von entscheidender Bedeutung.«

»Sie hatten meinen Namen. Sie hätten anrufen können.«

»Sie sind nicht gerade leicht aufzuspüren, Mr. Crossley. Sie scheinen ständig unterwegs zu sein. Außerdem — die Dringlichkeit der Situation verlangte nach etwas Anschaulicherem als bloßen Worten.«

Er wollte also Katz und Maus spielen. Das war in Ordnung, solange er sich klar machte, wer hier die Katze und wer die Maus war. »Für wen arbeiten Sie?«

»Für niemanden.« Sein gequälter Gesichtsausdruck sah ein wenig erzwungen aus. »Durch reinen Zufall nur erfuhr ich etwas über das übermäßige Interesse an Ihrer Freundin. Ein recht zwielichtiges Element ist auf sie aufmerksam geworden. Was deren Absicht ist, kann ich nicht sagen.«

Clarence dachte an die scharlachroten Tropfen auf der Puppe. Die Anonymität der Notiz, die lediglich mit 'Ein Freund' unterzeichnet war. Er hatte seine Geschäftskarte ziemlich bereitwillig gezückt. Warum hatte er sie nicht einfach dazugelegt, wenn er so darauf aus war, mit ihm Kontakt aufzunehmen? Weil er gar keinen Kontakt aufnehmen wollte. Er machte sich keine Sorgen um Harriet. Er verfolgte sein eigenes Ding, und Clarence hatte nicht die leiseste Ahnung, was das war.

Was er wußte, war, daß er diesen Mann brauchte. Er mußte hinter seine Stirn blicken. Mußte sich an ihn hängen, jetzt, wo er ihn einmal hatte. »Ich sage Ihnen jetzt, was wir tun werden, Mr. Brack. Ich werde Sie anheuern. Wir werden zusammenarbeiten. Sie werden mir alles sagen, was Sie wissen.« Und während Tupper Brack nur dasaß — die Lippen zusammengepreßt und die Augen leer und unbewegt — fügte Clarence hinzu: »Angefangen mit dem Foto. Woher haben Sie dieses Foto, Mr. Brack?«

Es hätte alles so glatt und perfekt sein können. Crossley und die Frau auf der Insel. Er, Tupper Brack, sicher in Toronto und aus allem raus. Zum Teufel mit dem Kerl. Was für ein Mann würde eine Frau, für die er etwas empfand, im Angesicht von Drohungen und Gott weiß was sonst noch alleine fortschicken? Er hatte sich vorgestellt, sie würden in Spruce Falls ein Auto mieten — vielleicht sogar eins dieser nordischen Buschflugzeuge chartern — in beiden Fällen wären sie spätestens morgen auf der Insel gewesen. Alle Pläne für die Katz ...

In die Ecke gedrängt — ein Schritt in die eine Richtung zu den Toiletten würde genauso viel Verdacht erregen wie in die andere Richtung zum Ausgang — faßte Tupper einen schnellen Entschluß. Crossley war vielleicht beschränkt genug,

Mrs. Croft ohne vernünftigen Schutz fortzuschicken, aber er war nicht so beschränkt, seine schmutzigen Geschäfte vor Zeugen abzuwickeln. Und in diesem Moment entschied er, daß er nach einer verlorenen Halbzeit das Spiel noch längst nicht aufgeben mußte.

Er sah das Geld auf der Theke. Hörte Johnny sagen, er brauche nichts zu bezahlen. Mit dem Gehabe eines Mannes, der nichts zu verbergen hatte, zückte er seine Geschäftskarte. Und warum auch nicht? Es war kein Geheimnis, daß Privatdetektive Informationen anzogen wie ein Magnet Eisenspäne. Trotzdem hatte er nicht erwartet, daß es so gut laufen würde. Dieser Teil über die Gerüchte, die er aufgeschnappt hatte — über die Schachtel, die er geschickt hatte, weil er nicht gewußt hatte, was er sonst tun könnte.

Und dann, als Crossley die Idee kam, man solle zusammenarbeiten, hatte er wirklich begonnen, sich zu entspannen. Man verbündete sich nicht mit dem Feind, oder? Oder? Gerade als er anfing zu glauben, es gäbe ein Licht am Ende des Tunnels, blickte er mit einem Mal in einen Tunnel am Ende des Lichts. »Woher haben Sie dieses Foto?« Verfluchte Scheiße. Das verdammte Foto.

Es hatte einige Anstrengung gekostet, den Blick nicht abzuwenden. Den Schweiß zu ignorieren, der an seinem Körper herunterlief. Ein raffiniertes Lächeln zu simulieren. »Ich bin nicht ganz aufrichtig gewesen.« Keine Reaktion. »Es war mehr als ein Gerücht.« Immer noch keine Reaktion. »Sie verstehen, daß es in meinem Beruf wichtig ist, seine Quellen geheimzuhalten.« *Wie lange wollte der kleine Hohlkopf mit seiner streitbaren Miene denn noch dasitzen — und ins Leere starren?* »Mein Informant wurde engagiert, um Mrs. Croft zu beobachten. Sonst nichts. Das Foto wurde aus Gründen der Identifikation zur Verfügung gestellt. Später, als gewisse Dinge geschahen, die ihn um ihre Sicherheit fürchten ließen, kam er zu mir.«

»Warum nicht zur Polizei?«

»Weil er in die Sache verwickelt war, verstehen Sie das nicht? Wie unabsichtlich auch immer. Und dann gab es noch das Problem, was er der Polizei sagen sollte. Die Polizei ist, wie Sie wissen, nicht an Dingen interessiert, die vielleicht passieren. Ein Verbrechen ist nicht eher ein Verbrechen, bis es begangen worden ist.«

»Was für gewisse Dinge?«

»Wie bitte?«

»Sie sagten, gewisse Dinge geschahen, die Ihr Freund beunruhigend fand. Was waren das für Dinge?«

»Das weiß ich nicht.«

»Dann glaube ich, wir fragen ihn besser.«

Tupper fühlte sich umzingelt. In die Ecke gedrängt. »Das ist unmöglich. Gleich nach unserer Unterredung hat er die Stadt für eine dringend benötigte Ruhepause verlassen. Er hat keine Nachsendeadresse hinterlassen.«

»Ich verstehe.« Es war nicht das erste Mal, daß Clarence ein Zweiter-Personen-Bericht von einem Erste-Person-Beteiligten geliefert wurde. Durchsichtig wie gekochtes Eis. Aber er würde mitspielen. Nach Bracks Regeln — wenigstens für den Moment. »Wir werden die Polizei eine Suchmeldung rausgeben lassen. Sie werden natürlich umfassend aussagen müssen.«

»Das könnte ich niemals, Mr. Crossley. Meine Quellen, wie ich Ihnen schon sagte ...«

»Sie sind ein Privatdetektiv, Brack, kein Arzt oder Anwalt. Ihre Quellen unterliegen keinem Sonderrecht. Wenn Sie Informationen zurückhalten, kann man Sie wegen Beihilfe drankriegen.«

Jesus, Maria und Josef. Ein knirpsiger, kleiner Wicht, den er mit einem Handkantenschlag in zwei Teile brechen konnte. Tupper fühlte sich wie eine Bulldogge, die sich wegen eines Terriers Sorgen macht. »Sich mit der Polizei in Verbindung zu setzen, könnte katastrophale Folgen haben. Es könnte Gewalt dort auslösen, wo sie vielleicht gar nicht beabsichtigt ist.«

»Wenn Sie sich um Mrs. Croft Sorgen machen, sie ist in Sicherheit. Das erste, das wir tun müssen, Mr. Brack, ist, herauszufinden, wer Ihren Freund angeheuert hat. Und warum.«

Tupper starrte in die Augen, die ihn von unter der tief heruntergezogenen Tweedkappe her anlauerten. Ein Paar getrocknete Pflaumen. Man hörte schon mal von ausgetrockneten, kleinen Rosinenaugen, aber dies hier waren Dörrpflaumen. Groß und schwarz und unergründlich. Tupper atmete tief ein. Es wurde Zeit, das letzte As aus dem Ärmel zu holen — Zeit, diese verdammte Selbstsicherheit zu erschüttern. »Wie ich höre, ist die Lady auf dem Weg nach Spruce Falls.«

Das Gesicht gegenüber verwandelte sich in einen Totenkopf. Die Pflaumenaugen wurden größer. Dunkler. Die gekrächzte Frage erinnerte an das Quietschen eines rostigen Scharniers. »Wer hat Ihnen das gesagt?«

Die Kneipe füllte sich. Johnny wirbelte zwischen den Tischen. Hilfe war nahe, falls er sie benötigte. Wer A sagt, muß auch B sagen, dachte Tupper, und suchte in seiner Brieftasche nach der Nahaufnahme von der Insel mit der in ein Handtuch gehüllten Mrs. Croft am Rand der Klippe. »Erkennen Sie dies, Mr. Crossley?«

Die Hand, die aus dem klaffenden Ärmel hervorschoß, seinen Arm umklammerte, war mehr wie ein Schraubstock als aus Fleisch und Blut. »Wir gehen, Mr. Brack.«

Tuppers Arm war taub — der Schmerz schoß bis in seine Schulter. Er gab nach und stand auf. Hielt aufgeregt nach Johnny Ausschau. Nach irgend jemandem. Kam hinter dem Tisch hervor, um mehr Spielraum zu haben. Bemerkte, zu spät, eine schlangengleiche Bewegung über seine Brust, in sein Jackett hinein — eine geschickte Handbewegung, die seine 38er fix aus ihrem Halfter zog und in der ausgebeulten Tasche des übergroßen Jacketts verschwinden ließ. »Sie haben dieses Foto geschossen, nicht wahr? Es ist eine Insel nahe Manitoulin, nicht wahr? Sie haben spioniert, nicht wahr?«

Die Hand glitt an seinem Arm herunter und umschloß seinen Zeigefinger, bog ihn zurück, bis der Knochen kurz vor dem Zerbrechen stand. Die andere Hand, seine rechte, wölbte sich in seiner Tasche. Tupper mußte sie nicht sehen, um zu wissen, daß die Pistole, seine Pistole, auf ihn gerichtet war — gespannt und bereit. Das hagere Gesicht war ausdruckslos. Nichts, außer einer nackten, totenähnlichen Reglosigkeit.

Tuppers Selbstsicherheit löste sich in Luft auf. Wie hatte er nur glauben können, daß ihm hier an diesem vertrauten Platz mit seinen vertrauten Gesichtern nichts passieren könnte? Er hatte gedacht, er habe es mit einem Profi zu tun — einem, der diese Art von Aufsehen niemals riskieren würde. Statt dessen hatte er einen Verrückten erwischt. Trotz seiner eisigen Kühle war dieser kleine Dreckskerl vollkommen übergeschnappt. Ob mit Zuschauern oder ohne, er würde diese verdammte Knarre abschießen, ohne mit der Wimper zu zucken, und das hieße, Lebwohl, Tupper Brack.

»Wer hat Ihnen was über die Insel erzählt?«

»Niemand. Ich bin ihr dorthin gefolgt. Ich schwöre bei Gott, das ist alles, was ich getan habe.«

»Wer hat Sie angeheuert?«

»Weiß ich nicht. Ein Mann. Er hat keinen Namen genannt. Hat mir überhaupt nichts gesagt.«

»Wie lange brauchen wir bis dorthin?«

»Wir?« Sie waren fast an der Tür. Tupper blieb stehen. Zog in Betracht, in den Raum zurückzurennen. Überlegte es sich anders, als der Druck auf seinen Finger sich verstärkte. »Was meinen Sie mit ‘wir’?«

»Sie sind dort gewesen, Mr. Brack. Ich nicht. Deshalb werden Sie mich hinbringen.«

»Nein. Das ist unmöglich.« Und dann, herausgetrieben von panischem Schrecken, von einer Vision von Mr. Aalglatt und Pony und Gewehren, so groß wie Kanonen — »Es ist zu spät, Mr. Crossley. Es bleibt keine Zeit mehr.«

Sie standen jetzt auf dem Bürgersteig, und Crossley redete

wieder davon, die Polizei zu alarmieren — diesmal war es die Provinzpolizei in Spruce Falls, die er verständigen wollte, weil die mit einem Flugzeug oder einem Helikopter rasendschnell dort sein konnten. Tupper dachte scharf nach und redete schnell. Die Ortspolizei? So spät am Tag würden die sich nicht mehr in die Lüfte erheben. Buschflüge mußte man bei Tageslicht machen. Wenn er, Crossley, sich jetzt aufmachte und die ganze Nacht fuhr, würde er die Insel fast genauso schnell erreichen und voraussichtlich weit weniger Aufsehen erregen. Wenn die Bullen in großer Menge anrückten, würde ein Scharfschützenteam sie vielleicht in eine Schießerei verwickeln. Mrs. Croft könnte als Geisel genommen werden. Ein menschliches Schutzschild. Viel besser, sich zurückzuhalten. Ein einzelner Mann hatte eine viel größere Chance, sich ungesehen auf das Gelände zu schleichen. Er würde eine Karte zeichnen, die es Crossley ermöglichte, allein dorthin zu kommen.

Der kleine Mann mit der großen Knarre hörte ohne Kommentar zu. Es gab regen Verkehr auf der Straße — Autos fuhren, Fußgänger liefen vorbei. Als ob nichts Ungewöhnliches vor sich ginge. Als ob er heute nacht ins Bett gehen und morgen aufwachen und seinen Geschäften wie sonst nachgehen würde.

Aber nichts war wie sonst. Nichts, befürchtete Tupper, würde jemals wieder ‘wie sonst’ sein.

»Hat Clarence gesagt, wann er zurück sein würde?« Donna besuchte Melanies Wohnung zum erstenmal. Erstaunlich komfortabel, wenn man den Zustand des Gebäudes in Betracht zog.

Melanie hatte sie hereingebeten, ohne genau zu wissen, wer sie war. Jetzt ging ihr ein Licht auf. »Sie sind Mrs. Crofts Sekretärin.«

»Ja. Wann ist Clarence gegangen?«

»Ich bin mir nicht sicher.« Sie blickte umher, als wüßte sie nicht genau, ob er da war oder nicht. »Normalerweise geht er tagsüber raus. Ich achte nicht genau darauf.«

»Wann kommt er denn sonst zurück?«

»Vor Anbruch der Dunkelheit.« Die Sonne ging soeben über dem See unter. Melanie lief hinüber zum Fenster und schaute über das Wasser zu dem blutroten Farbtupfer am Horizont. »Er sollte jetzt hier sein. Er weiß, daß ich nachts nervös werde.« Und als habe sie noch nicht bemerkt, daß der Tag längst vorbei war, wiederholte sie: »Er sollte jetzt hier sein.«

Recht hat sie, dachte Donna. Sie hatte Salat und Aufschnitt gekauft, um zu Hause nicht kochen zu müssen. Melanies Küche sah aus, als sei sie den ganzen Tag nicht benutzt worden. Sie konnte wahrscheinlich auch etwas zu essen vertragen. »Sind Sie hungrig?« fragte sie und fügte hinzu, ohne die Antwort abzuwarten: »Ich werde hierbleiben, bis er auftaucht. Wollen wir hoffen, daß er nicht zu lange wegbleibt.«

Ein Dinner zu zweit mit Melanie Winks war nicht gerade das, was sie für den Abend geplant hatte. Allerdings hatte sie auch nichts von dem, was noch vor der Morgendämmerung auf sie zukam, geplant. Der langweilige Abend sollte sich als weniger langweilig herausstellen, als sie annehmen konnte.

In dem Augenblick, als er die Fotografie von Harriet auf der Klippe sah, hatte Clarence gewußt, daß Tupper Brack keine Randfigur war, sondern mitten im Geschehen stand. Auch wenn er auf den erfundenen Freund nicht hereingefallen war, hatte er Tupper Bracks Verwicklung bis dahin als nebensächlich betrachtet. Man konnte sehen, daß er kein harter Bursche war. Und so legitim wie einer im Schnüfflergeschäft nur sein konnte. Bis zu einem gewissen Punkt war Clarence bereit gewesen, sein Spiel mitzuspielen. Aber herauszufinden, daß er Harriet bis zur Insel gefolgt war — sie dort sogar heimlich beobachtet hatte — rückte die Sache in vollkommen anderes Licht.

Tupper Brack hatte Harriet reingelegt. Und er hatte Clarence Crossley zu diesem Zweck benutzt. Und er hatte die Absicht gehabt, soweit wie möglich weg zu sein, wenn die Fetzen flogen, nicht gefangen in seinem eigenen Auto, bedroht von seiner eigenen Pistole, mit einem psychotischen Killer auf dem Rücksitz über den Highway brausend. Clarence konnte sich vorstellen, wie er sich fühlte, das hieß aber nicht, daß er ihn vom Haken lassen würde. Was auch immer auf der Insel geschah, Tupper Brack würde dabei sein.

Ein Polizeiauto fuhr von einer Tankstelle auf die Straße vor ihnen. Tupper begann zu beschleunigen. Clarence drückte die Pistole sanft auf die weiche Stelle hinter Tuppers Ohr. Die Nadel auf dem Tacho fiel zurück. Das Polizeiauto verschwand hinter einer Kurve. Clarence sprach sehr ruhig. »Ich bin wirklich bereit, Sie zu töten, Mr. Brack. Sie sind lieber sehr, sehr vorsichtig.« Er ließ die Worte wirken, bevor er urplötzlich eine Frage abfeuerte. »Wie lange kennen Sie Stanislaw Zaricki schon?«

»Wen?«

»Zaricki. Den Slum-Vermieter vom Hafenviertel. Wie lange stehen Sie schon auf seiner Gehaltsliste?«

»Ich kenn' keinen Zaricki.«

Seine Stimme klang aufrichtig — sein Gesichtsausdruck verriet, daß er viel zu viel Angst hatte, um zu lügen. Hatte er Angst genug, um zu verraten, was er wußte?

Das Auto, abgekapselt von Zeit und Raum, war der ideale Beichtstuhl. Da brauchte man doch nur diese gewitzten, großverdienenden Psychiater zu fragen, die ihre alte Tränencouch gegen den Rücksitz einer Limousine eingetauscht hatten. Die 50-Minuten-Stunde auf Rädern.

»Sie wissen also nicht, mit wem Sie Geschäfte machen? Wir haben viel Zeit, Mr. Brack. Erzählen Sie mir soviel wie Sie können, und vielleicht können wir den Rest zusammen herausfinden.«

Eine gute Gelegenheit kam nur einmal. Als Tupper den Streifenwagen sah, reagierte er automatisch. Brich das Tempolimit. Vorbei an der Radarfalle. Sorg dafür, daß sie dich zum Anhalten zwingen. Lebwohl, Crossley.

Vergängliche Hoffnung, begraben von der kalten Berührung des Metalls hinter seinem Ohrläppchen. Der kleine Scheißer war verrückt genug, sie beide umzubringen. Besser mitspielen, jedenfalls für den Moment. Es gab keine Garantie dafür, daß sie bis auf die Insel gelangen würden — es sei denn, dieser kleine Traumteufel konnte auf dem Wasser wandeln. Wenn es drüben hart auf hart kam, waren sie vielleicht noch auf weiter Flur.

In diesem Moment fragte er nach einem Typen namens Zaricki. Der Name klang irgendwie vertraut. Vielleicht hatte er ihn gelesen oder mal gehört. Er hatte die Wahrheit gesagt, als er abstritt, den Mann zu kennen. Aber je mehr er darüber nachdachte ... »Wie sieht er aus, dieser Zaricki?«

»Groß.«

Aalglatt war groß — keine Frage.

»Helles Haar. Irgendwie rotblond.«

Konnte sein. Was für den einen grau war, konnte für den anderen rotblond sein.

»Massig. Gebaut wie ein Footballspieler.«

Ein Footballspieler? Mr. Aalglatt mochte sicherlich einer Menge Leuten ähnlich sehen, aber einem Athleten ganz bestimmt nicht. »Nein, den kenne ich nicht. Ist er ein wichtiger Mensch?«

Statt einer Antwort bekam Tupper eine weitere Frage. »Ihre Freunde — sind die schon auf der Insel? Wollten die dort auf sie warten?«

»Weiß ich nicht. Bei Gott, ich habe keine Ahnung.«

»Sie sollten sich etwas mehr bemühen, Mr. Brack. Wenn wir erst an unserem Bestimmungsort ankommen, erwarte ich einige Antworten von Ihnen. Sie werden einen Weg finden, uns auf die Insel zu bringen. Sie werden mir sagen, was uns erwartet, wenn wir dort ankommen. Und Sie werden es tun, weil es genauso in Ihrem Interesse ist wie in meinem.«

Tupper dachte an Pony und Mr. Aalglatt. An diesen anderen mißglückten Trip und das Hochleistungsgewehr und dessen Reichweite. Und als sähe er es in Blut geschrieben vor sich, wußte er, daß nicht alle die Insel heil wieder verlassen würden.

Leslie war seit Stunden gefahren, und sie war müde. Sie hatten einmal angehalten, aber nur solange, bis der Tank aufgefüllt worden war. Sie hatten Spruce Falls bei Tageslicht verlassen, und es hatte ziemlich viel Autoverkehr gegeben, der ihnen Gesellschaft geleistet hatte. Seit der Abzweigung auf den einspurigen Kiesweg nach Manitoulin aber hatten sie niemanden mehr gesehen. Keine Autos. Keine Kleinstädte. Nicht einmal die gelegentlichen Lichter einer Raststätte oder Tankstelle. Einmal schaffte sie es gerade noch, schlitternd vor einem Elch anzuhalten. Ein anderes Mal fuhr sie an den Straßenrand, um einen Reifen zu überprüfen, der sich platt anfühlte. Es war die Straße, nicht der Reifen, Gott sei Dank — eine Strecke wie ein gewelltes Waschbrett, fast so gefährlich wie Glatteis.

Die Farmhäuser, an denen sie vorbeifuhren, waren dunkel — die Bewohner im Tiefschlaf. Früh ins Bett, früh wieder auf. Genau dort, wo sie in diesem Moment am liebsten wäre — im Bett, Harriet an ihrer Seite. Wo sie auch schon bald sein würde.

Im Scheinwerferlicht erschien der Briefkasten der Lakkonen-Farm. Sie fuhr langsam an die Abzweigung heran. Hörte einen Hund bellen. Fuhr den Hügel herauf, zwischen den Bäumen hindurch, die die Straße umgaben und einen schwarzen Tunnel bildeten.

Die Anlegestelle war direkt vor ihnen. Unterhalb der Lichtung, die als Parkplatz diente, lagen einige Boote auf der rechten Seite am Ufer. Leslie fuhr an den Rand der Lichtung, unter die Bäume, stellte den Motor ab und wurde überwältigt von der Stille, die sich auf sie legte. Urplötzlich, unerklärlicherweise, bekam sie Angst. In panischer Eile weckte sie Harriet und ließ mit ihrer Hilfe das Boot zu Wasser. Die Nacht war pechschwarz, das Wasser so dunkel wie Tinte. Der schmale Strahl der Taschenlampe betonte die alles verschlingenden Schatten, erweckte sie zu flackerndem Leben.

Als das Boot beladen war, reichte sie Harriet die Taschenlampe. »Du wirst auf Treibgut achten müssen. Paß nur auf, daß wir auf nichts drauffahren.«

Sie warf den Motor an, und die mächtige Außenbordmaschine sprang mit einem Heulen an, dessen Echo durch die ganze Bucht schallte. Je weiter sie das Ufer hinter sich ließen, desto mehr schwand ihre Nervosität. Hier waren sie in Sicherheit. Welche Gefahr Harriet auch bedrohte, hier würde sie sie nie finden.

Delbert Klages würde seinen Hals kein zweites Mal in die Schlinge legen. Da war er absolut sicher. Bevor er die Nachricht weitergab, daß sie da war und zur Strecke gebracht und unverletzt, würde er sich verdammt nochmal selbst davon überzeugen. Unverletzt. Das könnte ein Problem sein. Natürlich nicht für ihn. Er war ein echter Profi. Die Ware wurde abgeliefert wie bestellt: tot, lebendig, leicht angestoßen, unberührt. Ihm war das egal. Mit Pony lag es etwas anders.

Pony Boy war eine versteckte Bombe, die nur darauf wartete, hochzugehen. Der Mann war explosiv. Wenn er könnte, würde er es diesmal ohne ihn durchziehen, aber man konnte nicht wissen, was sie auf der Insel erwartete, wenn sie erst einmal dort waren. Ganz sicher würde sie nicht allein dort sein. Wieviele Leute hatte sie wohl bei sich? Wieviel zusätzlichen Schaden würde er anrichten müssen, um die Lage zu sichern?

Zusätzlicher Schaden. Delberts Gesicht gefror zu einem kleinen Lächeln. Das Militär hatte das schon richtig durchschaut. Man tötete keine Menschen. Das war ein alter Hut. Man tötete Schiffe und Flugzeuge und Panzer. Man sprengte

Dinge nicht in die Luft — mit chirurgischen Eingriffen hielt man die Dinge nett und ordentlich unter Kontrolle. Euphemismen, die die Gewalt gewaltfrei machten und das Unaussprechliche keimfrei. Pony war ein Kriegsfan. Militärisches Kauderwelsch wäre genau das Richtige für ihn. Pony stand auf Frauen. Er stand darauf, sie zu verletzen. Wenn man ihn dazu bringen könnte, das Ganze als militärische Operation zu sehen, würde er vielleicht nicht ausflippen.

Bracks Anruf hatte die Sache ins Rollen gebracht, aber nur bis zu einem gewissen Punkt. Sie würden sich bei Tagesanbruch auf den Weg machen. Eine Notlandung simulieren. Sichergehen, daß sie da war und daß sie sie hatten und daß sie nicht entkommen konnte. Dann, und erst dann, würden sie den Mann benachrichtigen und das Flugzeug zurückschicken, um ihn einzufliegen.

Schon morgen nacht würde alles vorbei sein. Und du, Delbert Klages, wirst auf dem Weg nach Mexiko sein, um mal richtig auszuspannen.

Tupper wußte etwas, das seinem Begleiter nicht bekannt war. Es gab keine Tankstelle zwischen Little Current, das Manitoulin mit dem Festland verband, und dem vergammelten Motel, wo er letztes Mal die pappigen Sandwiches geholt hatte. Und das würde den Teufel tun und um diese nachtschlafende Zeit noch geöffnet sein.

Der Tank war jetzt fast leer. Noch ein paar Meilen und sie würden auf dem Trockenen sitzen. Geschah dem kleinen Heimtücker nur recht. »Sie haben 'ne Menge Zeit, sich einen Plan zu überlegen«, hatte er gesagt. Nun, er hatte sich einen Plan überlegt. Um jeden Preis an Land bleiben, selbst wenn das bedeutete, sich später mit Crossley auseinandersetzen zu müssen. Eins war sicher. Wenn die Lady auf die Nase fiel, wäre er abgesichert. Dank Clarence Crossley würde er ein wasserdichtes Alibi haben.

»Wie weit noch?«

Die ersten Worte seit Meilen. »Vielleicht 'ne Stunde. Höchstens zwei.« Und dann, mürrisch: »Ich bin diese Straße erst einmal entlanggefahren. Und das war tagsüber. Nachts sieht es ganz anders aus.«

»Ich hoffe für Sie, nicht zu anders. Führen Sie uns nicht in die Irre, Mr. Brack.«

Ich tu noch was viel Besseres, du kleiner Klugscheißer. Tupper warf einen Blick auf die Benzinuhr. Sah, daß die Nadel auf 'Leer' stand. Wußte, daß der Motor kurz davor war, ins Stottern zu kommen und auszugehen. Sagte, während er versuchte, seine Zufriedenheit zu verbergen: »Der Tank ist leer.« Er wappnete sich gegen einen verheerenden Vergeltungsschlag. Als nichts geschah, atmete er langsam aus, wandte sich halb zur Seite und sprach vorwurfsvoll. »Sie hätten mich dort tanken lassen sollen, als ich wollte. Jetzt ist es gelaufen. Wir sitzen fest und müssen warten, bis jemand vorbeikommt.«

»Bei dem Verkehr auf dieser Straße könnte das bis zum Sankt Nimmerleinstag dauern.« Die kalte Überlegtheit der ruhigen Stimme war schlimmer als Zorn. »Wie weit ist der nächste Ort entfernt? Eine Farm — irgend etwas?«

»Ich weiß nicht. Es gibt ein Motel. Die verkaufen Benzin. Ich bin mir nicht sicher, wie weit es entfernt ist.«

»Steigen Sie aus.«

Oh, Gott — wenn sie dich loswerden wollen, dann tun sie's auf diese Art. Er sah sich schon auf dem Weg ins Unterholz. Sah sich mit einer Kugel im Hinterkopf hinstürzen. Unbemerkt verrotten, bis ein Jäger über seine Knochen stolperte. *Mach dich nicht lächerlich, Tupper. Er kann dich gar nicht loswerden. Jedenfalls jetzt noch nicht.*

Er wußte, daß das die Wahrheit war. Ohne ihn würde Crossley ganz schön herumsuchen müssen. Trotzdem war er erleichtert, als sie, statt ins Gebüsch abzutauchen, begannen, die Straße entlangzugehen.

Kies knirschte unter ihren Füßen. Die Furchen waren tief und unregelmäßig. Jeder Schritt war eine Anstrengung. Sie trotteten mühsam weiter, bis seine Beine schmerzten, seine Lungen brannten, sein Herz sich anfühlte wie ein Ballon kurz vorm Zerplatzen. Sich krümmend und nach Luft ringend, keuchte er schließlich: »Ich muß mich für eine Minute ausruhen.«

»Sie werden noch genug Zeit haben, sich auszuruhen. Später.«

Eine Drohung oder ein Versprechen? So kurz vor einem Kollaps war ihm das egal, und er starrte Crossleys verschwindender Gestalt hinterher. Als die Schritte verklangen, wurden andere Geräusche hörbar. Rascheln und Rutschen und ein plötzlicher heiserer Schrei. In seiner Phantasie sah er Augen — zwielichtige, gelbe Augen — die aus dem dunklen Gebüsch herauslauerten. Von den beiden Übeln wählte er besser das, das er schon kannte. Er machte sich wieder auf den Weg, und obwohl er sie nicht einholte, gelang es ihm doch, Sichtkontakt mit der entschlossenen Gestalt zu halten. Und schließlich, als es ihm schon egal war, tauchte das Motel bedrohlich vor ihnen auf. Ein dunkler Gebäudekomplex — keine Lichter — sogar die Leuchtschilder waren ausgeschaltet. Erschöpft lehnte er sich gegen die Zapfsäule und beobachtete, wie Crossley gegen die Tür hämmerte und an den Fenstern rüttelte. Genug Lärm, um Tote aufzuwecken, aber nicht genug, um lebendige Menschen herbeizuzaubern.

Sie würden warten müssen. Warten, bis die Besitzer kamen und den Laden aufmachten. Und wenn sie wirklich Glück hatten, so lange warten, bis die Ereignisse auf der Insel ihren Lauf genommen hatten.

19. Kapitel

Donna erwachte aus tiefem Schlaf, verwirrt und desorientiert. Wo war sie? Was hatte sie mitten in der Nacht aus dem Schlaf gerissen? — Sie, die niemals aufwachte, bis der Wecker rasselte und manchmal nicht einmal dann. Ein Fußstampfen gab ihr die Antwort. Das ohrenbetäubende Klirren von aufeinanderschlagendem Metall. Stimmengewirr.

Sekunden später gingen die Lichter an, und Melanie war da, wie ein Geist in einem langen Baumwollnachthemd, das am Hals mit einer Schleife zusammengebunden war. »Sie fangen wieder an.«

»Wer? Was ist das?«

»Diese Leute, von denen ich Mrs. Croft dauernd erzähle. Die müssen denken, ich sei allein. Als Mr. Crossley hier war, haben sie nichts gemacht.«

Clarence. Der Nebel lichtete sich. Sie war hier, weil Clarence es nicht war. Sie würde ihm den Hals umdrehen, wenn sie ihn zu packen bekam.

»Ich mache uns einen Tee.«

Toll, Melanie. Es gibt doch nichts Besseres als ein Tässchen Tee, wenn einem gerade das Dach über dem Kopf einstürzt. Donna zog die Decke um ihre Schultern und setzte sich auf die Sofaecke, während sie dem Lärm im Treppenhaus lauschte.

Glas klirrte, als eine Flasche an der Tür vorbeirollte. Sie balgten polternd herum. Ein lautes, schallendes Lachen und ein gebrülltes: »Wir kommen, um dich zu holen, Melanie. Du wirst dich verfickt gut amüsieren.«

Ein Streichholz an einem Pulverfaß. Sie konnte dieses Wort nicht ausstehen. Sie haßte solche Ausdrücke. Beide Füße fest auf dem Boden, lehnte Donna sich nach vorne. Sie war jetzt hellwach und wurde langsam wütend. »Wie können die es wagen, eine solche Sprache zu benutzen?«

»Das ist noch gar nichts. Die sagen noch viel schlimmere Sachen.« Melanie füllte die Teekanne mit kochendheißem

Wasser und wirbelte es herum. »Manchmal sagen sie Dinge, die ich nicht einmal verstehe.«

Der Lärm brach erneut aus. Füße stampften, als hielte eine Armee von Schaftstiefeln eine Parade ab. Betrunkene Stimmen, unartikuliert. Noch mehr Hämmern gegen die Tür und Rütteln am Knauf. »Komm schon, Melanie, sonst treten wir die Tür ein.«

Kochend vor Wut eilte Donna zur Tür und riß sie auf. Noch während sie aufschwang, fiel der Mann, der sich gegen sie gelehnt hatte, Obszönitäten gröhlend, in den Raum. Er versuchte, sein Gleichgewicht zu halten, schlitterte hinein, während seine Freunde wie angewurzelt im Treppenhaus standen und in johlendes Gelächter ausbrachen.

Donna schnappte sich die Teekanne. Schleuderte den Inhalt in das verblüffte Gesicht. Verbrüht griff der Mann nach seinen Augen. Schwankte, tastete nach der Tür. Donna drehte ihn zur Türöffnung und stieß ihn hindurch, direkt in die Arme seiner Freunde. Zitternd vor Wut fauchte sie: »Ich werde jetzt die Polizei rufen. Wenn ihr schlau seid, seid ihr verschwunden, wenn sie kommen.«

Melanie stand mitten im Raum, starrte auf den größer werdenden Flecken auf ihrem cremefarbenen Teppich. »Sie hätten das nicht tun sollen. Er wird furchtbar wütend werden.«

»*Ich* bin diejenige, die wütend ist. Ich kann solche Reden nicht ausstehen.«

»So sprechen die eben. Es ist nicht, was sie sagen, das mir Angst macht, sondern was sie tun.«

»Nun, Sie sollten das beenden, indem Sie die Polizei rufen.«

»Um Himmels willen — am Anfang habe ich sie jeden Tag gerufen. Sie sind gekommen, und alles war ruhig, und ich konnte sehen, daß sie mir nicht glauben. Nach einer Weile sind sie einfach nicht mehr gekommen.«

Selbst Clare hatte Melanie verdächtigt, sich Dinge einzubilden. Wenn es sonst zu nichts gut war, hatte seine Abwesenheit doch zumindest einen Nachweis erbracht. »Nun, es dauert ja nur noch ein paar Tage.« Angesichts von Melanie, die die Schleife am Hals ihres Kleinmädchen-Nachthemds immer wieder auf- und zumachte — von dem Durcheinander auf dem Boden und dem Mann, der durch die Tür gefallen war, und dem dümmlichen Ausdruck auf den Gesichtern im Treppenhaus, begann Donna plötzlich zu lachen. »Bin ich froh, daß Sie keine Teebeutel benutzen. Es wird ihn ganz schön beschäftigen, die Teeblätter abzupflücken.«

»Er braucht nur in den Spiegel zu schauen, und schon kann er seine Zukunft lesen.« Und dann lachten sie beide — eins dieser feuchtäugigen, nach Luft schnappenden Gelächter, ganz kurz vor der Hysterie.

Erst später, als sie ruhig beieinander saßen und Tee schlürften, setzte die Reaktion ein. Sie hatte diese Männer wie ungezogene Schuljungen behandelt und nicht wie gefährliche Trunkenbolde. Angenommen, sie hätten sich nicht zurückgezogen? Sie könnte dafür verantwortlich sein, daß eine von ihnen oder beide verletzt wären.

Clarence oder kein Clarence, sie würde keine weitere Nacht in diesem Zoo verbringen.

Leslie öffnete die Augen. Sie waren fast die ganze Nacht auf den Beinen gewesen — sie hatte vorgehabt, bis mittags zu schlafen. Statt dessen wurde sie schon scheinbar wenige Minuten, nachdem sie eingeschlafen war, wachgerüttelt.

»Sie sind da. Du ziehst dich besser an.«

»Ich habe gerade von dir geträumt.« Konnte man auf bessere Art erwachen? Leslie fühlte, wie ein warmes Gefühl sich in ihr ausbreitete, die reine Freude, die der erste Anblick Harriets immer mit sich brachte. Dann hörte sie in der Ferne das Dröhnen eines Flugzeugs. Hörte Harriet wiederholen, daß 'sie' angekommen seien und daß sie, falls sie nicht vollkommen nackt angetroffen werden wollte, besser ein paar Klamotten anzog.

»Liebling, die Leute hier oben fliegen mit Flugzeugen wie

die Stadtmenschen mit Autos fahren.« Sie griff nach Harriet. Griff daneben. »Komm wieder ins Bett.«

Die Flugzeuggeräusche wurden lauter. Es war direkt über ihnen. Flog niedrig. Der Motor stotterte. Setzte aus. Duchess gab ein kurzes, hohes Bellen von sich und folgte Harriet ins Wohnzimmer.

Verdammt, dachte Leslie. Gerade jetzt müssen uns andere Leute mit ihren Problemen behelligen. Beim letzten Mal hatte sie den halben Tag damit verbracht, den Piloten auf der Suche nach Hilfe herumzuchauffieren.

Sie zog sich an und ging zu Harriet. Mittlerweile waren die Männer gelandet und kamen den Weg hinauf. Sie waren zu zweit: einer groß und dünn, in einem billigen, engsitzenden Straßenanzug, und einer in Arbeitshosen, die in zugeschnürte Gummistiefel gestopft waren, und einem karierten Hemd, die Ärmel bis zu den Ellenbogen aufgerollt. Fremde. Sie hatte keinen von beiden je zuvor gesehen.

Mit gesträubten Haaren und einem leisen Knurren wich Duchess vom Fenster zurück. »Dein Regierungsmann und seine rechte Hand«, sagte Harriet leichthin. »Ich hatte eine Mannschaft mit Brechstangen erwartet.«

Leslie beobachtete alles mit beklommenem Schweigen. Mit diesem Pärchen war irgend etwas nicht in Ordnung. Der Mann im Anzug, der steifbeinig heranstakste, wirkte fehl am Platz. Der andere sah aus, als würde er sich in einem Holzfällercamp wohler fühlen als an der Seite eines Polyester-Dandys. Ihr Instinkt veranlaßte sie, nach draußen zu gehen, um sie im Freien zu empfangen. Sie wollte sie nicht in der Hütte haben. »Bleib hier. Ich werde mal sehen, was die wollen.« Sie trat ihnen auf dem Weg entgegen und versperrte so den Weg zur geschützten Veranda. »Haben Sie ein Problem?« Sie ignorierte den Führer — falls er einer war — und sprach den Mann im Anzug direkt an.

»Irgend etwas ist mit unserem Motor schiefgegangen. Wir dachten, es wäre angebracht zu landen, solange wir das noch können.« Die Stimme kratzte, so als würde sie selten benutzt.

Der zweite Mann sagte: »Landet sich nicht so gut auf Bäumen.« Er kicherte, seine Augen schossen hin und her. »Haben Sie ein Telefon, das wir benutzen können?«

»Nein. Das nächste Telefon ist in einem Farmhaus auf dem Festland.« Sie fühlte sich nackt — ausgezogen von seinem heißen, feuchten Starren.

Der Mann im Anzug sprach. »Wenn Ihr Mann uns rüberfährt, werden wir ihn dafür bezahlen.« Sehr korrekt. Sehr höflich.

Es wäre ein Fehler, sie wissen zu lassen, daß sie und Harriet allein hier waren. »Ich fürchte, das ist unmöglich. Er ist auf der anderen Seite der Insel.« Noch eine Eingebung — »Jagen. Mit Freunden.«

Das karierte Hemd grinste. Begann, langsam und lässig um sie herumzuschleichen. »Wir warten. Bleibt uns nichts anderes übrig. Hätten Sie vielleicht einen Kaffee, Ma'am?«

»Er könnte noch ziemlich lange weg sein.« Sie trat zur Seite, stellte sich dem hoch aufragenden Ungetüm in den Weg. Bauer blockt Bauern. Turm zieht in gerader Linie vor. Waren Schachspiele so abgelaufen, als sie noch mit richtigen Menschen gespielt wurden — mit Sklaven, die es den Kopf kostete, wenn sie von ihrem Feld entfernt wurden?

»Wir haben keine Wahl. So wie das mit dem Flugzeug aussieht, sitzen wir fest.«

»Sie können das Boot nehmen.«

Straßenanzug sagte: »Wir würden Sie doch nicht ohne Boot hier zurücklassen, Ma'am.« Er spielte mit ihr. Die blassen Augen, die nichts Gutes verhießen, waren wissend und amüsiert. »Was, wenn irgend etwas passiert?«

»Darüber brauchen Sie sich keine Sorgen zu machen.« Das große Boot mit dem Innenbordmotor, das für Fahrten den See hinauf genutzt wurde, lag auf dem Trockenen und war den Winter über im Bootshaus verstaut, aber falls es nötig wurde, konnte sie es in Gang bringen. Und dann gab es immer noch das Kanu, das im Schutz einer uralten Zeder festgemacht war.

Sie wollte ihnen gerade sagen, daß sie genügend Boote hatten, als ein Quietschen der Verandatür sie unterbrach und Harriet sagte: »Wir haben Sie schon erwartet, meine Herren. Ich nehme doch an, Ihre Papiere sind in Ordnung?«

Die Männer erstarrten auf ihren Plätzen. Duchess tauchte mit Harriet auf und drückte sich mit gesenktem Kopf, aufgestelltem Haar und gekrümmtem Rücken an Leslie. Leslie stellte sich vor Harriet, schützte sie vor dem plötzlichen, konzentrierten Interesse der beiden Männer — einem anschwellenden Interesse des karierten Hemds, einem 'Na-was-haben-wir-denn-hier-für-ein-interessantes-Exemplar'-Interesse des Straßenanzugs.

Männer neigten dazu, Harriet anzustarren. Frauen übrigens auch. Es war nicht das Starren, das Leslie beunruhigte, sondern die Art des Starrens. »Warte drinnen.« Angst preßte ihre Stimme zusammen. »Nimm Duchess mit.«

»Einen Moment, Ma'am.« Die langen Arme baumelten aus den aufgerollten Hemdsärmeln. »Was für Papiere meinen Sie denn?«

»Ihre Ausweise. Und eine unterzeichnete Vollmacht.«

Mit frei schwingenden Armen drehte der Mann sich um, blickte seinen Anführer an. Harriets Haltung verwirrte ihn, er wußte nicht, was als nächstes zu tun sei, war erleichtert, als sein Begleiter einsprang: »Sie erwarten also jemanden?«

Unbehagen lag in der Frage. Unbehagen in dem Blick, den sie austauschten. Leslie bemerkte es. Hatte sie es vorher nur vermutet, war es ihr jetzt klar. Dies war keine Notlandung. Diese beiden hatten hierherkommen wollen. Sie waren hergekommen, weil Harriet hier war. Sie mußte sie von der Insel schaffen. Sie mußte Harriet sicher hinter eine geschlossene Tür bringen. »Ja«, sagte sie, »wir erwarten jemanden. Vertreter des Ministeriums.« Das sollte sie zum Einhalten und

Nachdenken bringen. Und zu Harriet: »Ich fahre diese Herren zum Dock rüber, während du Duchess weiter fütterst.«

Harriet hatte Duchess nicht gefüttert. Harriet fütterte Duchess nie, wenn Leslie dabei war. Hoffentlich begriff sie, daß Leslie ihr etwas mitzuteilen versuchte.

Immer noch knurrend trat Duchess vorsichtig einen Schritt vor. Der Mann im karierten Hemd sagte: »Hunde mögen mich nicht.« Er verlagerte sein Gewicht auf ein Bein, *damit ich dich besser treten kann*, und fügte hinzu: »Ich mag sie auch nicht.« Die Luft war spannungsgeladen, untermalt von Duchess' unverwandtem Knurren und einem Kauern, das auf einen kurz bevorstehenden Angriff hindeutete. Aus Angst um sie griff Leslie nach ihrem Halsband — »Bitte, Harriet, sie ist aufgeregt. Schließ sie ein.«

Vor Jahren hatte ihre Mutter ihr einmal geraten, einem tollwütigen Hund niemals den Rücken zuzukehren. Ein Tier wird einen fast nie angreifen, wenn man es anblickt, sagte sie. Dieser Rat hatte Leslie vor ernsthaften Verletzungen bewahrt, als eine Meute streunender Hunde sie einmal auf dem Weg zur Schule verfolgt hatte. Dieser Rat klang jetzt in ihren Ohren, als sie diesen merkwürdigen Männern gegenüberstand, und sie fragte sich, ob man ihn auf Menschen genauso gut anwenden konnte wie auf Tiere — wartete auf das Geräusch der Tür, das ihr sagen würde, daß Harriet und Duchess in der Hütte waren und wenigstens für den Moment in Sicherheit.

Die Tür wurde geöffnet. Geschlossen. Das Knurren hörte auf. Mit einem gewaltigen Gefühl der Erleichterung trat sie einen Schritt vor. Bereit, die Charade zu Ende zu spielen.

Plötzlich hörte sie Schritte, die zurückkamen. Wußte, daß Harriet die Botschaft sehr wohl verstanden hatte — Duchess weggebracht hatte, aber nicht bereit war, dasselbe mit sich geschehen zu lassen. Ihre Stimme erhob sich, klar und durchdringend und vollkommen beherrscht. »Also — was geht hier eigentlich vor?«

Die Frage brachte Leben in das Tableau. Die Männer bewegten sich, langsam erst wie Traumgestalten, dann wie auf einem Videoband im Schnellvorlauf in einer raschen Abfolge verschwommener Bilder.

Für eine Weile dachte Delbert, der unfähige Hohlkopf hätte es wieder gebracht. Ihn einen weiteren nutzlosen Gang tun lassen. Von der Brünetten empfangen zu werden, hatte ihn etwas verunsichert. Er hatte entweder die Blonde selbst erwartet oder einen männlichen Freund, keine andere Frau. Warum würden zwei Weiber — gutaussehende Weiber zudem — sich auf einer Insel verschanzen wollen?

Diese Geschichte über einen Ehemann, der irgendwo seinen Geschäften nachging, hatte er nicht für eine Minute geglaubt. Das war die Art von Dingen, die unverheiratete Frauen sich ausdachten, wenn sie es mit der Angst zu tun bekamen. Als ob Männer nichts anderes im Sinn hätten, als in der Gegend herumzuhüpfen und den starken Mann zu spielen. Sie war ganz schön nervös gewesen. Hatte sie *stante pede* von der Insel haben wollen. Nehmen Sie das Boot, hatte sie gesagt. Na, toll. Aber es hatte ihnen etwas verraten. Das nächste Telefon war dort drüben.

Er glaubte nicht, daß sie da war. Aber wo sie einmal soweit gekommen waren, würde er nicht eher wieder gehen, bis er ganz sicher war. Und zack, wie aufs Stichwort, als er gerade überlegte, wie er ohne viel Aufhebens in die Hütte hineinkommen könnte, tauchte niemand Geringeres als die Lady selbst auf. Die über-alles-Erhabene. Nun, sie würde nicht mehr so erhaben sein, wenn sie erst die Quittung bekam, die, da er jetzt wußte, daß sie hier war, nicht mehr lange auf sich warten lassen würde.

Eins noch. Er würde Pony kurz halten müssen. Die Art, wie er sie angestarrt hatte, als sie erschien, sprach eine deutliche Sprache. Dieser einfältige Dreckskerl — wenn es um Frauen ging, rutschte ihm das Gehirn in die Hose.

Trotzdem — sie zu sehen, machte ihn glauben, daß sie es geschafft hatten. Bis sie anfing, von den Papieren zu reden. Das brachte ihn für eine Minute aus dem Konzept. Aber nur für eine Minute. Ihre Freundin hatte zu schnell reagiert — hatte zuerst versucht, sie zum Schweigen zu bringen, dann versucht, sie in die Hütte und aus dem Sichtfeld zu schaffen. Und das war ihm nur recht, denn er selbst beabsichtigte auch, dort hineinzugehen — nur um sicherzugehen, daß alles vollkommen in Ordnung war, bevor er das Flugzeug zum letzten Mal losschickte.

Und Teufel auch, sie schloß die Tür hinter dem verdammten Hund, kam zurück und fing gleich wieder an. »Was geht hier eigentlich vor?« So unglaublich cool. In diesem Moment faßte er einen Entschluß. Sie war hier. Er und Pony waren hier. Sie hatten lange genug gewartet. Falls noch Leute kommen sollten, würden sie sich eben darum kümmern müssen.

Er beantwortete Ponys Blick mit dem unauffälligsten Nicken. Trat langsam einen Schritt vor. Sah Pony von der Seite aufschließen. Die Treppen hochsteigen. Die beiden Frauen über die Veranda zur Tür zurückdrängen. Durch die Tür und in die Mitte des Raums. Sie waren drinnen, und der Hund war drinnen, und er flog auf sie zu, und dann hing er an Ponys Bein, und Pony schrie und fluchte und griff nach unten, um sich loszureißen.

Delbert beobachtete alles von der Eingangstür. Pony konnte mit dem Hund fertigwerden. Seine Hände waren tödliche Waffen, die einem Elch das Leben aus dem Körper quetschen konnten. Es schadete nichts, wenn er etwas von dem Dampf abließ, der zwischen seinen Beinen immer heißer wurde.

Seine Aufmerksamkeit galt der Blondine. Ponys Aufmerksamkeit galt dem Hund. Keiner von beiden sah es kommen. Die Brünette, die mit ausgestrecktem Arm vorpreschte und Pony aus dem Gleichgewicht brachte. Sie zerrte den Hund weg, hielt ihn fest, versetzte Pony einen Schlag, als sein Tritt das Tier an der Seite traf.

Mit wutverzerrtem Gesicht stand er mit gesenktem Kopf und hervortretenden Augen vor ihr. Da er befürchtete, er könne explodieren — in einer Orgie der Gewalt hochgehen — sprach Delbert rasch und ruhig. »Nicht jetzt.« Da der massige Mann ihn nicht zu hören schien, nicht zu begreifen schien, wer oder wo er war, griff er ihn beim Arm und befahl: »Los, kontrollier die Türen. Und vergewissere dich, daß wir allein sind.«

Langsam, als wache er aus einer Trance auf, kam Pony zur Besinnung. Er war immer noch wütend. Spürte immer noch das Verlangen, es ihr heimzuzahlen. Aber er beherrschte sich, jedenfalls für den Augenblick.

Delbert fragte sich, wie lange er diesen Zustand wohl bewahren konnte.

Tupper Brack fühlte sich hundsmiserabel. Es war eine beschissene Nacht gewesen. Er hatte das dumpfe Gefühl, daß der Tag noch beschissener werden würde.

Er war hungrig und müde und betete um eine Gelegenheit, Crossley zu erwischen, wenn er gerade nicht hinschaute. Aber der kleine Scheißkerl hatte wohl irgendeine Siebter-Sinn-Vorrichtung in seinem schäbigen, kleinen Schädel eingebaut. Er schien zu wissen, was Tupper vorhatte, noch bevor Tupper es selber wußte.

»Wir gehen zurück und warten im Auto«, hatte Crossley gesagt, und Tupper hatte an die Strecke gedacht, die sie bis zum Auto zurücklaufen mußten, und dann an die Strecke zurück zum Motel, um Benzin zu holen, und dann an die Strecke zurück zum Auto mit dem Benzin, und er hatte gesagt, wahrheitsgetreu, daß das ausgeschlossen war. Wenn er nicht einer Herzattacke erliegen würde, dann der vollkommenen Erschöpfung. Crossley, der einen scheinbar unerschöpflichen Energievorrat hatte, war vor die Wahl gestellt gewesen, allein zu gehen und Tupper unbeaufsichtigt zu lassen oder ihn huckepack hin- und zurückzuschleppen. Also waren sie geblieben, wo sie waren: Tupper, dem die Kälte bis auf die Knochen ging, streckte sich auf einem hölzernen Picknicktisch aus, Crossley saß mit hochgezogenen Schultern und gekreuzten Beinen unter einem Baum ganz in der Nähe.

Die Sonne ging auf. Acht Uhr. Neun Uhr. Vielleicht, dachte Tupper, machen die überhaupt nicht auf. Vielleicht sind sie krank. Vielleicht sind sie bei einem Familienfest. Vielleicht sind sie pleite gegangen.

Gerade als er zu glauben begann, daß alles doch noch gut ausgehen könnte, tauchte ein schrottreifer Lastwagen auf. Der Fahrer sprang heraus. »Schon lange hier?« Sah sich suchend nach einem Auto um. »Tut mir leid, daß wir zu spät sind.«

Sag das nicht, dachte Tupper. Wäre besser, ihr wärt gar nicht gekommen.

Die Frau stieg aus und öffnete das Restaurant. Der Mann füllte einen Benzinkanister und fuhr sie zurück zu ihrem Auto. Was ihnen zu Fuß so weit vorgekommen war, lag mit dem Auto nur Minuten entfernt. Im Nu waren sie wieder beim Motel, ließen den Tank auffüllen. Der Duft von frischem Kaffee schwebte durch die offene Tür. Tupper atmete schnuppernd die Luft ein. »Frühstück. Ich brauch' was in den Magen.«

Mit einem Gesichtsausdruck, der besagte, daß sie keine Zeit mehr damit verschwenden würden, sich die Bäuche vollzuschlagen, starrte Crossley ihn zornig an. Tupper zog seine Wangen ein, sagte, ihm sei schwindlig vor Hunger, und erreichte einen Kompromiß. Ein Rührei-Sandwich und eine Thermoskanne voller Kaffee für unterwegs. Crossley deckte sich mit Limo und altbackenen Doughnuts ein und hatte es so eilig wegzukommen, daß er nicht mal auf das Wechselgeld wartete.

Sie passierten das Farmhaus. Dies war die Abzweigung, die sie an dem Tag genommen hatte, als er ihr den ganzen Weg von Toronto gefolgt war. Sie war hier abgebogen, er hatte die nächste Abzweigung genommen, ohne zu wissen, daß sie zu einer Stelle führte, von der aus man die Insel aus der Vogelperspektive überblicken konnte. Die Seitenstraße, die zu dem Ausguck führte, war eng — nicht viel mehr als zwei Furchen. Er fuhr vorsichtig hinein, zuckte zusammen, als die Äste an den Seiten des Autos entlangschrammten.

»Sind Sie sicher, daß dies der richtige Weg ist?« Crossley spülte einen Bissen seines pappigen Doughnuts runter. »Es scheint mir, als müßten wir anstatt bergauf bergab fahren, wenn wir zum Wasser wollen.«

»So bin ich letztesmal auch gekommen. Es ist der einzige Weg, den ich kenne.« Das Auto fuhr weiter bergauf, kroch langsam in niedrigem Gang den Hang hinauf. Schließlich erreichten sie die Spitze, und Tupper stellte den Motor genau da ab, wo sie gerade standen. »Da. Es ist die große Insel. Die erste in der Kette. Vom Rand aus können Sie sie besser sehen.«

»Ich will sie nicht *sehen*.« Crossleys Stimme war so hoch und dünn wie ein vom Wind zum Klingen gebrachter Draht. »Ich will hin.« Die Pistole wurde an Tuppers Hals gepreßt. »Ich will, daß Sie mich dorthin bringen. Wenn Sie das nicht können, Mr. Brack, habe ich keine weitere Verwendung für Sie.«

Tupper saß vollkommen still. Crossley hatte sich seit Stunden zurückgehalten. Seit Toronto. Diese Art von Selbstbeherrschung verlangte eine gewaltige Anstrengung. Noch eine Drehung der Sprungfeder in seinem Innersten, und die ganze Chose könnte ihm um die Ohren fliegen. *Laß ihn nicht merken, daß du Zeit schindest. Laß ihn glauben, du bist absichtlich hier.* »Von hier oben können wir alles sehen. Im Kofferraum habe ich ein Fernglas. Wir können alles abchecken, damit wir wissen, was uns erwartet.« Wir? *Ja, Tupper, 'wir'. Wenn's sein muß, muß es eben sein.* »Vielleicht entdecken wir sogar ein Boot, das wir benutzen können.«

Crossley ging zum Rand des Vorsprungs und starrte durch das Fernglas. »Sind Sie sicher, daß es das ist?«

»Absolut.«

»Es sieht gottverlassen aus.«

Gott sei Dank, dachte Tupper. Sie sind schon wieder weg, und es ist vorbei, und jeder komplett Verrückte würde wissen, daß ich nichts damit zu tun hatte. Außer natürlich, sie war überhaupt nicht da gewesen. »Vielleicht hat sie beschlossen, in Spruce Falls zu bleiben.« Möglich. Es war auch möglich, daß sie irgendwo mit dem Boot rumschipperte oder auf einem anderen Teil der Insel war.

Crossley starrte immer noch auf die Insel, schwang das Fernglas in einem weiten Bogen hin und her. »Da liegt ein Boot an der Anlegestelle.« Er drehte sich nach rechts und richtete den Blick auf die Uferlinie, die die Bucht umgab. »Wir haben Glück, Mr. Brack. Da unten gibt's einen Platz zum Parken und einige Boote liegen am Ufer. Wir sind etwas zu weit gefahren.«

Sie stiegen wieder ins Auto und fuhren den Hügel hinab. Als sie auf die Hauptstraße bogen, versuchte Tupper es noch einmal. »Mit der Rumspielerei hier verschwenden wir nur unsere Zeit. Wir sollten ihrer Spur besser von Spruce Falls aus folgen.«

»Sie halten lieber Ihren Mund und passen auf. Keine falschen Abzweigungen mehr, Mr. Brack. Bis hierher sind wir gekommen. Wir fahren nicht wieder weg, bis ich ganz sicher bin.«

Die Straße, die am Farmhaus abbog, war breiter und in besserem Zustand. Sie führte zwischen Bäumen hindurch, vorbei an einer Kiesgrube, vorbei an einem Schutthaufen, einen Anstieg hinauf, einen Abhang hinunter, bis zu einem Sandstrand mit einer großen Anlegestelle und einer Rampe für Transportschiffe. Auf der einen Seite befand sich ein Picknickbereich, auf der anderen ein holpriger Parkplatz. Nur ein Auto war zu sehen. Es war unter den Bäumen geparkt, und als Tupper neben ihm anhielt, bemerkte er ein Logo mit den Frequenzen des Fernsehsenders von Spruce Falls im Rückfenster.

»Sie ist hier.« Crossley inspizierte den Wagen. Versuchte, die Türen zu öffnen. Sie waren abgeschlossen. Es gab kein Anzeichen irgendeiner Beschädigung. Er wirkte erleichtert. »Wie gut können Sie mit Booten umgehen, Mr. Brack?«

Sie entschieden sich für ein großes Kanu aus Aluminium mit einem überdimensionalen Außenbordmotor. Ohne zu wissen, ob es überhaupt starten würde, gelang es ihnen, das Gefährt zum Ufer zu schleppen und flottzumachen. Mit einem schrillen Aufheulen, das die Stille zerriß, sprang der Motor beim dritten Versuch an. Tupper, der von Booten fast genauso wenig Ahnung hatte wie Clarence, bediente den Motor vom Heck aus, während Crossley, den Blick auf ihn gerichtet, vorne saß. Als sie sich der Insel näherten, versuchte er, nicht daran zu denken, was sie in der verschlossenen Hütte wohl finden könnten — warum es keine Bewegung und kein Lebenszeichen gab.

Sie erreichten die Insel. Er stellte den Motor ab. Das Boot krachte gegen die Anlegestelle. Wurde von einer zurückrollenden Welle angehoben. Crossley griff nach dem Reifen, der als Puffer diente, und schob die Fangleine durch einen Verankerungsring.

Tupper wollte nicht als erster gehen und blieb deshalb etwas zurück. Brachte Crossley dazu, voranzugehen. Als erster den Weg hinaufzulaufen. Als erster durch die geschlossene Tür zu gehen. Er hätte es vorgezogen, im Boot zu bleiben — war erst auf das Dock geklettert, nachdem das runde Auge einer 38er ihn dazu angespornt hatte.

Der Boden auf dem unbefestigten Weg, der zur Hütte führte, war festgedrückt und so glatt wie Satin. Jedes Detail hob sich klar und scharf ab. War die Angst der Grund für die Scharfsichtigkeit? Er sah einen Käfer auf einem Grashalm am Wegesrand. Einen Kieselstein, der deplaziert wirkte, für den er stehenblieb, um ihn aus dem Weg zu räumen. Eine kleine Ameisenkolonie, die geschäftig um einen Sandhügel herumeilte. Er trottete hinter Crossley her, die Augen auf den Boden gerichtet, bis sie das Ende des Wegs erreichten und die erste der Treppenstufen. Auch diese waren glatt wie Satin. Er blickte jetzt auf und sah die geschützte Veranda und die schwere Holztür dahinter und wünschte sich, daß sie verschlossen bleiben könnte — daß sie wieder weggehen könnten, ohne sie zu öffnen.

Sie stiegen zur Veranda hinauf. Es war kühl. Zu einem anderen Zeitpunkt wäre es sicher angenehm. Crossley war am Zug. Tupper stand seitlich hinter ihm — es genügte ihm, Zuschauer zu sein. Und zu warten. Und zum Boot zurückzukehren, ohne den Fuß hineingesetzt zu haben.

Crossley klopfte an die Tür. Streckte die Hand nach der Klinke aus. Erstarrte, als diese sich senkte. Die Tür schwang auf. Mr. Aalglatt erschien. »Kommen Sie herein, Mr. Brack. Ich habe Sie nicht erwartet, aber ich bin froh, daß Sie da sind.« Und dann trat er zurück, und Pony trat vor, und das halbautomatische Nachladegewehr, das er in den Händen hielt, war so groß wie eine Kanone.

Tupper glitt durch die Tür und nahm hinter Pony Zuflucht. »Nehmen Sie sich in acht vor ihm, er hat eine Pistole«, er wies auf Crossley, wies gleichzeitig darauf hin, auf welcher Seite er stand und in welchem Lager er war.

Er blickte sich um. Sah niemanden. Sie waren allein. Nur Pony. Und Mr. Aalglatt. Und in der Ferne ein schwaches Winseln.

»Sind Sie sicher, daß Clarence nicht gesagt hat, wo er hin wollte?«

»Er erzählt mir nichts von seinen Angelegenheiten.« Melanie hörte auf, herumzuhantieren, und blickte nachdenklich vor sich hin. »Einmal ist er nach Hause gegangen, um sein Hemd zu wechseln. Ansonsten weiß ich nicht, wohin er geht. Aber er kommt immer vor Anbruch der Dunkelheit zurück.«

»Nun, diesmal ist er nicht vor Anbruch der Dunkelheit zurückgekommen.« Donnas anfänglicher Ärger über Clarence war einer wachsenden Besorgnis gewichen. »Ich werde Sie allein lassen müssen, Melanie. Ich muß das Büro aufmachen.«

»Das ist schon in Ordnung. Tagsüber passiert nie etwas.«

Donna sammelte ihre Sachen ein. »Ich werde dafür sorgen, daß Clarence heute abend hier ist.« Was, wenn sie ihn nicht ausfindig machen konnte? Sie würde jemanden anheuern, ganz klar. Einen dienstfreien Polizisten. Einen, den die Zeitvermittlung nicht wollte. Irgend jemanden, nur nicht sie selbst.

Vielleicht hatte Melanie recht. Vielleicht war er nach Hause gegangen und war eingedöst und hatte durchgeschlafen. Einem Impuls folgend griff sie zum Telefon und wählte seine Nummer. Ließ es klingeln, bis der Hörer fast vom Apparat sprang. Legte resigniert auf. Sagte, mehr zu sich selbst als zu Melanie: »Vielleicht geh' ich mal rüber. Schau mich mal um.« Es könnte einen Hinweis geben. Irgendein Indiz, wo er war und was er vorhatte.

Sie rief ein Taxi. Sah Mr. Teeblätter, der sie aus dem Hintergrund beobachtete, als das Taxi abfuhr. Die Fähre wurde gerade beladen, als sie ankam. Beladen? Zu dieser Tageszeit wurde sie *ent*laden. Die Beförderung ging hauptsächlich in eine Richtung. Die Pendler setzten zu ihren Arbeitsplätzen in der Stadt über — nur eine Handvoll Schichtarbeiter kehrte in ihre Häuser auf der Insel zurück.

Das Haus zu finden war kein Problem. Sie war Weihnachten mit Harriet da gewesen. Sie hatten einige seiner Nachbarn getroffen. Hatten mit der Frau von nebenan gesprochen, die ihn schon sein Leben lang kannte. Geschichten über ihn als Baby gehört, über den heranwachsenden Clarence. Sie hatte niemals an Clarence als Kind gedacht, und deshalb war es ihr nicht gelungen, ihn sich als niedliches Kleinkind in Windeln vorzustellen. Sie konnte auch den Clarence, den sie kannte, nicht mit dem bezaubernden Häuschen, in dem er aufgewachsen war und das er immer noch als Zuhause bezeichnete, in Einklang bringen. Seine Arbeitszeit verbrachte er in verlotterten Kneipen, in Seitenstraßen, kampierte in billigen Absteigen. Dort arbeitete er. Hier lebte er.

Niemand reagierte auf ihr Klopfen. Kein Lebenszeichen von ihm, als sie durch die Fenster spähte.

»Kann ich Ihnen helfen, Miss?«

Erschreckt wirbelte Donna herum. Die Stimme war von der Hecke gekommen. Wem auch immer sie gehörte, war nicht zu sehen.

»Ich suche Mr. Crossley. Haben Sie ihn gesehen?«

»Seit gestern nicht mehr.«

Donna lief zurück zur Vorderseite des Hauses. Die Besitzerin der Stimme ging auf der anderen Seite der Hecke entlang und traf Donna am Tor. Die Frau, mit der sie sich bei Clares Weihnachtsglühwein unterhalten hatte. »Er war gestern hier?«

»Ja. Ich habe ein paar Minuten mit ihm geredet, aber dann mußte ich einkaufen gehen.«

»Ich befürchte, daß ihm etwas zugestoßen ist. Schien er aufgebracht zu sein? Hat er irgend etwas Ungewöhnliches gesagt?«

»Ich habe keinen Unterschied bemerkt. Sie kennen doch Clarence. Immer derselbe.«

»Vielleicht ist er krank.« Jeder, der klebrigsüße Danishs im Dutzend zu sich nahm, mußte einen Blutdruck haben, der ihn bis in eine erdnahe Umlaufbahn katapultieren konnte. »Vielleicht hatte er einen Herzinfarkt. Einen Schlaganfall.«

»Ich hole die Schlüssel.«

Augenblicke später waren sie im Haus. Im Bett war nicht geschlafen worden. Das kleine Wohnzimmer war tadellos. Das Badezimmer sah unbenutzt aus. Nur in der Küche herrschte ein wenig Unordnung. Eine halbvolle Dose Limo stand auf der Anrichte neben einem angebissenen Zimtbrötchen. Daneben ein Korb voller Gebäck, zugedeckt mit einer Serviette. Auf dem Tisch lag zerwühltes Packpapier, von einem Schuhkarton heruntergerissen, in dem Seidenpapier lag.

Die Nachbarin nahm den Korb mit dem Gebäck hoch. »Er muß krank sein. Ich habe noch nie erlebt, daß er Zimtbrötchen übrigläßt. Oder Dinge so in der Gegend rumstehen läßt.«

Er ist nicht krank, dachte Donna. Er hätte angerufen. Er wäre nicht einfach so weggeblieben. Die Schachtel erregte ihre Aufmerksamkeit. Zog sie wie ein Magnet an. Sie beugte sich über sie. Hob das Papier an. Sah die Puppe. Dachte, wie merkwürdig. Clarence eine Puppe zu schicken. Ausgerechnet Clarence.

»Das wurde gestern zugestellt. Ich hab's ihm mit den Zimtbrötchen rübergebracht.«

Donna nahm sie heraus. Sah die Flecken — scharlachrote Kleckse auf weißem Untergrund. Es durchfuhr sie wie ein Blitz — wie ein Stromschlag, der ihren Körper von oben bis unten durchzuckte. Ihr Magen drehte sich um. Übelkeit stieg in ihr auf, würgte sie in der Kehle. Sie sagte sich, ihr würde nicht schlecht werden, sie würde die Fassung wahren, und dann rannte sie zum Badezimmer, kniete sich vor die Toilette, übergab sich, bis ihre Seiten schmerzten und ihre Kehle sich rauh anfühlte.

Als sie zurückkam, stand die Frau neben dem Tisch und wartete auf sie. Sie hielt Harriets Fotografie in der Hand. »Das war in der Schachtel. Eine Fotografie von Ihrer Chefin. Sie muß eine ganze Menge von Clarence halten.« Sie biß sich auf die Lippe. Legte die Stirn verwirrt in Falten. »Was ich nicht verstehe, ist — warum um Himmels willen schickt sie ihm eine Puppe? Ist das vielleicht eine geheime Botschaft?«

Eine geheime Botschaft? Ja. Aber nicht von Harriet. Sie bemerkte die Ecke eines Briefumschlags, der halbverdeckt unter dem Seidenpapier lag. Sie zog ihn heraus. Fand die Notiz. Las sie mit wachsendem Entsetzen. Die Puzzlesteine fügten sich zusammen. Nicht viele, aber einige. Der Anruf von Leslie. Harriets Abfahrt. Die Tatsache, daß Clarence nicht bei Melanie erschienen war. Sie mußten zusammengesetzt werden. Aber wie?

Und da gab es noch etwas. Den Telefonanruf. Diese klangvolle, gepflegte Stimme mit einem Problem, das nicht warten konnte — nicht einmal vierundzwanzig Stunden. Er war hartnäckig gewesen. Zäh. »Wo ist sie? Wann kommt sie zurück? Kann ich sie zu Hause erreichen?« Er hatte sie ausgehorcht. Und war an die Richtige geraten. Donna, die Klatschbase. Sie hatte es tatsächlich gesagt, nicht wahr? »Mrs. Croft ist in Spruce Falls.« Gott, sie sollte sich den Kopf mal untersuchen lassen.

Der Anruf hätte natürlich auch echt sein können. Es war möglich, daß es keinen Zusammenhang gab. Aber die Notiz besagte, daß Harriet in Gefahr war. Und sie *war* nach Spruce Falls geflogen. Und Clarence auch, das war so sicher wie das Amen in der Kirche. Und es war kein gut gewählter Zeitpunkt, um das Plappermaul zu spielen.

»Ich möchte, daß Sie etwas für mich tun.« Sie kritzelte ihre Telefonnummer auf eine Ecke des Packpapiers. »Rufen Sie mich an, wenn Clarence auftaucht. Oder falls Sie irgend jemanden sehen, der hier herumlungert.«

Die Rückfahrt mit der Fähre schien ewig zu dauern. Es machte sie fast wahnsinnig, stillstehen zu müssen, wenn es gleichzeitig soviel für sie zu tun gab. Wie ein Jucken auf der Haut, das durch Kratzen nicht wegging. Sie beschäftigte sich, indem sie im Geiste eine Liste der Dinge machte, die zu tun waren. Kontakt mit Leslie aufnehmen und sicherstellen, daß mit Harriet alles in Ordnung war. Falls Clarence da war, herausfinden, was genau eigentlich vor sich ging, und ihm von dem Anruf des Mannes erzählen, der nicht warten konnte. Einen Babysitter für Melanie finden. Und sich ums Büro kümmern, was ihre erste Priorität zu sein hatte.

Sie fuhr mit dem Taxi zum Bürogebäude, und es war zehn vor neun, als sie den Aufzug verließ und den Gang hinunterging. Trotz allem, was in den letzten Stunden passiert war, war sie pünktlich. Erstaunlich.

Sie steckte den Schlüssel ins Schloß. Wollte ihn gerade drehen. Hielt inne, als sie spürte, daß die Tür nachgab.

Hatte sie sich so über Clarence aufgeregt, daß sie vergessen hatte, abzuschließen? Harriet würde ihr das Fell über die Ohren ziehen.

Sie betrat den Raum. Starrte. Trat wieder hinaus auf den Gang. Schloß die Augen und atmete tief ein. Stieß die Tür auf und stapfte hinein.

Es herrschte ein heilloses Durcheinander. Aktenschränke standen offen. Der Boden war übersät mit Akten. Briefe lagen verstreut herum. Schubladen waren ausgekippt worden. Papierkörbe standen auf dem Kopf. Wer auch immer hier gewesen war, hatte gute Arbeit geleistet.

Hatte er gefunden, wonach er suchte? Würde er zurückkommen, um es nochmal zu versuchen?

Sie kannte alles, was diese vier Wände beherbergten. Sie kannte nichts, das eine solche Suchaktion rechtfertigen würde.

Wer immer für den Spruch »Kleider machen Leute« verantwortlich war, hatte sich gründlich geirrt. Es kommt nicht darauf an, was du anhast, so entschied Tupper, als vielmehr darauf, was deine Position stärkt. Und aus der Nähe betrachtet konnte nichts die Position besser stärken als ein Gewehr mit abgesägtem Lauf. Crossley war der Größte gewesen, aber nur so lange, bis er sich am falschen Ende von Ponys Kriegsausrüstung wiedergefunden hatte.

Es hatte ihm den Wind aus den Segeln genommen. Allerdings nicht genug, um ihn dazu zu bringen, sich geschlagen zu geben. Ein Augenblick, um sich zu fangen, gefolgt von einem dumpf klingenden: »Was haben Sie mit Mrs. Croft gemacht?«

Der kleine Scheißer hat Mumm, dachte Tupper, der Ponys schußfreudigen Finger sich um den Abzug legen sah.

»Das geht dich gar nix an«, knurrte Pony. »Wolln Sie, daß ich ihn rausbringe, Boss?«

»Das wird nicht nötig sein, oder, Mr. Brack?«

»Er will mich umbringen«, sagte Tupper rasch. »Er hat mich gezwungen, ihn herzufahren. Ich würde ihm nicht trauen. Er wird uns alle umbringen, wenn er Gelegenheit dazu hat.«

Mr. Aalglatt zog seine Lippen in einem Anflug von etwas, das Belustigung hätte sein können, zurück. »Ach, kommen Sie. Dieser harmlose, kleine Kerl trägt sich mit solch bösen Gedanken? Das glaube ich nicht.«

»Es ist wahr. Ich schwöre es. Er arbeitet für Harriet Croft. Sie wußte, daß ich ihr gefolgt bin. Sie hat ihn angeheuert, um mich zu erledigen.«

»Deshalb haben Sie ihn hierhergebracht?«

»Ich habe es Ihnen doch schon gesagt. Er hat mich gezwungen!«

»Er spinnt.« Crossleys Augen waren rund, seine Miene verblüfft. »Mrs. Croft weiß nicht einmal, daß es Sie gibt. Warum sollte sie Sie umbringen lassen wollen?« Er saß auf dem Sofa — Ponys Gewehr direkt auf ihn gerichtet — und machte Anstalten, aufzustehen, sank zurück, als der Lauf auf seine Brust gestoßen wurde. »Wo ist sie?« Und jetzt richtete sich seine gesamte Aufmerksamkeit auf Aalglatt — sein Körper schien Funken zu sprühen. »Wo ist sie? Wenn Sie sie verletzt haben, dann sind Sie so gut wie tot. Jeder einzelne von Ihnen.«

Ein kehliges Lachen von Pony. Kühle Belustigung bei Delbert. »Warum sollten wir Mrs. Croft verletzen wollen? Wie Sie Mr. Brack schon sagten — wir kennen die Lady nicht einmal.«

»Ich will sie sehen.«

»Also gut.« Delbert Klages, alias Mr. Aalglatt, steckte Tuppers Pistole ein und verließ die Hütte. Tupper lief hinter ihm her, wollte allein mit ihm reden — ihm versichern, daß es keinen Zweifel an seiner Loyalität gab. Das Gewehr schwang in seine Richtung. Pony schnarrte: »Hinsetzen. Da rüber zu deinem Freund.«

Tupper setzte sich. Sagte schwach: »Er ist nicht mein Freund.

Ich sagte doch schon, er hat mir eine Pistole an den Kopf gehalten.«

Der Raum verdunkelte sich, als sich eine Wolke vor die Sonne schob. Das sporadische Heulen wurde von kurzem, hohem Bellen abgelöst. Pony trat von einem Fuß auf den anderen, die Nerven zum Zerreißen gespannt. Er wandte sich in Richtung des Lärms. Murmelte etwas. »Werd' das Mistvieh von seinen Qualen befreien.«

Die Zeit hielt an. Regen klatschte auf das Dach. Duchess heulte. Clarence spannte sich an. Er würde in dem Moment aufspringen, da der Dummkopf sich abwandte. Pony ging rückwärts. Griff, ohne seine Kopf zu drehen, nach dem Knauf zu dem Zimmer, in dem Duchess eingesperrt war. Clarence sah das schrotspuckende Gewehr vor sich, Kugeln, die aus nächster Nähe in Duchess' Körper einschlugen, die weiße Brust zerfetzt und blutig. Er konnte das nicht geschehen lassen.

Bereit vorzustürzen, nur auf die erste Möglichkeit wartend, die Chancen abwägend, hörte er sie erst, als sie über die Veranda kamen. Harriet, gefolgt von Leslie, gefolgt von Mr. Aalglatt.

»Harriet.« Clarence vergaß den Hund. Vergaß Pony und sein Gewehr. Vergaß alles vor Erleichterung, sie zu sehen — unverletzt — genauso wie immer. Die Seidenbluse und der geschlitzte Rock waren tadellos — was auch immer hier geschehen war, sie war nicht geschlagen worden. Wofür sie alle dankbar sein konnten. Das kleinste Anzeichen von Mißhandlung und er wäre total ausgeflippt. Hätte etwas getan, das sie alle das Leben gekostet hätte. Sie sah gut aus, aber er mußte sichergehen. »Haben sie dich verletzt?«

»Natürlich nicht.« Als ob sie es nicht wagen würden. Ihr Gesichtsausdruck war undurchdringlich. Kein Anzeichen von Überraschung, ihn hier zu sehen. Kein Hinweis darauf, was sie dachte.

Duchess heulte wieder auf. Pony zuckte wieder zusammen.

»Das reicht.« Er wirbelte herum. »Ich hab genug von diesem Lärm.«

»Du Schweinehund!«

Jähes Wiedererkennen durchzuckte Tupper, als die junge Frau blitzschnell vorwärts schoß. Mit Kleidung sah sie anders aus, aber sie war es. Er war so auf Croft fixiert gewesen. Und Crossley. Darauf, die beiden an einem Ort zusammenzubringen, wo man sich ihrer möglichst ungestört annehmen konnte. Ihm war gar nicht in den Sinn gekommen, daß auch sie hier sein könnte. Jetzt, da er sie sah, spürte er eine nagende Furcht. Es durfte ihr nichts zustoßen. Sie war sein Prüfstein — das hatte nichts zu tun mit Geld und Gold, sondern mit dem Jungen, der er einmal gewesen war, und dem Mann, der aus ihm geworden war.

»Wenn du meinen Hund nochmal anrührst, dann kriegst du es mit mir zu tun, und wenn es das Letzte ist, das ich tun werde.«

Ponys Augen waren blutunterlaufen, seine Lippen hingen lose und feucht herunter. »Das würde mir gut gefallen.«

Tupper handelte ohne Überlegung. Er trat zwischen sie, sprach über seine Schulter. »Er meint das nicht so, Miss. Er sagt das bloß so.« Mit trockener Kehle und zitternd blickte er Pony an, wappnete sich gegen einen Schlag. Oder gegen Schlimmeres. Verfluchte sich selbst, weil er gehandelt hatte ohne nachzudenken. Impulsiv. War er eigentlich nicht ganz richtig im Kopf?

»Aber, aber, wir wollen uns doch nicht aufregen.« Mr. Aalglatt scheuchte Pony mit einer Handbewegung fort. »Falls das Wetter nicht aufklart, könnten wir ziemlich lange hier sein. Ich schlage vor, wir machen es uns ein wenig bequem. Und wenn ich Sie wäre, meine Liebe, dann würde ich das Tier zur Ruhe bringen.«

»Ich habe Ihnen gesagt, daß wir sie bei uns behalten sollten.« Leslie öffnete die Tür und rief Duchess ins Wohnzimmer. »Sie will bei mir sein, das ist alles.«

»Eine Garantie. Selbst wenn Sie sich befreit hätten, wären sie nicht ohne sie abgehauen, nicht wahr? Es wird mir ein ewiges Geheimnis bleiben, warum Menschen so für ihre Tiere empfinden.«

Harriet warf einen schnellen Blick in Aalglatts Richtung, bevor sie sich aufs Sofa setzte und Clarence mit einem Klopfen dazu einlud, sich neben sie zu setzen. »Als sie euer Boot hörten, haben sie uns im Dampfbad eingeschlossen. Gott weiß, warum.« Vollkommen ruhig — Clarence wußte, je ruhiger sie schien, um so aufgebrachter war sie — sagte sie: »Rambo da drüben amüsiert sich glänzend.« Mit einem Nicken in Richtung Aalglatt — »Der da ist nur dabei, um mal rauszukommen.«

Aalglatt runzelte die Stirn. Pony warf sich in die Brust. Tupper versank im Erdboden. Draußen kam ein Wind auf. Äste schrammten über das Dach. Regen lief an den Fensterscheiben herunter. Eine düstere Atmosphäre breitete sich in der Hütte aus und mit ihr ein klammes Frösteln. Harriet lächelte Pony an. Eins ihrer strahlenden, verschwenderischen Lächeln. »Ein Feuer wäre nett, meinen Sie nicht?«

Pony war unschlüssig — er wollte nicht um Erlaubnis bitten, aber auch nicht ohne sie handeln.

»Ich hole Holz.« Leslie sprang auf, lief in Richtung des kleinen Anbaus, der sich direkt vor der Küche befand. Mr. Aalglatt sagte: »Hinsetzen. Sofort.« Gehorsam setzte Leslie sich genau dorthin, wo sie gerade stand. Mit gekreuzten Beinen auf dem Boden vor der Tür, die in die Küche führte. Harriet lächelte erneut und sagte besänftigend: »Sie zittern ja, Mr. Pony. Sie holen das Holz, und ich mache ein Feuer und etwas Kaffee. Wie Ihr Freund schon sagte, wir können es uns ebensogut gemütlich machen.«

»Das stimmt.« Lag eine Spur von Herausforderung in dem Blick, den er Aalglatt zuwarf? »Das haben Sie wirklich gesagt.«

Harriet stand auf und ging zum Fenster hinüber. »Es

kommt ein ganz schöner Sturm auf uns zu. Könnte den ganzen Tag andauern.«

Und dann war Clare auf den Beinen, bewegte sich zum dritten Punkt des Dreiecks. Der Raum war aufgeteilt. Nur Tupper blieb auf seinem Platz, hockte am Sofaende wie ein Vogel auf der Stange.

Clarence bewegte sich auf Pony zu. Harriet umkreiste Mr. Aalglatt. Leslie, immer noch auf dem Boden, rutschte langsam rückwärts in die Küche.

Zwei Waffen. Drei Personen. Ein stetiger Verlust der Kontrolle. Fasziniert saß Tupper still da und beobachtete die Bewegungsabläufe. Das bewegliche Zusammenspiel der Körper. Sie wußten nicht, mit wem sie es zu tun hatten. Was sie taten. Diese noble Tante in ihren Bloor Street Designer-Klamotten hatte nicht die leiseste Ahnung, was sie da zwischen Pony und Aalglatt freigesetzt hatte. Tupper vermutete, daß sie ein ziemlich unfreiwilliges Gespann waren. Diesem Umstand noch Vorschub zu leisten, könnte sich als fatal erweisen.

Er saß da. Und beobachtete. Und wußte, daß etwas geschehen mußte — bald — weil sonst in ein paar Minuten mindestens einer der Gefangenen frei wäre und dies Mr. Aalglatt in ziemliche Schwierigkeiten bringen würde.

Er sah es kommen und erschreckte sich trotzdem. Der Knall zerriß die Stille des Raums. Hallte nach. Er sah die Kugel einschlagen. Hörte den Atemzug. Sah, wie der rote Fleck hervorsickerte und sich ausbreitete.

Er hätte derjenige sein können. Er hätte es sein können, aber er war es nicht und dafür war er dankbar. Dank Gottes Gnade, sagte er sich, froh, daß der Körper auf dem Boden nicht der seine war.

20. Kapitel

»Fehlt irgend etwas?«

Donna zuckte hilflos die Schultern. »Das werde ich erst wissen, wenn ich mit dem Aufräumen anfange. Ich wollte nichts anrühren, bis Sie hier sind.«

Der Polizist in Zivil sah mehr wie ein Buchhalter aus als wie ein Detektiv. Während sein Kollege die Räumlichkeiten in Augenschein nahm, spielte er ein Frage-und-Antwort Spiel. Bewahrte Mrs. Croft Wertgegenstände hier auf? Große Geldsummen im Safe? Was war mit verschreibungspflichtigen Medikamenten — schluckte sie oft Pillen? Konnte sie sich einen Grund vorstellen, warum jemand einbrechen würde?

Nein auf alle Fragen. »Sollten Sie nicht nach Fingerabdrücken suchen? Nach Hinweisen auf gewaltsames Eindringen?«

»Wer auch immer es war, ist durch die Tür gekommen. Es gibt keine Hinweise darauf, daß sich jemand am Schloß zu schaffen gemacht hat. Vielleicht haben Sie ja gestern abend vergessen, abzuschließen?«

Fingerabdrücke? Was sollten die wohl beweisen? Seine Art sich zu geben sprach Bände. In einem Büro wie diesem gingen doch den ganzen Tag Leute ein und aus. Und seiner Meinung nach gehörten einige höchst unerfreuliche Subjekte zu diesen Leuten. War das nicht so üblich bei Strafverteidigern? Dann, mit einem kleinen Funkeln hinter der Hornbrille: »Hat sie irgendwelche Drohungen erhalten?«

Die Schachtel, die an Clare geschickt worden war. Die immer noch da stand, wo sie sie gefunden hatte. »Ja. Nein. Nicht direkt. Es gibt einen Mann, der für sie arbeitet. Jemand hat ihm eine Nachricht geschickt. Und eine Puppe. Das sollte sie sein. Es war Blut an ihr.«

»Frisches Blut?«

»Nein. Das heißt ... kein richtiges Blut. Nagellack oder so etwas. Flecken, die wie Blut aussahen.«

»Ich verstehe.« Ein schneller Eintrag in das kleine, schwarze Notizbuch. Ein mäßig begeistertes »Ich verstehe. Mrs. Croft hat also eine Drohung erhalten. Aber sie hat sie nicht erhalten. Statt dessen ging die Drohung an einen Angestellten. Haben Sie dafür eine Erklärung?«

»Nein, aber ...«

»Wenn jemand sie bedrohen wollte, warum würde er es über einen Angestellten tun?«

»Ich weiß es nicht, aber ...«

»Mit einer Puppe könnte irgend jemand gemeint sein. Oder niemand. Richtig?«

»Das könnte es, aber ...«

»Wurde ihr Name erwähnt?«

Donnas Geduld war am Ende. »Fragen Sie mich nicht, was los ist. Gehen Sie hin und sehen Sie selbst nach.« Sie schnappte sich ein Blatt Papier vom Schreibtisch und kritzelte Clares Adresse darauf. »Und vielleicht sollten Sie mal mit Stanislaw Zaricki reden. Und ...«, in ihrer Sorge um Harriet hatte sie Melanie vergessen, »eine seiner Mieterinnen braucht Schutz. Könnte einer von Ihren Beamten über Nacht bei ihr bleiben?«

Die Männer warteten, bis sie im Aufzug waren, ehe sie miteinander sprachen. Einbrüche gab es dutzendweise. Verrückte auch. Man wurde wegen unbefugten Eindringens gerufen, und ehe man es sich versah, war man mit einer Bürgerin konfrontiert, die Polizeischutz brauchte, und mit Beweismaterial, das bei irgendeinem Typen auf dem Küchentisch herumlag. Was erwartete man von ihnen? Auf eine Vermutung hin einen Durchsuchungsbefehl zu besorgen? Sie arbeitete für eine Anwältin. Sie sollte wissen, daß das ohne einen stichhaltigen Grund nicht ging. Und es erforderte vedammt mehr als eine zusammengeschnippselte Nachricht und eine beschmierte Puppe in einem Schuhkarton.

Andererseits hatte Harriet Fordham Croft eine Menge Einfluß. Vielleicht konnte es ja nicht schaden, einer Klage wegen Nachlässigkeit vorzubeugen und ein wenig herumzuschnüffeln.

In diesem Moment meldete sich sein Piepser. Schon wieder eine Schießerei in Chinatown. Der Pro-forma-Abstecher zu den Toronto Islands würde warten müssen.

Ein weiterer anstrengender Tag lag vor dem Toronto Police Department.

Delbert Klages war nicht zufrieden. Da stand er mit einem rauchenden Colt in der Hand, einem beißenden Gestank in der Nase — nicht viel besser als ein gewöhnlicher Gangster. Das hatte er davon, daß er alles auf nette Art und Weise regeln wollte. Trotzdem hätte es schlimmer kommen können. Für einen Mann, der Wert darauf legte, niemals eine Waffe zu tragen, war es ein echter Glücksfall gewesen, im rechten Moment eine in der Hand zu haben. Er konnte sich bei Brack dafür bedanken, daß er ihm gesagt hatte, daß sein Freund eine 38er bei sich trug. Wenn Pony mit dem Gewehr losgelegt hätte, wären sie alle durchlöchert worden.

Nun, das hatte sie nur sich selbst zuzuschreiben. Pony so zu schmeicheln. So zu tun, als glaube sie, er habe das Sagen. Man konnte auf den ersten Blick sehen, wer hier der Kopf war und wer der Muskelmann. Er hatte durchschaut, was sie da tat. Hatte sich nicht aus der Fassung bringen lassen. Er war gelassen geblieben, bis sie mit der 'Reise nach Jerusalem' begonnen hatten — und in alle Richtungen ausgeschwärmt waren.

Sie hatten sich benommen, als ob das alles ein Scherz wäre. Irgendein Gesellschaftsspiel. Das konnte er nicht länger zulassen. Er mußte ihnen zeigen, daß er das Sagen hatte und daß er es ernst meinte und daß sie es zivil haben konnten oder auf die rauhe Art.

Wenn das Wetter sich nur nicht verschlechtert hätte. Anstelle eines raschen Verlaufs konnten sie jetzt noch Stunden hier festsitzen. Murphys Gesetz. Wenn etwas schiefgehen kann, verdammt, dann tut es das auch.

Nein, Delbert Klages war nicht zufrieden. Aber eins war wenigstens sicher. Er hatte die verdammte Ordnung wiederhergestellt. Es gab nichts Besseres als eine wohlplazierte Kugel und ein bißchen Blut, um die volle Aufmerksamkeit der Leute zu gewinnen.

Es fühlte sich nicht an wie eine Kugel. Mehr wie ein Holzknüppel, der ihm übergezogen wurde. Ein gewaltiger Schlag. Gefolgt von einer hochofenartigen Hitze. Gefolgt von der Benommenheit und der Beeinträchtigung des Zeitgefühls, die mit einem Schock einhergehen.

Der Einschlag hatte ihn gegen die Wand geschleudert. Ihn für die Dauer eines Herzschlags dort festgenagelt. Dann war er heruntergerutscht, war mit ausgestreckten Beinen und schlaff wie eine Flickenpuppe sitzengeblieben.

Der Scheißkerl hatte auf ihn geschossen. Zum Glück auf ihn und nicht auf Harriet.

Was wollten die bloß? Er hatte gerade auf eine Gelegenheit gewartet, Harriet zu fragen, als sie begonnen hatte, Pony zu bearbeiten, und er ihrem Plan gefolgt war. Teile und herrsche. Nicht, daß er glaubte, sie dächte, sie könnten diese Schläger überwältigen. Sie wollte wahrscheinlich nur austesten, wie weit sie gehen konnten.

Nun — jetzt wußten sie es.

Der Raum verschwamm. Vernebelte sich. Er schloß die Augen. Öffnete sie, als Harriet sich gerade über ihn beugte, Leslie mit einem Erste-Hilfe-Kasten neben ihr.

Heiße, klebrige Schmiere lief an seinem Arm herunter. Seine Schulter, nicht länger taub, war ein einziger schmerzender Feuerball. Er hörte Stimmen, aber sie waren weit entfernt. *Es ist nichts gebrochen. Drück fester. Sie ist immer noch drin. Stopp die Blutung. Wir müssen die Blutung stoppen.*

Er lag flach auf dem Boden, das Hemd in Streifen geschnitten, Harriet neben ihm, die seine Hand hielt. Über ihm ein schmales, dunkles, verbissen aufmerksames Gesicht und schlanke Hände, die zudrückten und zustießen und untersuchten.

Und dann, als der Schmerz sein Fleisch explosionsartig durchzuckte, glitt er hinab in eine schwarze, samtene Leere.

Harriet spürte die Wut, die sich wie eine Schlange in ihrem Innersten wand. Sie hatte gesehen, wie die Pistole auf das Ziel gerichtet wurde. Wußte, daß sie gleich losgehen würde. Wußte, daß Clarence die Zielscheibe war. Sprang den Bruchteil einer Sekunde zu spät los.

Zu sehen, wie er angeschossen wurde — wie sein Körper zuckte und zusammenbrach — hatte sie völlig traumatisiert.

Eine Zeitlang, nachdem es passiert war, bewegte sich niemand. Sie dachte, *das ist meine Schuld. Wenn ich getan hätte, was sie mir sagten, wäre niemand verletzt worden.*

Aber das stimmte nicht. Seit dem Moment, da sie sich gewaltsam Zutritt verschafft hatten, war ihr klar gewesen, daß dies kein zufälliger Besuch war. Was sie nicht wußte, war, wer von ihnen — sie oder Leslie — die Männer hierhergebracht hatte. Es war ganz offensichtlich, daß sie auf jemanden warteten und daß nichts Drastisches geschehen würde, bis dieser Jemand da war. In der Annahme, daß sie bis dahin sicher waren, hatte sie den Versuch gestartet, den Instabileren von beiden — Pony — zu destabilisieren. Natürlich war es gefährlich — aber sie hatte sich darauf verlassen, daß der intelligentere Befehlshaber ein verheerendes Chaos verhindern würde. Eine Strategie, die fehlgeschlagen war.

Während Leslie versuchte, die Kugel herauszuholen, hielt Harriet Clare im Arm und zog Bilanz. Sie hatten eine Verschnaufpause — bis zur Ankunft der Hauptperson standen alle Räder still. Eine Wartezeit, die ein Fenster neuer Möglichkeiten aufstieß, um ein aktuelles Schlagwort zu benutzen. Ein Fenster, das sich in eine Backsteinmauer verwandeln würde, sobald das Wetter aufklarte und sie nicht länger unerreichbar waren.

Auf lange Sicht waren sie alle drei, vier, wenn man Duchess mitzählte, entbehrlich. Warum sonst versuchten die nicht einmal ihre Gesichter zu verbergen? Nur wenn man sich absolut keine Sorgen darüber machte, identifiziert zu werden, würde man mit vorgehaltener Pistole hereinplatzen, Menschen gefangennehmen, und das alles ohne die leiseste Rücksicht auf mögliche Konsequenzen. Ja, auf lange Sicht waren sie *alle* entbehrlich. Aber auf kurze Sicht war eine von ihnen — entweder sie oder Leslie — sakrosankt. Zu wissen, welche, könnte ein Leben retten. Sie hatte Pony gedrängt. Sie würde wieder drängen müssen, nur vorsichtiger.

Leslie hatte die Kugel aus Clares Schulter entfernt und legte ihm einen Verband an. Er lag an der Stelle, wo er hingefallen war, mit weißem Gesicht und ohne Bewußtsein. Harriet stand auf. Ging quer durch den Raum auf Pony zu. »Er sollte im Bett liegen. Sie werden ihn tragen müssen.«

»Er bleibt, wo er ist.« Delbert, der es satt hatte, ignoriert zu werden.

»Sie hätten ihn töten können.« Harriet beherrschte ihre Stimme, nichts von der Wut, die in ihr kochte, klang durch. »Ihr Glück, daß er am Leben ist. Wenn Sie Verstand haben, sorgen Sie dafür, daß er es bleibt.«

Delbert versuchte angestrengt, ruhig zu bleiben. Dieses dumme Weibsbild. Glaubte sie wirklich, er sei ein so schlechter Schütze? Glaubte sie wirklich, sie brauche nur mit den Fingern zu schnipsen und schon würde er springen? Vergiß es, Lady.

»Wenn Sie ihn nicht rübertragen, dann tun wir es selbst.« Sie wandte sich von Pony weg und Leslie zu. »Holst du bitte den Cognac? Ich habe ihn unter der Spüle gelassen.«

»Sie bleiben, wo Sie sind.« Delbert hob die 38er. Richtete sie nicht auf Harriet, sondern auf Leslie.

Das Klicken des Sicherungshahns sagte ihr, was sie wissen wollte. Genau wie Clarence war auch Leslie entbehrlich. »Bleib hier, Les. Ich hole ihn.« Sie streifte Pony im Vorbeigehen, kam mit der Flasche und einem Glas zurück, flößte Clare etwas von der Flüssigkeit ein. Er spuckte es aus. Öffnete seine Augen. Sagte schwach: »Was ist das für ein Zeug? Schmeckt abscheulich.«

»Trink das. Und dann will ich, daß du aufstehst und ein Stück gehst. Wir werden dich ins Bett bringen.«

»Das ist das beste Angebot, das man mir heute gemacht hat.« Mit einem schiefen Grinsen tauchte der alte Clarence auf. »Wenn ich gewußt hätte, daß du so empfindest, hätte ich schon früher auf mich schießen lassen.« Das Grinsen verschwand, als er Delbert hinter ihr sah. Und Pony. Und Tupper. »Ich will nicht ins Bett. Hilf mir einfach aufs Sofa, dann geht's mir gut.«

Er war ein offenes Buch für sie. Er wollte hier bleiben, um zu beobachten und abzuwarten und es nochmal zu versuchen. »Du gehörst ins Bett.« Der erste Schuß war eine Warnung gewesen. Der nächste wäre ernst gemeint. Ihre Finger preßten sich in seinen Arm. »Steh auf.« Als Leslie Anstalten machte, ihr zu helfen, wehrte sie ab. »Ich schaff' das schon. Warum bietest du unseren Gästen nicht einen Drink an?«

Delbert unterdrückte den Impuls, eine Kugel zwischen die in Seide gehüllten Schulterblätter zu feuern. Genau in die Mitte dieses eleganten Rückens. Er hatte Pony strengstens verboten, während der Arbeit zu trinken. Hatte darauf geachtet, daß er keine Flasche dabei hatte, als er an Bord des Flugzeugs gekommen war. Und Teufel auch, jetzt reichte die Puppe höchstpersönlich den Fusel herum.

Pony griff nach der Flasche, schlürfte gierig, wischte sich den Mund mit dem Handrücken ab. »Das ist gutes Zeug, Mr. Klages. Sie sollten auch einen Schluck nehmen.«

Klages. Mit einem schrillen Ton spannten sich Tuppers Nerven bis zum Zerreißen an. Gesichter waren eine Sache. Ein Gesicht konnte in der Menge untertauchen. Mit Namen war das anders. Namen gab man in Computer ein. Namen konnten einen über den ganzen Kontinent hinweg festnageln. Mr. Aalglatt hatte sehr darauf geachtet, seinen Namen geheimzuhalten, und er, Tupper Brack, hätte es vorgezogen, daß das auch so blieb. Es war ein schmaler Sicherheitsabstand gewesen, und nun war er dahin. Ausradiert von diesem Kleinhirn. Er konnte einen Drink gebrauchen. Die ganze verdammte Flasche konnte er gebrauchen. »Ich hätte nichts gegen ein Schlückchen.« Mühsam lehnte er sich vor und streckte die Hand aus. Darauf bedacht, sich nicht von der Stelle zu rühren, auf die man ihn gesetzt hatte.

Pony beäugte den Inhalt der Flasche, zögerte kurz und reichte sie ihm dann mit einer 'Ach-was-soll's'-Grimasse. Tupper nahm einen tiefen, langen Schluck. Cognac. Hervorragend. Sie hatte einen guten Geschmack.

Der Cognac beruhigte ihn. Er brachte auch eine Welle der Melancholie mit sich. Es machte ihn traurig, wenn er daran dachte, was Mrs. Croft bevorstand. Aber es war die andere — die, die ihm nicht aus dem Kopf gegangen war, seit er sie am Rand der Klippe gesehen hatte — sie war es, die diesen schmerzlichen Abgrund von Trauer in ihm aufriß. Dumm, so zu fühlen. Er kannte nicht einmal ihren Namen.

Unter den Augen von Pony, aber außerhalb dessen Hörweite, lehnte Harriet Clarence gegen einen Kissenberg. »Wer sind diese Männer? Was wollen sie?«

»Dich.«

»Beeilung da drinnen.« Pony lauerte an der Schlafzimmertür, Gewehr in einer Hand, Flasche in der anderen.

»Das habe ich auch schon erraten. Aber warum?«

»Weiß ich nicht. Brack auch nicht. Sie haben ihn angeheuert, um dich ausfindig zu machen, haben ihm aber nicht gesagt, warum.«

»Schluß mit dem Gejammer«, brüllte Pony.

»Auf welcher Seite steht er?«

»Brack? Auf seiner eigenen. Trau ihm nicht.« Mit einem Auge auf Pony rutschte er in eine bequemere Position. »Er kommt. Du gehst besser.« Und mit einem leisen, beschwörenden

Flüstern: »Du mußt von hier weg, Harriet. Kümmer dich um niemanden, nur um dich selbst.«

Ohne Pony zu beachten, der in der Tür stand, lehnte sie sich vor und streifte Clares Stirn mit ihren Lippen. »Bleib hier. Tu wenigstens ein Mal, was man dir sagt.«

Sie drückte sich an Pony vorbei. Sprach mit lauter Stimme. »Ich werde ihm etwas zu essen machen. Er hat viel Blut verloren.«

Leslie starrte sie an, als hätte sie in fremden Zungen geredet. Harriet, Herrin über verbrannten Toast und ungenießbare Rühreier? »Ich mach' das schon.«

»Ich sagte, *ich* mache das.« Lichtpunkte flackerten in den strahlendgrünen Augen. Ein auffallender Blutfleck — Clares Blut — war auf dem elfenbeinfarbenen Hemd. Sie sah schmal und entschlossen und wunderschön aus und so, als habe sie die Absicht, etwas Verrücktes und Gefährliches zu tun.

Bitte, lieber Gott, betete Leslie, laß sie nichts Dummes tun. Laß sie nicht durch die Hintertür rausstürzen. Oder durch die des kleinen Anbaus. Sie kennt die Insel nicht gut genug, um zu entkommen. Wenn sie versucht wegzulaufen, werden sie Jagd auf sie machen.

»Beobachte sie«, sagte Delbert, und Pony grinste und wedelte mit einem Schlüsselbund. »Hab' mich schon drum gekümmert. Beide Türen sind verriegelt.« Leslie fühlte eine Welle der Erleichterung.

Die Herddeckel klapperten. Die heimeligen, merkwürdig alltäglichen Geräusche von Dosen, die geöffnet, und Töpfen, die jongliert wurden, in einer Situation, die alles andere als alltäglich war. Es schien, als wolle Harriet wirklich kochen.

»Machen Sie für alle was«, rief Delbert. Er beobachtete Pony, und Leslie begriff, daß er sich wegen des Cognacs Sorgen machte, sich wegen der Wirkung, die dieser hatte, unbehaglich fühlte. Der riesige Mann war nicht betrunken, aber eine Idee unsicher auf den Beinen. War die Flasche in seiner Hand seine Achillesferse?

»Einen Drink, bevor wir essen.« Sie hielt ihm das Glas entgegen, das sie für Clare benutzt hatten. »Keine Sorge«, als er zögerte, »es gibt noch mehr als genug.« Sie hatte sich nie überwinden können, Cognac zu trinken. Hatte nie verstanden, wie Harriet sowas trinken konnte. Aber falls Pony nur in Gesellschaft weitertrinken würde und schneller zudem, dann würde sie trinken, bis es ihr aus den Ohren heraustropfte.

Sie trank das erste Glas leer, und er goß ihr nach, und anstatt zurückzuweichen, als sein Arm ihre Brust streifte, lehnte sie sich ihm entgegen. Lächelnd. Einladend. Tief in seine erregten Augen blickend. Seinen heißen Atem spürend. Sie sagte sich, sie müsse etwas essen — der Cognac auf leeren Magen machte sie schwindlig, und es war wichtig, einen klaren Kopf zu bewahren.

»Leslie.« Wie ein Peitschenknall schallte ihr Name durch den Raum. Harriet kam mit einer dampfenden Suppentasse aus der Küche. Leslie rückte von Pony ab, und Harriet gab ihr die Tasse. »Bring das Clare. Ich decke den Tisch.«

Dosensuppe. Überreste von ihrem früheren, verregneten Besuch. Harriet hatte also doch nicht die Absicht gehabt zu kochen. Leslie trug die Suppe ins Schlafzimmer und legte stützend einen Arm um Clare, während er in kleinen Schlucken trank. Als sie zurückkam, füllte Harriet gerade die Suppenteller auf dem behelfsmäßigen Tisch — schöpfte Fleischbrühe und Gemüsebrocken aus einem riesengroßen Topf. Leslie schnupperte. »Riecht gut. Ich bin schon am Verhungern.«

Harriet hatte für drei gedeckt. Sie schüttete den Rest Suppe in den letzten Teller und sagte betreten: »FBZ.« Familie Bitte Zurückhalten. Etwas, das sie von Leslies Mutter gelernt hatte. Wenn während des Mittagessens unerwartet Gäste eintrafen und es nicht genug für alle gab, ließ Emily den Familiencode verlauten. Dann, als Entschuldigung dafür, daß Leslie leer ausgegangen war: »Tut mit leid, mehr ist nicht da. Ich mache dir einen Toast.«

»Ich bin nicht hungrig.« Tupper befürchtete, daß er nichts von dem, was er schluckte, bei sich behalten konnte. »Sie kann meine Portion haben.«

Ganz Herr der Lage, eine Position, die er auf keinen Fall aufgeben wollte, ging Pony dazwischen. Er nahm seinen Teller und hielt ihn ihr hin. »Hier. Nimm diesen. Siehst aus, als könntest du's besser gebrauchen als ich.«

Harriet drehte sich abrupt weg, geriet aus dem Gleichgewicht und gestikulierte mit dem Arm, um nicht hinzufallen. Mit einer heftigen Bewegung schlug sie auf den Teller und kippte den Inhalt über Leslie.

Nach Luft schnappend zupfte Leslie an ihrem T-Shirt, zog es weg von ihrer Haut. Die Suppe war heiß. Und klebrig. Die Art von Suppe, die man fast mit der Gabel essen konnte. Ihre Vorderseite war ein kunterbuntes Durcheinander von Karotten und Erbsen und Kartoffeln und Gott weiß was noch.

Vom Essensgeruch angelockt kroch Duchess hinter dem Sofa hervor. Harriet packte sie beim Halsband. Schleppte sie weg. Zog Leslie mit sich. »Sieh mal nach, wie es Clare geht. Ich mach das hier sauber.«

Delbert beobachtete, wie sie wie eine Dienstmagd auf allen vieren saubermachte. Es gefiel ihm, sie so zu sehen. Angst berührte Menschen auf die verschiedensten Arten. Es schien, als ob Mrs. Croft trotz ihrer kühlen Fassade das große Zittern bekam. Interessant. Manche Zitterer konnten gar nicht mehr aufhören, wenn es erst einmal anfing. Er hatte Männer gesehen — erwachsene Männer — die solche Anfälle bekamen, daß ihre Zähne klapperten, bis sie absplitterten. Was sie im selben Moment hilflos wie Babies und formbar wie Wachs machte. Es wäre faszinierend zu beobachten, wie die frostige Mrs. Croft zu einer zitternden Masse unkontrollierbarer Nervosität degenerierte.

Er legte die 38er auf den Tisch und befahl Pony, sich hinzusetzen und zu essen. Er bekäme nichts mehr zu trinken, bevor er nicht etwas gegessen hätte.

Pony schaute Delbert an. Schaute die Flasche an. Schaute die 38er an. Faßte langsam einen Entschluß. *Ach, zum Teufel — wenn es ihn glücklich macht.* Er nahm den Teller, den Tupper nicht wollte. Trank ihn leer. Wischte sich den Mund mit dem Arm ab. Rülpste. Sagte: »So.« Und — »Ich muß mal für kleine Jungs.«

Delbert nahm seinen Löffel und begann zu essen. Harriet wischte die letzten Reste auf und rollte das Papiertuch zu einer Kugel zusammen. Als hätte er mit einem Mal bemerkt, daß er überhaupt nicht hungrig war, hörte Delbert auf zu essen. Harriet nahm seinen Teller. Der Wind ließ nach. Es regnete immer noch, aber längst nicht mehr so stark.

Die beiden waren zum erstenmal allein — die zusammengekauerte Gestalt auf dem Sofa zählte sie nicht mit. Harriet wandte sich an Delbert. »Ich bin diejenige, die Sie wollen, nicht wahr?«

Er schaute sie an und sagte nichts.

»Ich gebe Ihnen Geld. Mehr als das, was Sie jetzt kriegen. Sie können sagen, wir wären entkommen. Weggelaufen, als Sie nicht hinschauten.«

Delbert schaute sie immer noch an und sagte nichts.

»Lassen Sie die anderen gehen. Ich bleibe. Das ist doch alles, woran Sie interessiert sind, oder? Falls dies alles Zarickis Idee ist, wird er über so viele Augenzeugen nicht gerade erfreut sein.« Es war ein Schuß ins Blaue, und sie beobachtete ihn genau, um zu sehen, ob sie ins Schwarze getroffen hatte. Hatte sie nicht. Entweder Delbert Klages war ein Wunder an Selbstbeherrschung, oder aber der Name Zaricki sagte ihm absolut nichts.

Sie versuchte es noch einmal. »Sie haben so schon genug Schwierigkeiten. Hausfriedensbruch. Freiheitsberaubung. Tätlicher Angriff. Vorsätzliche Körperverletzung. Wenn Sie jetzt gehen, werden wir vergessen, was passiert ist. Wenn ich Sie wäre, würde ich darüber nachdenken.«

Nichts in Delberts Verhalten deutete darauf hin, daß er ihre

Worte gehört hatte oder sich auch nur darum scherte. Das überraschte Harriet nicht. Sie hatte nicht erwartet, daß er eine 180-Grad-Wendung vollziehen und klein beigeben würde.

Die Badezimmertür wurde geöffnet. Zugeschlagen. Pony stand auf dem Flur. Mit hochrotem Gesicht. Wackelig auf den Beinen. Mit unruhigen Augen und rasselndem Atem. Er trat einen Schritt vor. Wankte. Lehnte sich gegen die Wand, als seine Beine nachzugeben drohten. »Ich ... ich ... fühle mich ... gar nicht gut.«

Er sah auch gar nicht gut aus. Delbert eilte zu ihm. Nahm ihm das herunterhängende Gewehr aus den schlaffen Händen. Sagte, mühsam die Kontrolle wahrend: »Du bist betrunken, du hirnloser Idiot. Ich sollte dir in deinen verdammten Hintern treten.«

Dienstbeflissen schwebte Harriet herbei. »Er sollte sich hinlegen.«

Delbert starrte sie zornig an — das erste Mal, daß sie einen Ausdruck in den kleinen, runden Augen sah. »Das scheint Ihr Patentrezept für alles zu sein.« Und als sie näherkam, um zu helfen — »Rühren Sie ihn nicht an. Wenn Sie ihm die Flasche nicht gegeben hätten, wäre dies nicht passiert.« Er hielt das Gewehr in den Händen — schwenkte es bedrohlich hin und her. »Gehen Sie dort rüber zum Sofa. Und Sie«, zu Tupper, »kommen *hierher* und machen sich nützlich.«

Tupper sprang zu Hilfe — der verlorene Sohn, der in den Schoß der Familie zurückkehrte — während Harriet sich auf die Couch setzte und interessiert zuschaute. Pony taumelte jetzt — versuchte, sich auf den Beinen zu halten, die ihm wegrutschten, als wären sie aus Gummi. Er griff sich an die Kehle. Glitt langsam zu Boden. Zuckte. Lag reglos da — mit offenen Augen, die zur Decke starrten. Tupper kniete neben dem Körper. Tastete nach dem Puls. Sagte mit zitternder, piepsiger Stimme: »Er atmet nicht. Ich glaube, er ist tot.«

Delbert stieß ihn mit einem Tritt zur Seite. Rieb sich mit

der Hand über den festzusammengepreßten Kiefer. Wandte sich mit einer bedächtigen, langgezogenen Bewegung, die an einen Schwimmer unter Wasser erinnerte, an Harriet. »Sie haben ihn vergiftet. Sie haben etwas in die Flasche getan.«

Der Cognac war vergiftet? Mein Gott. Es hatte beim Hinunterschlucken tatsächlich etwas gebrannt. Tupper verdrehte die Augen und wurde grün im Gesicht. Ein Schmerz durchzuckte seine Innereien, und seine Hände begannen zu zittern. Leslie, die den Lärm gehört hatte, kam aus dem Schlafzimmer. Starrte ungläubig auf Pony. Auf Tupper. Auf die Flasche, die auch sie geteilt hatte.

»Er war nicht der einzige, der aus der Flasche getrunken hat.« Vernünftige Harriet. »Eigentlich könnte *ich* jetzt einen Schluck vertragen, um meine Nerven zu beruhigen.« Nicht, daß es aussah, als bedürften ihre Nerven irgendeiner Beruhigung.

Delbert griff nach der Flasche und reichte sie nicht Harriet, sondern Leslie. »Trinken Sie.« Als sie zögerte, richtete er das Gewehr auf Harriet. »Vergießen Sie einen Tropfen, und ich mache sie für den Rest ihres Lebens zum Krüppel, das schwöre ich bei Gott. Und danach schneide ich Ihren Köter in kleine Stücke.«

Mit zitternden Händen hob Leslie die Flasche an ihre Lippen. Sie wollte nicht sterben. Sie wollte Harriet nicht mit diesem Irren allein lassen. Aber sie wollte auch nicht, daß Harriet verletzt wurde. Vielleicht konnte sie es im Mund halten. Versuchen, nicht zu schlucken.

Sie dachte an die vergeudeten Monate — an all die Zeiten, da sie hätte sagen können, sagen sollen, *Harriet, das ist doch verrückt. Ich will mit dir leben. Den Rest meines Lebens mit dir verbringen.* Sie legte den Kopf zurück und fühlte das erste Brennen in ihrer Kehle, und ihre Augen trafen Harriets, und als sie die Zuversicht in ihnen sah, wußte sie, daß sie sich keine Sorgen zu machen brauchte.

»Ich hoffe, Sie sind zufrieden. Sie sind ganz schön mißtrauisch.« Harriet schlug die Beine übereinander, glättete ihren

Rock und gewährte Delbert ihre uneingeschränkte Aufmerksamkeit. »Diese ganze Aufregung. Der arme Kerl hatte wahrscheinlich einen Herzinfarkt.«

»Er war stark wie ein Pferd. Nicht einen Tag seines Lebens war er krank.« Delbert hatte immer noch alles unter Kontrolle, aber langsam entglitt ihm die Führung. Es hatte ihn verärgert, als Brack aufgetaucht war. Jetzt war er verdammt froh, daß er hier war. Er konnte Pony nicht das Wasser reichen, aber er war besser als gar nichts. So eifrig darauf bedacht, seine eigene Haut zu retten, daß er bereitwillig tun würde, was man ihm sagte. »Sie. Bringen Sie ihn hier weg.«

Tupper sprang auf. Packte Pony unter den Armen und hievte ihn hoch. Der Körper war furchtbar schwer. Tupper ächzte, wischte sich den Schweiß aus den Augen, zog die Leiche mühsam durch den Flur zur Küche und in den kleinen Anbau.

Der Regen hörte auf. Ein Sonnenstrahl fiel über den Fußboden. Es schien, als seien Tage vergangen, doch es war erst später Nachmittag. Hätte der Sturm noch ein paar Stunden länger angehalten, wären sie bis zum Morgen sicher gewesen. Nun, da der Himmel aufklarte, war ihre Verschnaufpause fast vorbei. Ihre Zeit näherte sich dem Ende.

Als Ponys Füße aus dem Sichtfeld verschwanden, stand Harriet auf. »Ich schaue besser nochmal nach unserem Patienten. Ein Toter ist genug, finden Sie nicht?«

Ohne eine Antwort abzuwarten, ging sie zum Schlafzimmer. Delbert hob die 38er. Kämpfte zum zweiten Mal gegen die Versuchung an. Sagte sich, daß er den Job vermasselt hätte, wenn er sie jetzt wegpustete. Sagte sich, daß es ihm nichts ausmachte. Fühlte seinen Finger am Abzug zittern, sich versteifen, sah Tupper Brack den Flur herunterkommen, hörte ihn sagen, alles wäre in Ordnung, und sein Anblick und seine Worte brachten ihn in die Wirklichkeit zurück und zu der Arbeit, die zu tun war.

Delbert nahm einen tiefen Atemzug, steckte die 38er ein und legte das Gewehr über seinen rechten Arm. Das war knapp gewesen. Er hätte sie fast in Stücke geschossen. Nachdem Pony ins Gras gebissen hatte — ohne daß er wußte, warum — und wo er sich selbst nicht allzu gut fühlte, konnte man ihm aus dem momentanen Nachlassen seiner Professionalität nicht wirklich einen Vorwurf machen. Dank dieses Schussels Brack hatte er sich rechtzeitig wieder gefangen. »Es wird jetzt nicht mehr lange dauern«, sagte er, als Tupper näher kam. »Ich will, daß Sie sie ins Schlafzimmer schaffen und dort festhalten. Rufen Sie mich, falls die irgendwas versuchen.«

Zu diesem Zeitpunkt war es wichtig, sie zusammenzutreiben und an einem Ort gefangenzuhalten. Delbert wartete, bis Tupper alle im Schlafzimmer hatte und sich im Flur, gegenüber der offenen Tür, plazierte. Dann setzte er selbst sich zufrieden ins Wohnzimmer und wartete auf das Geräusch eines nahenden Flugzeugs.

Clarence saß aufrecht im Bett, den Arm in einer Schlinge, seine Ungeduld sichtbar in der angespannten Haltung seines Körpers. Leslie stand neben ihm. Duchess kauerte vor ihren Füßen.

»Er hat versucht aufzustehen.« Leslies Stimme war vorwurfsvoll.

»Ich werde nicht einfach hier herumliegen, während ihr mit diesem verrückten Bastard Spielchen spielt. Du bringst dich in Lebensgefahr, Harriet.«

»Da irrst du dich.« Die helle Stimme war kaum hörbar. »Ich bin die einzige, die nicht in Lebensgefahr schwebt. Jedenfalls jetzt noch nicht.«

»Oh, Herr im Himmel. Jetzt noch nicht.« Clares Verzweiflung ließ seinen Körper erzittern.

Harriet setzte sich auf die Bettkante. »Hört mir beide zu. Ich will nicht, daß ihr irgend etwas Verrücktes tut. Unser Freund wird langsam nervös. Er sollte sich mittlerweile auch etwas angeschlagen fühlen. Schade, daß er keinen kräftigeren Appetit hat.«

»Die Suppe.« Leslies Augen blitzten, als ihr ein Licht aufging. »Es war nicht der Cognac. Es war die Suppe.« Ein Ausdruck des Entsetzens erschien auf ihrem Gesicht, als sie an sich hinunter auf den Fleck blickte, der sich vorn auf ihrem T-Shirt ausgebreitet hatte. Ein Ausdruck des Entsetzens auch auf Clares Gesicht.

»Sorge dich nicht, oh, treuer, nobler Freund.« Harriet legte eine kühle Hand auf Clares Stirn. »Du hast die erste Portion bekommen, erinnerst du dich nicht?« Und zu Leslie: »Du hattest Glück, daß ich nah genug war, um dich rechtzeitig zu erreichen. Wenn's ums Essen geht, kannst du ganz schön zügellos sein, meine Geliebte. Eines Tages wird dein Appetit dich noch umbringen.« Sie warf einen schnellen Blick auf die phlegmatische Gestalt, die sich im Flur niedergelassen hatte. »Du hattest recht mit den wilden Pastinaken, Les. Ich hatte gar nicht wirklich erwartet, daß es wirkt. Nicht auf diese Art. Sie sind genauso tödlich, wie du gesagt hast.«

»Ich hab' dir gesagt, du sollst sie wegwerfen.«

»Du kannst froh sein, daß ich es nicht getan habe. Ich hatte befürchtet, Duchess könnte sie finden, wenn ich sie rauswerfe. Ich wollte sie im Ofen verbrennen, aber dann gab es diesen schrecklichen Sturm in der Nacht, und morgens sind wir so überhastet abgereist, daß ich es völlig vergessen habe.«

»Erinnere mich daran, daß ich mich ums Kochen kümmere, wenn wir zusammenleben.« Es war heraus, bevor sie es wußte. Was für ein Moment, ein Thema aufzubringen, das sie beide wie die Pest gemieden hatten. Sie wollte also mit Harriet zusammenleben. Hieß das denn, daß Harriet auch mit ihr zusammenleben wollte?

Harriet schien es nicht gehört zu haben. Mit einem Nicken in Richtung Tupper sagte sie: »Wenn ich Seine Herrlichkeit lange genug ablenke, glaubst du, daß du dann entkommen kannst?«

»Hören Sie auf zu flüstern da drinnen.« Tupper lehnte sich vor, versuchte zu lauschen.

Leslie ignorierte ihn. »Nie im Leben schaffe ich es bis zur Anlegestelle. Es ist alles offenes Gelände.«

»Könntest du dich nicht im Busch verstecken, bis alles vorbei ist?«

»Du meinst, abhauen und dich hier zurücklassen? Nein. Auf gar keinen Fall.«

»Zum Streiten haben wir keine Zeit.« Harriets Gesicht war reglos und kalt wie eine Keramikmaske. »Ich will, daß du bei der ersten Gelegenheit wegläufst. Du kennst jeden Zentimeter dieser Insel. Verschwinde im Busch und laß dich nicht sehen, bis das hier vorbei ist. Ich will, daß du das für mich tust, Darling. Und mach dir um Duchess keine Sorgen. Ich werde mich um sie kümmern.«

Und wer wird sich um dich kümmern, Harriet? Das Kinn störrisch vorgeschoben dachte Leslie darüber nach, die eigene Haut auf Kosten von Harriets zu retten. Und dann, als käme die Sonne zwischen den Wolken hervor, erstrahlte ihr Gesicht in einem Lächeln.

Bevor sie etwas sagen konnte, schwang Clarence seine Beine über die Bettkante und war im Begriff aufzustehen. »Ihr verschwindet am besten beide. Überlaßt mir den Dreckskerl.«

»Bis ins Grab wirst du ihn verfolgen. Dein Grab.« Harriet hievte seine Beine zurück ins Bett. »Ich brauche dich hier, um für Leslie einzuspringen. Wenn es einem von uns gelingt zu entkommen, dann schreckt sie das vielleicht ab.«

»Sie hat recht, Clare.« Leslies Kapitulation war genauso vollkommen wie untypisch.

»Die reden immer noch.« Tupper war aufgestanden, rief über seine Schulter hinweg nach Delbert. »Die planen irgendwas.«

Und dann hörten sie es. Einen Motor, schwach erst, dann immer lauter. Delbert stand am Fenster. Sah das Flugzeug kreisen. Beobachtete, wie es herunterschwebte — eine gigantische Möwe, die auf dem Wasser aufsetzte und schließlich stillstand.

Nur eine Person betrat die Anlegestelle. Ein großer, gutaussehender Mann in Kleidung, die ein Geschäftsmann wahrscheinlich als passendes Outfit für die etwas rauhere Gangart betrachtete. Gutgeschnittene Khakihosen, die in teuren Wanderstiefeln steckten. Ein Polohemd. Eine lose sitzende Windjacke.

Mit dem lässigen Selbstbewußtsein eines Mannes, der seine Sorgen anderen überließ, schritt er den Weg herauf, ohne nach links oder rechts zu blicken.

Delbert öffnete die Tür. Trat zur Seite. Sagte respektvoll: »Sie ist dahinten. Wir haben sie nicht angerührt — genau wie Sie es wollten.«

21. Kapitel

Sie hörten das Flugzeug. Hörten Delberts Stimme im Wohnzimmer. Sahen, wie Tupper aufmerksam wurde. Wußten, daß der Sand im Stundenglas davonrieselte, daß ihre Uhr ablief.

Als Schritte sich näherten, stand Harriet auf. Für einen Moment trafen ihre Augen Leslies — ein grünes Funkeln, begleitet von einem klaren: »Ich liebe dich«. Und dann war sie fort, hinausgeleitet von Delbert und seinem abgesägten Gewehr.

Tupper schleppte seinen Stuhl zurück in die Küche und blieb wie ein Wachtposten im Flur stehen. Leslie ging näher an die Tür heran, um zu hören, was da vor sich ging. Die ersten Worte, die sie hörte, kamen von Harriet, klar und deutlich artikuliert. »Wenn Sie für das hier verantwortlich sind, dann haben Sie eine Menge zu erklären.«

Gut gelauntes Lachen. »Hat sie Ihnen viele Probleme gemacht, Klages?«

»Nicht halb soviele wie Ihnen zur Zeit.«

»Wer ist es?« Clarence war aus dem Bett gestiegen, preßte seinen Körper gegen Leslies und sein Ohr an die Tür.

Die gleiche Frage kam von Harriet. »Wer sind Sie? Was wollen Sie?«

»Den Fehler haben Sie schon einmal gemacht. Namen sind unwichtig, Mrs. Croft. Wenn Sie mit uns zusammenarbeiten ...«

»Wie können Sie erwarten, daß ich mit Ihnen zusammenarbeite, wenn ich nicht die leiseste Ahnung habe, was Sie wollen?«

»Ich habe Ihnen gesagt, was ich will. Sie wollten damals nicht zuhören. Ich hoffe doch, daß Sie es jetzt wollen.«

Leslie trat auf den Flur und spähte über Tuppers Schulter. Delbert stand genau in ihrem Blickfeld, mit dem Rücken zur Vordertür. Harriet war in der Mitte des Raumes, blickte auf einen großen, breitschultrigen Mann mit dichtem, silbernem Haarschopf und einer Drahtbrille. Leslie hatte ihn noch nie gesehen. Und, so vermutete sie, Harriet auch nicht.

»Ich habe es mich einiges kosten lassen, hier mit Ihnen reden zu können, Mrs. Croft. In ungestörter Umgebung.« Die Freundlichkeit ließ langsam nach. »Es gibt keinen Grund, warum wir diese Angelegenheit nicht wie zwei zivilisierte Menschen regeln sollten.«

Ein heftiges Einatmen. Eine aufgebrachte Entgegnung: »Nennen Sie einen Toten zivilisiert? Sie haben hier eine Leiche, die Sie beseitigen müssen. Ist das Ihre Vorstellung von Ungestörtsein?«

Unverständliches Gemurmel von Delbert. Eine Salve von knappen Fragen im Gegenzug. »Was für ein Toter? Wie? Warum? Wer ist dafür verantwortlich? Wie konnten die Dinge so außer Kontrolle geraten?« Delbert murmelte eine Antwort — unhörbar, aber dem Klang nach sehr beruhigend.

Als sich die Aufmerksamkeit wieder auf Harriet verlagerte, hatte die Stimmung sich spürbar verhärtet — eine Spannung, die durch die Hütte knisterte. »Das ist es nicht wert, Mrs. Croft. Dieses ganze Theater wegen eines Fetzen Papiers.«

»Ein Fetzen Papier?« Harriet hatte ganz offensichtlich nicht den leisesten Schimmer, wovon er sprach.

»Was für ein Papier?« Leslie hauchte Clarence die Frage zu und er hauchte zurück: »Ich weiß nicht. Sie auch nicht.«

Es gab das Geräusch eines Schlages. Einen Schmerzensschrei. Das Poltern von Füßen. Leslie schoß an Tupper vorbei. Blieb abrupt stehen, als sie Harriet sah — auf dem Boden, mit blutender Lippe.

»Du Schwein.« Sie warf sich auf den Mann, der neben Harriet stand, taumelte zurück, als er ihr mit dem Handrücken ins Gesicht schlug. Benommen hörte sie einen Wutschrei von Clarence. Blickte in dem Moment auf, als er auf Delbert zuraste. Delbert schwang das Gewehr. Clarence fiel zu Boden. Der Mann in der Mitte bellte: »Wer sind all diese Leute? Wieviele gibt es denn noch?« Und dann — »Sie haben ein Gewehr. Wenn die das nochmal versuchen, dann schießen Sie.«

Leslie erhob sich mühsam. Half Harriet auf die Beine. Schätzte die Entfernung zu Delbert ab. Die Möglichkeit, ihm das Gewehr zu entreißen. Er bewegte sich. Weg von der Tür. Hin zu Clare. Er stand neben ihm und blickte auf ihn herunter — hielt das Gewehr nicht länger hoch, sondern mit dem Lauf nach vorne.

Sie beobachteten Clare. Beide Männer beobachteten Clare. Den bewußtlosen Clare, der wie ein angeschlagener Schwergewichtler zu Boden gegangen war.

Leslie schob sich weg von Harriet. Auf die Tür zu. Vorbei an Tupper, der den ganzen Aufruhr wie gebannt beobachtete. Lauf weg, hatte Harriet gesagt. Lauf weg, wenn du die Gelegenheit bekommst. Sie ging in die Hocke. Krümmte die Zehen. Spannte ihre Beinmuskeln an. Stürzte los.

Sie hörte die Rufe hinter sich. Flüche. Drohungen. Ein Befehl: »Schießen Sie, verdammt, schießen Sie.« Spürte, wie sich ihre Nackenhaare in Erwartung einer einschlagenden Kugel aufstellten und ein Zittern durch ihren Körper lief.

Über die Veranda und die Treppen hinunter und um die

Ecke herum, und ein dunkler Leib schlängelte sich zwischen ihren Beinen hindurch und brachte sie aus dem Tritt. Duchess — gute, treue Duchess, die gespürt hatte, was geschehen würde. Und dann endlich — die Explosion. Ein ohrenbetäubendes Donnern. Gefolgt von Stille. Gefolgt von erneutem Aufruhr in der Hütte.

Sie fand ihr Gleichgewicht wieder, und jetzt flog sie davon — so als trüge sie der Wind, so als wäre ihr Körper schwerelos — und sie legte die Strecke in langen, mühelosen Riesenschritten zurück.

Wie lange würde es dauern, bis er sie einholte? Wieviel Zeit blieb ihr, um zu tun, was sie tun mußte?

Sie hatte nicht die leiseste Ahnung, wer er war. Er sah irgendwie vertraut aus — so, wie man manchmal jemanden im Fernsehen sah, der einem vertraut vorkam, ohne daß man ihn kannte. Die Geschäftsmänner seiner Altersgruppe glichen einander wie ein Ei dem anderen. Während der Zeit, da sie mit der Geschäftemacherei von Firmen und Übernahmen auf höchster Ebene beschäftigt gewesen war, hatte sie für und manchmal auch gegen Männer wie diesen gearbeitet. Alle typischen Bestandteile waren da und am richtigen Platz. Anmaßung. Überwältigendes Selbstvertrauen. Charisma. Rücksichtslosigkeit. Er würde tun, was er mußte, um zu bekommen, was er wollte. Wenn sie nur wüßte, was er wollte.

Clarence und Donna hatten versucht, sie zu warnen. Die Richtung, in die ihre Praxis sich entwickelte, gefiel ihnen gar nicht. Sie mißtrauten der nackten Emotion — dem Fanatismus, der so oft Hand in Hand mit sozialen Anliegen ging. Ein Fanatismus, der auf beiden Seiten herrschte — von denen, die *für* sozialen Wandel arbeiteten, und von denen, die alles taten, um ihn zu verhindern. Die Habenichtse gegen das Establishment, mit Irrationalität auf beiden Seiten. Und wo stand Harriet Croft dabei? Genau in der Mitte. Keine Seite bevorzugend. Jeden Fall individuell abwägend. Jeden einzelnen ausschließlich nach seinem sachlichen Gehalt beurteilend. Eine Objektivität, die sie doppelt gefährdete. Sie hatte sich auf beiden Seiten der ideologischen Debatte Feinde geschaffen.

Als sie sich in diesem ersten Moment gespielter Höflichkeit gegenüberstanden, waren ihr die Gedanken wie ein Kaleidoskop von Bildern durch den Kopf geschossen. All die verschiedenen Fälle, mit denen sie sich in den letzten paar Monaten beschäftigt hatte. Die Rechte des Ungeborenen. Die Rechte der Einheimischen auf ein Stückchen Land. Das Recht, eine Frau anzugaffen. Das Recht, unerwünschte Mieter rauszuekeln. Alle hatten Kontroversen hervorgerufen — selbst die sehr regionale Kleinstadtangelegenheit mit Beulah Anne Sweeney, die den Zorn von Männergruppen entfacht hatte.

Es gab wahrlich keinen Mangel an Feinden, die ein Hühnchen mit ihr rupfen wollten. Aber sie kannte all die Hauptpersonen in jedem dieser Fälle, und dieser Mann war keiner von ihnen. Was natürlich nichts heißen mußte, wenn er ein Mittler war, aber es war ziemlich offensichtlich, daß er kein Strohmann war. Ein Viersterne-General. Und das war in Ordnung so, denn sie setzte sich lieber mit dem Kopf auseinander als mit den Bütteln. Was nicht in Ordnung war, war die Tatsache, daß er ihren Namen kannte, was darauf hinwies, daß er ein persönliches und sehr spezifisches Interesse an ihr hatte. Eine Schlußfolgerung, die von seiner Anspielung auf einen Fetzen Papier unterstützt wurde.

Ohne zu wissen, wer er war, kannte sie seinen Typ doch gut genug, um zu vermuten, daß er alles gern nett und ordentlich abwickelte. Deshalb erwähnte sie Pony. Sie hatte erwartet, daß er Delbert zurechtstauchen würde, und war deshalb völlig unvorbereitet auf den Schlag gewesen, der sie zu Boden warf. Schmerz durchzuckte ihren Schädel, und sie schloß die Augen und als sie sie wieder öffnete, war Leslie da und Clare und Tupper, und der Raum schien um sie herumzuwirbeln.

Leslie. Eine tiefschwarze Flut von Haß ließ die dunklen Augen erglühen und die Haut sich über den Wangen- und

Kieferknochen anspannen. Sie so zu sehen, zu wissen, was in ihrem Kopf vor sich ging, brachte Harriet dazu, sich aufzurichten. Sie hatte Leslie befohlen wegzulaufen, weil sie sie in Sicherheit haben wollte. Aber sie hatte nicht beabsichtigt, daß es so geschehen sollte. Es mußte geplant werden. Mit einer möglichst großen Erfolgschance arrangiert werden. »Nein«, sagte sie, aber das Wort verlor sich in einem Schwall von Blut in ihrem Mund, und dann lag Clare am Boden, und Delbert stand mit gezücktem Gewehr über ihm, und Leslie spurtete auf kraftvollen Beinen und mit zurückgeworfenem Kopf los, und Delbert drehte sich um, beschloß im Bruchteil einer Sekunde, keinen Schuß aus der Schrotflinte zu riskieren, zog die 38er aus der Tasche und spannte sie, zielte, die linke Hand mit der rechten stützend, genau auf Leslies Rücken, und Harriet schätzte die gerade Schußlinie zwischen der fliehenden Leslie und dem stillstehenden Delbert ab, und dann setzte auch sie sich in Bewegung.

Es geschah alles zu schnell.

Heilige Madonna, Mutter des Erlösers, laß mich woanders sein. Laß mich wieder auf den Straßen Torontos sein, ohne zu wissen, daß es diese Leute überhaupt gibt.

Von dem Moment an, da sie an ihm vorbei ins Wohnzimmer gedrängt waren, hatte Tupper die Katastrophe kommen sehen. Es würde noch eine Leiche geben, vielleicht sogar mehr als eine, die man zu der anderen neben den Holzhaufen legen würde.

Er war der unwahrscheinlichste Kandidat. Ponys Pech war Tuppers Glück gewesen. Der alte Silberstreif am Horizont. Mr. Aalglatt war vielleicht ein abgebrühter Geselle, aber er brauchte schon Augen im Hinterkopf, um die Übersicht über dieses Team nicht zu verlieren. Irgendwie war das schon ein Plus.

Aber warum zum Teufel mußte alles so schnell geschehen? Eben noch stand er seitlich hinter Klages und sie hinter *ihm*.

Im nächsten Moment schoß sie an ihm vorbei wie ein Schnellzug, und Delbert fuhr herum und legte das Gewehr an, das aus dieser Entfernung die ganze Hütte zu Kleinholz pusten würde und noch ein paar Leute dazu. Die Goldene Gans eingeschlossen.

Kein Narr, dieser Delbert Klages. Er senkte das Gewehr. Zog die 38er hervor — seine 38er. Stellte sich in Position.

Zeit war ein Kontinuum. Auf dieser Ebene raste sie mit halsbrecherischer Geschwindigkeit. Auf einer anderen, höheren Ebene war sie statisch und stand still. Er sah beides mit kristallener Klarheit. Delbert mit gespreizten Beinen und ausgestreckten Armen, die eine Hand mit der anderen stützend. Die davonlaufende junge Frau, die nackt unter blauem Himmel und vor dem Hintergrund sich sanft wiegender Kiefern posierte. Es hatte sich in sein Gedächtnis eingegraben — dieser eine vollkommene Augenblick, der sein tiefstes Innerstes berührt hatte — den Teil von ihm, der einmal an die Güte und die Reinheit und den Sieg des Guten über das Böse geglaubt hatte. Diesen Teil von ihm, der nie aufgehört hatte zu glauben — der all die Ponys und Delberts und die Verletzungen und Schmerzen und enttäuschten Träume überlebt hatte.

Es war nicht geplant. War nichts, was er jemals geplant hätte. Eine unwillkürliche Reaktion, wie das Blinzeln, um zu verhindern, daß etwas ins Auge gerät, oder das Heben der Hand, um einen Schlag abzuwehren. Eine Stimme rief »Schießen Sie.« Er fand sich genau zwischen Mr. Aalglatt und dessen Ziel wieder. Was für ein verrückter Aufenthaltsort. Und keiner, den er in vollem Bewußtsein gewählt hätte.

Die Kugel hob ihn von den Füßen. Ein merkwürdiges Gefühl. Als ob man voll von einer dieser Abbruchbirnen getroffen wurde, die an einer Kette hingen und zum Einreißen von Steingebäuden benutzt wurden. Ein betäubendes, niederschmetterndes, pulverisierendes Gewicht. Wie konnte er sich dann so schwerelos fühlen — so als könne er sich wie eine Feder auf dem Wind emporschwingen?

Tupper Brack hing in der Luft. Tupper Brack stürzte nieder. Tupper Brack kämpfte sich mühsam auf die Beine, die Hände vor sich auf die Brust gepreßt. Ein überwältigendes Gefühl der Verwunderung überkam ihn, als er versuchte stehenzubleiben — die Füße schnell genug nach hinten zu setzen, um seinen wankenden Leib auf Beinen zu halten, die sich wie Gelee anfühlten. Er wußte, daß es albern war. Wußte, daß er ein verzweifeltes Rennen im Rückwärtsgang lief, das ihn nirgendwohin bringen würde.

Das Letzte, was er sah, war Delbert Klages. Ein grauer Mann, umhüllt von grauem Rauch.

Die Explosion war so laut gewesen. Nahe genug, um sie mit dem Pulver zu verbrennen. Wie konnte er daneben schießen? Hatte er daneben geschossen? Es wurde behauptet, daß man angeschossen werden konnte, ohne es wahrzunehmen. Es gab einen Mann, der meilenweit mit einer Kugel im Kopf gelaufen war, ohne überhaupt zu wissen, daß sie da war. Falls das mit ihr geschehen war, war es ihr egal. Hauptsache, sie konnte lange genug auf den Beinen bleiben, um zu tun, was getan werden mußte. Wenn das erledigt war, wäre es ihr noch gleichgültiger.

Ihre Beine gingen auf und ab wie Kolben, während sie um die Hütte herumrannte und auf die schützenden Bäume zuhielt. Über den unbewachsenen Weg den Hügel hinauf wäre es schneller gegangen. Das undurchdringliche Gebüsch war sicherer.

Sobald sie außer Sichtweite war, rannte sie den Hügel hinauf in Richtung Hochland. Sie wußte genau, wohin sie lief. Wußte genau, was sie tun wollte.

Was sie nicht wußte, war, ob das Szenario, das sie im Geist durchgespielt hatte, in der Realität ebenso gut funktionieren würde.

Tupper Brack schien im Tod größer zu sein als im Leben. Wie er da so ausgestreckt auf der Türschwelle lag, sein Oberkörper halb auf der Veranda, füllte sein Körper den ganzen Eingang aus.

Harriet starrte ihn an, während der Klang immer noch im Raum widerhallte. Er hatte gelebt, und jetzt war er tot, und sie fühlte die verschiedensten Gefühle in sich aufsteigen. Traurigkeit. Mitgefühl. Dankbarkeit. Wenn er nicht gewesen wäre, dann wäre der Körper auf der Schwelle Leslies. Statt dessen lag er dort, tot. Das Opfer eines Impulses, der ihr ein absolutes Rätsel war. Das Opfer eines plötzlichen Entschlusses, der, wäre er besser durchdacht gewesen, sicherlich wieder in der Versenkung verschwunden wäre.

»Gehen Sie ihr nach.« Die Hand nach der 38er ausgestreckt, stand der silberhaarige Mann turmhoch vor Delbert. »Finden Sie sie. Und machen Sie sich nicht die Mühe, sie zurückzubringen.«

Leichter gesagt als getan, Gott sei Dank. Es gab keinen Weg nach draußen, ehe die Leiche nicht fortgeschafft war, die den Windfang blockierte. Delbert mühte sich, den Körper wegzuschieben, es gelang ihm jedoch nur, einen Blutschwall auszulösen, der die Pfütze auf Tuppers Hemd noch größer werden ließ. Der Geruch erfüllte die Luft — heiß, süß, widerwärtig süß.

Der Mann bedeckte seine Nase mit einem untadeligen Taschentuch. »Nicht hier drinnen. Schaffen Sie ihn raus. Und ein bißchen dalli. Ich will vor Anbruch der Dämmerung hier weg sein.«

Harriet beobachtete, wie Delbert sich abmühte, den schlaffen, toten Körper von der Stelle zu bewegen. Je länger er brauchte, desto besser. Jede Minute vergrößerte Leslies Chancen. Sie zog in Betracht, auf seinen Rücken zu springen. Ihn mit den Fäusten zu bearbeiten, um Zeit zu gewinnen. Sah, wie das Gewehr in ihre Richtung geschwungen wurde, und wußte, daß er nicht zögern würde abzudrücken.

Der Blutgeruch war überwältigend. Sie hielt den Atem an. Versuchte, die Übelkeit, die ihn ihr aufstieg, herunterzuschlucken. War es das, was Jäger mit 'dem Duft der erlegten Beute' meinten — dieser üppige, stechende, heimtückische Gestank, der in die Nase stieg und durch die Poren drang?

Clarence regte sich, lenkte ihre Aufmerksamkeit auf ihn. Sie half ihm auf die Füße. Dachte, daß sie ihn in all den Jahren, die sie ihn kannte, niemals so oft flach auf dem Rücken hatte liegen sehen wie in den letzten Stunden.

Die Stimme kam von hinten, schroff, aber nicht bewußt unhöflich. »Lassen Sie ihn, Mrs. Croft. Wir müssen einige Dinge bereden.«

Delbert war fort. Ebenso die blutigen Überreste von Tupper Brack. Leslie war irgendwo da draußen, verfolgt von einem Killer mit abgesägter Flinte. Sie blickte in das gutaussehende, gepflegte Gesicht. »Ich weiß nicht, wer Sie sind oder was Sie wollen oder warum Sie hier sind. Ich weiß aber genau, daß Sie in verflixt großen Schwierigkeiten stecken. Sie fangen besser an, darüber nachzudenken, wie Sie den Schaden begrenzen können, mein Freund. Rufen Sie Ihren Wunderknaben zurück. Er hat vielleicht nichts zu verlieren, aber was ist mit Ihnen? Sie sind kein windiger, kleiner Gauner. Wenn Sie die Sache jetzt beenden, werde ich alles tun, um Ihnen zu helfen.«

»Du verschwendest deine Energie, Harriet.« Clarence starrte den Mann aus verengten Augen an. »Er sitzt schon zu tief drin, um seinen Hals noch retten zu können.«

»Ach woher denn. So etwas gibt es gar nicht, nicht wahr, Mrs. Croft? Es gibt immer einen Ausweg. Und der sind zufällig Sie. Sie können mir tatsächlich helfen. Warum würde ich mir sonst so viel Mühe machen?«

»So nennen Sie das also, wenn Sie bis zu den Knien in Leichen stehen? Mühe?« Clarence zitterte vor Entrüstung.

Der Mann beachtete ihn nicht — konzentrierte sich statt dessen auf Harriet. »Es ist nicht in Ihrem Büro. Das habe ich überprüfen lassen, in der Hoffnung, ich könnte ein solches

Treffen vermeiden. Aber ich fürchte, wir haben noch ein ernsthaftes Gespräch vor uns. Mr. Klages wird gleich zurück sein. Ich schlage vor, Sie setzen einen Kaffee auf, und wir kommen erst dann zur Sache, wenn er wieder da ist.«

»Ich koche niemandem Kaffee.« Harriet setzte sich zu Clarence aufs Sofa. Ihre Gedanken waren bei Leslie, und obwohl sie sich sagte, daß sie, Leslie, im Vorteil war — daß Asphalttreter ihr in dieser wildwuchernden Umgebung unmöglich überlegen sein konnten — quälte sie tief im Inneren die Furcht.

Delbert war ein erfahrener Jäger. Nicht von Tieren. Niemals Tiere. Und niemals im Unterholz. Töten um des Tötens willen ergab überhaupt keinen Sinn. Delbert Klages tötete für Geld. Und er verfolgte seine Beute durch die Straßen der Großstadt.

Er hatte für dies hier nicht die richtige Kleidung an. Sein Anzug war zu eng. Er bauschte sich an den Schultern und zwickte im Schritt. Und seine Schuhe waren eine Katastrophe — die Ledersohlen rutschten und schlitterten über den nassen Weg. Der Weg des geringsten Widerstands. Irgendwann würde er sich zwischen den Bäumen, unter triefnassen, tropfenden Ästen, durchkämpfen müssen. Aber solange es vor ihm einen Weg gab, würde er diesem folgen.

Es gab keinen Zweifel darüber, daß er sie finden würde. Der Preis, den er zu zahlen hätte, wenn es ihm nicht gelang, war zu hoch.

Der Weg endete an einem Toilettenhäuschen auf der Bergkuppe. Normalerweise näherte er sich einem Gebäude mit größter Vorsicht. Aus Vorsicht vor einem Hinterhalt. Etwas, worum er sich hier keine Sorgen zu machen brauchte. Sie konnte ohne Waffe nicht viel tun. Er schaute prüfend hinein. Sah, daß es war leer. Stand ganz still und lauschte. Kein Geräusch, nur das gleichmäßige Tropfen des triefnassen Laubes.

Die Gegend war hier übersichtlich, mit Bäumen zwar, aber

frei von Unterholz. Kein guter Schutz. Nirgends konnte man sich verstecken.

Was täte er an ihrer Stelle? Eine Lektion, die er früh gelernt hatte. Versetz dich immer in die Lage des Gejagten. Wäre er der Gejagte, würde er seine Haut dadurch retten, daß er so weit wie möglich fortlief. Auf einer Insel würde er wie der Blitz versuchen, das entfernter liegende Ufer zu erreichen, und darauf hoffen, daß er ein vorbeifahrendes Boot anhalten könnte.

In der Hoffnung, daß er nicht die gesamte verdammte Insel durchforsten mußte, um sie abzuservieren, marschierte er in den Wald. Das Land stieg sanft an, und obwohl es hier mehr Bodenhaftung gab als auf dem unbefestigten Weg, begannen seine Beine zu schmerzen. Er blieb stehen, um nach Luft zu schnappen. Lief weiter. Erreichte schließlich den Waldrand und blickte über eine spärlich mit Buschwerk bewachsene Ebene. Kein Lebenszeichen von ihr hier. War zu erwarten. Wenn man versuchte, sich zu verstecken, dann brauchte man etwas, worin man sich verstecken konnte. Wohinter man sich verstecken konnte. Oder worunter.

Delbert wandte sich ab, entschied sich, am Waldrand entlang alles abzusuchen. Da hörte er es. Ein durchdringendes Bellen. Laut und widerhallend. Ein Adrenalinstoß schoß durch Delberts Adern, als er herumwirbelte. Ein kurzer Blick. Da war es hergekommen. Am anderen Ende des sumpfigen Landstücks. War ins Schilf abgetaucht. Wäre der Hund nicht gewesen, hätte er sie nicht gefunden.

Mit dem Zielfernrohr könnte er sie von hier erledigen. Mit einem Schuß umlegen. Mit Ponys doppelläufigem Gewehr mußte er praktisch auf ihr sitzen. Keine Sorge. Jetzt, da er sie gefunden hatte, würde er wie Leim an ihr kleben.

Er dachte an Pony. Wie der das Tier fast um die Ecke gebracht hätte. Dem Himmel sei Dank, daß er es nicht getan hatte. Hätte es nicht dieses verräterische Bellen gegeben, hätte er sie erst weiß Gott wann gefunden.

Leslie kauerte im hohen Gras, Duchess dicht neben ihr. Warum brauchte er so lange? Sie war naß und ihr war kalt und sie zitterte. Sie hatte einen Krampf im Bein. Sie konnte nicht mehr lange so herumliegen.

Vielleicht war er ihr ja gar nicht auf der Spur. Vielleicht glaubten die, es sei nicht der Mühe wert, sich um sie zu kümmern. Sie wollten Harriet. Sie hatten Harriet.

Sie würde zurückgehen müssen. Irgendeinen Tumult veranstalten, der sie nach draußen lockte. Weg von Harriet und Clare und der Hütte. Sie würde gehen, Duchess würde bleiben. Sie blickte in die sanften, braunen Augen und verdrängte den Gedanken daran, sie verlassen zu müssen. Früher oder später würde jemand kommen und sie finden. »Ich will, daß du hier sitzen bleibst.« Sie machte Anstalten aufzustehen. Duchess tat es ihr nach. »Sitz.« Ihre Hand zog einen Bogen durch die Luft und verharrte kurz vor Duchess' Nase. Das vertraute Handzeichen ließ sie still sitzen, während Leslie sich bemühte aufzustehen.

Sie war auf den Knien — stand schon fast — als Duchess den Kopf hob und schnüffelte und ihre Ohren spitzte. Leslie ließ sich wieder fallen. Spähte durch den grünen Schild. Sah ihn. Und das Gewehr. Fragte sich, wie weit es wohl schießen konnte. Ob sie in Reichweite war. Ob er überhaupt wußte, daß sie da war. Nein. Eine ihrer Fragen war beantwortet. Er wandte sich ab. Im nächsten Moment wäre er außer Sichtweite.

»Duchess.« Sie blickte in die vertrauensvollen Augen. Sagte streng: »Sprich.« Sie hatten zusammen ein Gehorsamstraining absolviert, aber dieser Befehl war nicht dabei gewesen. Ihr Vater hatte Duchess beigebracht, für einen Keks zu bellen. Leslie mißfiel das. Fragte ihn, wie er sich fühlen würde, wenn er für einen Bissen Eßbares Kunststückchen vollführen müßte. Jetzt war sie froh, daß er nicht auf sie gehört hatte.

Duchess war still. Er ging davon. Sie sagte, noch dringlicher, »Sprich!«, und Duchess tat es und schnupperte nach ihrer Belohnung.

Er blieb stehen. Drehte sich um. Stand da und lauschte. Schaute. Leslie hielt den Atem an. Sprang hoch wie ein Hampelmann. Auf. Und nieder. Und drückte die Daumen. Und wartete.

Für einen Moment war Delbert verwirrt. Er wußte, woher das Bellen gekommen war. Ungefähr. Aber hier draußen führten Geräusche einen in die Irre.

Er wollte schon bei den Bäumen bleiben und außen herumwandern, als er sie sah. Von allen dummen Dingen, die man tun konnte. Sie schnellte hoch, genau vor seiner Nase, wenn sie doch lediglich ein paar Minuten länger hätte stillhalten müssen, bis er außer Sichtweite war. Tja, Mädchen, dafür trägt niemand die Schuld außer dir selbst.

Im Schnellschritt begann Delbert, die Ebene zu überqueren. Niemand brauchte ihm zu sagen, daß die kürzeste Entfernung zwischen zwei Punkten eine gerade Linie war.

Der Untergrund war hier viel weicher. Matsch saugte sich an seinen Schuhen fest, verlangsamte seinen Schritt. Ein Fuß blieb im Morast stecken und sein Schuh ging ab und mit dem anderen Fuß fand er ein Stück feste Erde und balancierte wie ein Storch, während er seinen Schuh herauszog. Die kalte, schmierige Masse an seinem Fuß fühlte sich schrecklich an. Egal. Das konnte warten.

Er warf sich nach vorne, machte größere Schritte, versuchte, sich schneller zu bewegen, um eher auf die andere Seite zu gelangen. Aber es wurde schwerer. Jeder Schritt war eine Anstrengung. Er sank tiefer ein — wurde tiefer hineingezogen in den schwarzen Morast, der an seinen Beinen hochwanderte, seine Knie erreichte, seine Taille.

Er suchte jetzt verzweifelt nach etwas, irgendwas, woran er sich festhalten konnte. Er erspähte einen kleinen Busch, der auf einem briefmarkengroßen Hügel fester Erde wuchs. Er ließ das Gewehr fallen und streckte sich, soweit er konnte. Seine Finger umschlossen die Spitze eines dünnen Astes, und er zerrte daran, und als er abbrach, sah er, wie sie zu ihm herunterblickte. »Helfen Sie mir. Um Gottes willen, helfen Sie mir.«

Ihr Gesicht war kalt und wie aus Stein gemeißelt. Sie beobachtete ihn einen Moment lang, dann beugte sie sich — ohne ein Wort — herab und hob etwas auf. Ein knorriges Stück Holz, abgefallen von einem toten Baum, zum Verrotten auf der Erde liegengelassen. Sie warf es zu ihm herüber. »Halten Sie sich daran fest. Und versuchen Sie, sich nicht zu bewegen. Wenn Sie ganz still halten, wird es Sie für eine Weile halten.«

Und dann war sie verschwunden, und Delbert Klages war allein in einem sumpfigen Morast, klammerte sich in Todesangst an ein Stück morsches Holz.

Was hinaufgeht, geht auch irgendwann wieder hinunter, und in diesem Fall würde das Hinuntergehen nur einen Bruchteil der Zeit in Anspruch nehmen, die das Hinaufgehen gekostet hatte. Leslie war auf dem Weg zum Sumpf die lange Strecke über unebenes Gelände gegangen. Zurück zur Hütte nahm sie die kürzestmögliche Route. Den ganzen Weg hinunter rasten ihre Gedanken so schnell wie ihre Schritte.

Ihr Vater hatte für den Notfall Leuchtraketen auf dem Motorboot deponiert. Das Motorboot war im Bootshaus. Das Bootshaus lag rechts von der Anlegestelle, vom Flugzeug aus direkt einzusehen. Vielleicht saß ein Pilot im Flugzeug, vielleicht auch nicht. Selbst wenn es ihr gelang, die Leuchtraketen zu erreichen, ohne gesehen zu werden, was hätte sie damit gewonnen? Aus Angst, Harriet und Clare zu gefährden, würde sie es nicht wagen, eine davon in die Hütte abzufeuern. Sie könnten verletzt werden. Die Hütte könnte in Flammen aufgehen.

Sie mußte sich etwas anderes überlegen.

In der Sauna gab es ein kleines Beil, mit dem das Feuerholz kleingehackt wurde. Der Gedanke, mit der Axt auf jemanden loszugehen, drehte ihr den Magen um. Aber sie würde es tun.

Wenn es getan werden mußte, um Harriet unverletzt rauszuholen, dann würde sie es verdammt nochmal tun. Aber sie mußte ganz nah herankommen. So nah, daß er sie bestimmt sehen und ganz sicher auf sie schießen würde, und wie konnte sie Harriet dann noch helfen?

Sie mußte sich etwas anderes überlegen.

Uralte Eiszangen und ein verrosteter Haken lagen in dem ehemaligen Eishaus herum — ein Blockhaus, das ihr Großvater errichtet hatte und in dem zu Zeiten, als es noch keinen Generator gab, die großen Eisblöcke aus dem See gelagert worden waren. Reste von Sägemehl lagen in den Ecken. Trocken wie Zunder. Ein Feuer, das darauf wartet, entfacht zu werden, sagte ihre Mutter immer. Warum beim Entfachen nicht nachhelfen? Und wenn er dann herauskäme, um nachzusehen — und das würde er bestimmt, denn ein Feuer hatte etwas an sich, das man nicht ignorieren konnte — wenn er herauskam, dann würde sie ihn mit dem Haken unschädlich machen. Und es wäre wirklich eine tolle Hilfe, wenn die ganze Insel dabei in Flammen aufging.

Sie mußte sich etwas anderes überlegen.

Mit langen Schritten lief sie am Seitengebäude vorbei und den Weg hinunter bis zur Rückseite der Hütte. Sie hatte gehofft, daß ihr, wenn sie erst einmal so weit gekommen war, etwas eingefallen sein würde. Ein rettender Gedankenblitz. Statt dessen gab es nur gähnende Leere in ihrem Kopf.

Duchess lief in kurzem Abstand hinter ihr her. Außer Atem. Leslie befahl ihr, unter einer schützenden Gruppe von Zedern sitzenzubleiben. Dann, weil sie wissen mußte, was in der Hütte vor sich ging, kroch sie an der Nordwand der Hütte entlang und kauerte sich unter das Fenster. Voller Furcht hineinzuschauen, falls er in ihre Richtung blickte. Außerstande zu hören, worüber gesprochen wurde. Aber in der Lage, mehr als eine Stimme auszumachen. Dem Himmel sei Dank.

Auf dem Bauch rutschte sie zur Ecke der Veranda. Von hier aus konnte sie das Flugzeug sehen. Ins Cockpit hineinschauen.

Da saß tatsächlich jemand. Jemand, der direkte Sicht auf die Hütte hatte, wenn er den Kopf hob.

Sie trat den Rückzug an, kroch zu dem Generatorschuppen, in dem Benzin und Trichter lagerten. Sie hatte so etwas noch nie gemacht, aber sie hatte es im Fernsehen gesehen, und wenn es funktionierte, würde es den Mann von drinnen nach draußen locken, ohne daß die Insel in Flammen aufging. Im Kartoffelkeller lag eine leere Flasche — in der Sauna eine flache Blechdose mit Streichhölzern. Sie hatte alles außer einem Docht. Ihre Shorts und ihr T-Shirt waren beim Lauf durch das Unterholz feucht geworden, aber ihr Baumwollslip war trocken. In Streifen gerissen, geflochten, in Benzin getränkt — ein Stück leicht brennbares Seil wäre besser, aber dies würde hoffentlich reichen.

Alles hing davon ab, ob sie nahe genug herankam, um die Flasche zu werfen, ohne gesehen zu werden. Sie hatte eine einzige Chance. Wenn sie die vermasselte, saß sie in der Tinte und zwar bis zum Hals.

Mit angehaltenem Atem, in dem Wissen, welch tödliches Potential sie da in den Händen hielt, lief sie zwischen Waldrand und linkem Ufer zurück. Hier gab es mehr Schutz als auf der Bootshausseite, eine bessere Gelegenheit, ins Wasser zu gleiten, ohne entdeckt zu werden.

Sie hatte jetzt klare Sicht. Auf das Cockpit. Und auf den Mann im Cockpit. Er saß da mit zurückgelehntem Kopf und geschlossenen Augen. Dösend, vielleicht. Oder seine Pläne für den Abend überdenkend.

Sie glitt ins Wasser und dachte *Ich muß mir etwas anderes überlegen*, und dann übernahmen ihre Reflexe das Kommando, und sie war untergetaucht, ihre Beine durchschnitten das Wasser kraftvoll wie ein Frosch und leise wie ein Schmetterling, eine Hand brustschwimmend, während die andere den Flaschenhals über der Wasseroberfläche hielt.

Sie erreichte die Anlegestelle und schwamm bis zu deren Ende. Hier konnte sie auftauchen, ohne zu fürchten, gesehen zu werden. Eine Körperlänge vom Boot entfernt, tauchte sie auf, um Luft zu holen. Setzte die Flasche im Boot ab, während sie sich auf den Steg hochzog. Durch ihr Gewicht bewegte er sich leicht und das Flugzeug, das seitlich daran verankert war, mit ihm. Das Blut pochte in ihren Ohren, während sie darauf wartete, daß das Schaukeln nachließ. Wenn er jetzt herunterkam, um nachzusehen, wäre alle Hoffnung dahin.

Der Ponton beruhigte sich langsam, und Leslie, die jetzt schnell arbeitete, zog einen der hineingestopften 'Dochte' aus der Flasche. Sie entzündete ein Streichholz, hielt es in einem Abstand von der Flasche entfernt — runzelte die Stirn, dachte scharf nach — warf es in den See, als es niederbrannte und ihre Fingerspitzen versengte. Ein Flugzeug konnte sie in die Luft sprengen — kein Problem. Aber darin saß ein Mensch. Ein Mensch, der verbrennen würde, wenn alles wie geplant ablief. Sie würde sich diesem Gedanken verschließen und es tun, wenn sie mußte, aber nur, wenn es keinen anderen Weg gab.

Sie zögerte, schätzte den nötigen Sicherheitsabstand ab. Wieviel Zeit würde sie haben? Welcher Umkreis würde etwas abbekommen? Warum hatte sie bei diesen Peng-peng-Krimiserien nicht besser aufgepaßt?

Von der Taille abwärts war sie nackt bis auf ihre Socken und Schuhe. Naß und voller Matsch und eine unnötige Belastung. Sie zog sie aus. Die Streichholzdose in der einen Hand, einen Schuh in der anderen, hämmerte sie auf den Flugzeugrumpf. Eine einzige Warnung — der Rest lag dann bei ihm.

Die Tür öffnete sich. Ein Kopf wurde herausgestreckt. Sie schrie: »FEUER. SPRING!« Und der Ablauf, den sie in Gedanken durchgespielt hatte, kam ins Rollen.

Das Streichholz entzündete sich beim ersten Versuch. Sie hielt die Flasche fest, bis der Baumwollstrang Feuer fing. Wartete den Bruchteil einer Sekunde. Schleuderte den Feuerball ins Cockpit. Drehte sich um und flitzte ans Ende der Anlegestelle. Sauste über das Ende hinweg, hoffte, daß der Schwung sie aus der Gefahrenzone heraustragen würde.

Die erste Explosion zerriß die Luft und erschütterte die Hütte. Die zweite brachte Wrackteile, Flammen und eine pilzförmige Wolke mit sich.

Harriets Finger bohrten sich in Clares Knie, und mit den Augen gab sie ihm ein Signal. Was auch immer da draußen vor sich ging, war für sie hier drinnen eine Chance.

Der Mann mit dem Gewehr sprang auf und rannte zum Fenster. Das, was er sah, machte ihn fassungslos. Sein Flugzeug war vernichtet. Und es gab nichts, das erklärte, wie oder warum.

Es war schon paradox. Er hatte bekommen, was er wollte, hatte sie lediglich darum bitten müssen. Nun ja, er hatte es noch nicht wirklich, aber sie hatte ihm gesagt, wo es war, und das war ebenso gut. Es war gar nicht nötig gewesen, ihr Büro zu filzen. Nicht nötig, sie so zu erschrecken.

Er konnte sie natürlich nicht gehen lassen, keine Frage. Es war zuviel geschehen. Selbst wenn es keine Leichen gäbe, war sie schlau genug zu wissen, daß er sich nicht soviel Mühe gegeben hätte, wenn es nicht absolut notwendig gewesen wäre. Man würde sich also um sie und ihren Freund kümmern müssen — eine Aufgabe für Klages, wenn er zurückkam — und dann würden sie machen, daß sie von hier wegkamen. Außer, daß Klages zu lange gebraucht hatte und daß das Flugzeug hin war und daß es aussah, als müsse er die Dreckarbeit selber machen.

Er drehte sich weg vom Fenster, zurück in den Raum, griff nach der 38er und nahm sie hoch. Und als er da stand und in den Raum blickte, mit dem Rücken zum Licht, schlug etwas Hartes und Scharfes auf seinen Adamsapfel, und als er auf die Knie stürzte, wurde der Raum schwarz.

Die Cessna brannte immer noch, als das Polizeischiff ankam. Mit gezückten Pistolen und blitzschnell umherschießenden Augen kamen die Beamten den Pfad hinauf. Auf Schwierigkeiten waren sie vorbereitet. Auf die Erscheinung, die ihnen auf der Veranda entgegenkam, waren sie nicht vorbereitet. Die junge Frau, die heraustrat, um sie zu begrüßen, war von der Taille abwärts nackt. Ihr dunkles Haar klebte an ihrem Kopf, ihr nasses T-Shirt klebte an ihren Brüsten.

Sie starrten sie an, und sie starrte zurück, aus Augen, die nur aus Pupillen zu bestehen schienen. »Sie sind hier«, sagte sie, als ob sie sie erwartet hatte, wo sie doch auf keinen Fall gewußt haben konnte, daß sie kamen.

Sie trat zurück, um sie hereinzulassen, und sie gingen an ihr vorbei und standen stocksteif und gafften. Vor ihren Füßen war eine Blutlache. Auf der anderen Seite des Raums, vor der Feuerstelle, noch eine. Ein halb bewußtloser Körper lag vor dem Aussichtsfenster. Ein verlotterter kleiner Mann, den Arm in einer Schlinge und ein Gewehr baumelnd an der Seite, stand mitten im Raum. Eine Blondine mit geschwollenem Gesicht, die aussah, als hätte man sie rückwärts durch die Mangel gedreht, stand neben ihm.

»Wer von Ihnen ist Harriet Croft?« fragte der Constable schließlich.

»Das bin ich.«

Die Blondine. Das hatte er sich schon gedacht. Nach der Beschreibung ihrer Sekretärin war sie nicht der Typ, der ohne Unterhosen herumlief. »Was ist hier passiert?« Er nickte in Richtung des Mannes auf dem Fußboden. »Was ist mit ihm los?«

»Ich habe ihn geschlagen.«

Der Constable starrte erst seinen Kollegen an, dann Harriet. »Sie haben ihn geschlagen?«

»Ein Karateschlag. Ich mußte.«

Sie *mußte*. Als ob das alles erklärte. »Ich verstehe.« Er steckte seine Pistole ins Halfter und nahm etwas Abstand, falls sie beschloß, daß sie auch ihm einen Schwinger verpassen *mußte*.

»Officer.« Es holte ihn in die Wirklichkeit zurück. Die Semi-Nudistin. »Da steckt noch ein Mann im Sumpf. Er könnte noch am Leben sein.«

»Im Sumpf?« Seine Augen bekamen langsam einen glasigen Blick. Noch ein Karateschlag? »Welcher Sumpf?«

»Zeig' ich Ihnen. Aber wir beeilen uns besser. Es ist wie Treibsand. Er könnte schon untergegangen sein.«

»Leslie, zieh dir etwas an.« Die Blondine trat vor, um sie aufzuhalten. Der Polizeibeamte wich zurück.

»Harriet, um Himmels willen.« Die tropfnasse Brünette schob die Hand, die sie zurückhielt, beiseite und stürzte durch die Tür. Der verblüffte Constable folgte ihr, spurtete, um sie nicht aus den Augen zu verlieren.

Harriet starrte ihr hilflos hinterher. »Sie sollte nicht so herumlaufen. Sie holt sich noch den Tod.« Das, was sie sagte, war so alltäglich — eine dermaßen lächerlich alltägliche Sorge an diesem Ort des Gemetzels —, daß sie anfing zu lachen. Und zu weinen. Eins nach dem anderen. Dann beides zusammen.

Sie wußte, was gerade geschah. Wußte, daß sie die Beherrschung wiedergewinnen mußte. Beruhigte sich. Sagte in ihrer geschäftsmäßigsten Croft-Stimme: »Im Anbau hinter der Küche liegen zwei Leichen.«

Der verbliebene Beamte, der jüngere der beiden, lehnte sich haltsuchend gegen den Türpfosten. »Zwei Leichen.« Er freute sich schon auf das Gesicht seiner Mutter, wenn er ihr die Geschichte erzählte. *»Tote?«* An manchen Tagen blieb man am besten im Bett.

»Ja.« Ungeduldig — so, als ob sie sagen wollte, natürlich sind die tot. Was wohl sonst. »Einer wurde vergiftet. Der andere erschossen.«

Und dann lachten sie alle drei — bogen sich vor Lachen, während die Tränen über ihre Gesichter liefen. »Es ist überhaupt nicht komisch«, keuchte Harriet. Wohl wahr. Es war schrecklich. Haarsträubend. Unwirklich. Es war alles mögliche, aber es war ganz sicher nicht komisch.

Clarence versuchte zu erklären. »Die wollten uns umbringen, wissen Sie. Uns alle drei. Einfach so.« Er schnippte mit den Fingern unter der Nase des Beamten. »Wir können von Glück sagen, daß wir noch leben.«

Ein Lebender im Sumpf. Tote hinter der Küche. Ein Bewußtloser auf dem Boden der Hütte. »Ich verstehe«, sagte der Polizeibeamte, was er natürlich nicht tat. Er nahm einen tiefen Atemzug und hielt ihn an und sagte in seiner besten Räuber-und-Gendarm-Stimme: »Ich brauche eine Aussage«, und gab es auf, von einem erneuten Lachkrampf geschüttelt und mit Tränen in den Augen.

Harriet erholte sich als erste. Endlich imstande, die Hütte zu verlassen, trat sie hinaus auf die Veranda, stand einfach da und atmete gierig die frische Luft ein. Eine Spur von beißendem Rauch lag noch in der Luft. Das, was von dem Flugzeug übrig war, brannte immer noch. Außerdem ein Teil des Pontons und ein Baum am Rand des Wassers, der von einem der kleinen Feuerbälle nach der Explosion entzündet worden war.

Und da war noch etwas.

Harriet stand da, starrte auf den Strand, versuchte auszumachen, was dieses dunkle Etwas war, das dort im Schatten direkt vor dem Ufer trieb. Was sie erblickte, sah aus wie ein Arm. Ein Bein. Eine Lederjacke, aufgeblasen wie ein Ballon.

»Officer«, rief sie, »ich glaube, wir haben da noch einen. Dieser lebt vielleicht noch.«

Es dämmerte bereits, als das Motorboot vom Taylorschen Dock ablegte. Die jungen Polizisten hatten die Situation im Griff, aber sie waren beide etwas wacklig auf den Beinen. Man hatte sie aufgrund der Meldung einer Tussi aus Toronto auf eine Routine-Überprüfung geschickt, und was sie nun auf dem Hals hatten waren zwei Leichen, ein dem Wahnsinn naher Spinner, den sie gerade noch aus einem Schlammbad gezerrt hatten, das ihn fast in einem Stück verschlungen hätte, ein schwerverbrannter Pilot, ein Prominenter, der nicht mehr sprechen und kaum noch laufen konnte, und ein dürrer, kleiner komischer Vogel mit gebrochenem Flügel.

Sie hatten die Frauen auch mitnehmen wollen, aber Leslie mußte ihr Auto zurückfahren und hatte das Angebot abgelehnt, sie wollte dableiben und vor der Abfahrt noch etwas Ordnung schaffen, und Harriet weigerte sich, sie alleinzulassen. Zusammen standen sie auf den Überresten der Anlegestelle und beobachteten, wie das Boot ablegte.

Als die Motorgeräusche verklangen und die blaue Stille der Dämmerung sich über sie legte, wandte Leslie sich ab und rannte den Pfad hinauf. Sie verschwand hinter der Hütte und kam mit Duchess an ihrer Seite zurück. »Ich hab' sie vergessen. Mein Gott, wie konnte ich sie vergessen? Ich hab ihr befohlen, sitzenzubleiben, und sie dort zurückgelassen. Wie konnte ich das nur tun?«

»Darling« — bei dem Versuch zu lächeln zuckte Harriet zusammen, der verletzte Mund verzerrte ihr Gesicht, »jemand, der in aller Öffentlichkeit ohne Unterhosen herumrennt, ist zu allem fähig.« Sie tätschelte Duchess. »Wir kümmern uns jetzt besser um dieses Durcheinander.«

»Später.« Leslie nahm Harriets Hand in ihre und hielt sie, während sie zur Hütte zurückgingen. »Zuerst müssen wir reden. Über uns.«

Sie hatten bei den jungen Polizisten vorläufige Aussagen gemacht. Morgen würden sie beim Polizeirevier von Spruce Falls detailliertere Auskünfte geben müssen. Heute abend würden sie über sich selbst reden.

Und sich festhalten, umschlingen, mit besonderer Leidenschaft, wissend, daß sie einander fast verloren hatten. Leslie lag in Harriets Armen, versenkte ihre Lippen in der Mulde ihres Halses umd murmelte: »Wie lange, glaubst du, wird es dauern?«

Harriets Hand wanderte langsam, träge, ihre Rippen entlang, über ihren Magen, in den warmen, feuchten Schoß zwischen ihren Schenkeln, so weich wie Seidenvelours. »Du bist unersättlich.« Ihre Finger teilten das vibrierende Fleisch, legten sich sanft auf die heiße, pulsierende Perle, glitten tief hinein in die sie fest umschließende, samtene Scheide. »Ich würde annehmen, mein Liebling, daß es länger dauern wird als beim letztenmal, aber nicht so lange wie beim ersten Mal.«

»Ich rede von unserem Zusammenziehen, Mrs. Croft. Wie lange, glaubst du, wird es bis dahin dauern?«

Harriet starrte an die Decke. Leslie wartete — spürte ein Flattern in der Magengrube. Die Antwort ließ lange auf sich warten, und als sie kam, kam sie nicht als Antwort, sondern als Gegenfrage. »Bist du sicher, daß es das ist, was du willst? Wärst du nicht lieber mit einer Frau deines Alters zusammen?«

Von all den Dingen, die Harriet hätte sagen können, war dies das Unwahrscheinlichste. Sie hatten nie über ihren Altersunterschied gesprochen. Schienen nie zu bemerken, daß es einen gab. »Der Unterschied ist nicht mehr so groß wie er einmal war.« Leslies Grinsen ließ ihre Augen aufleuchten. »Seit ich dich getroffen habe, meine Geliebte, bin ich um Jahre gealtert. Noch so ein Erlebnis wie heute, und ich bin bereit für den Schaukelstuhl.«

Jetzt, da die Entscheidung gefallen war, konnten die Einzelheiten warten. Einander in den Armen haltend, schliefen sie ein. Und erwachten um die Mittagszeit, mit dem Wissen um ihre gemeinsame Zukunft.

22. Kapitel

Das Haus aus Feldstein stand auf einem zehn Morgen großen Grundstück in den Caledon Hills. Es lag weit genug von der Straße entfernt, und von der unteren Etage führten gläserne Schiebetüren auf eine geflieste Terrasse hinter dem Haus, von der aus man einen Rasen und ein Flüßchen und ein Dickicht von Bäumen überblicken konnte. Ein Stall und mehrere

Schuppen waren auf der linken Seite, ein nierenförmiger Pool auf der rechten. Wenn jemals ein Haus keine Einweihung brauchte, dann dieses. Trotzdem war eine kleine, aber festliche Einzugsparty im Gange. Harriet und Leslie waren vor einem Monat eingezogen. Dies war ihr erstes richtiges Zuhause.

Harriet hatte ihre Eigentumswohnung nicht verkauft. Leslie hatte ihr Haus nicht verkauft. Sie hatten beschlossen zu vermieten. Um absolut sicherzugehen, daß sie wirklich hier sein wollten, bevor sie sich endgültig festlegten. Harriet hatte ihre Wohnung an ein junges Paar aus Vancouver vermietet. Leslie hatte ihr Haus an Josie Fournier verliehen. Josie war es gewesen, die ihr über die alptraumhaften Tage im Gefängnis von Spruce Falls hinweggeholfen hatte.

Die Taylors waren am Abend zuvor eingetroffen. Emily war in der Küche und half Leslie bei der Vorbereitung eines Salatbuffets. Adam, Leslies Vater, entspannte sich auf der Terrasse. Harriet baute eine gestreifte Markise über einer tragbaren Terrassenbar auf.

Während sie einen Salatkopf in kleine Stücke zerlegte, beobachtete Emily Harriet und fragte zum zwölften Mal: »Bist du ganz sicher, daß du das tun willst? Bist du glücklich?«

»Mutter — mußt du denn fragen? Siehst du das denn nicht?«

Emily nahm das strahlende, leuchtende Gesicht in ihre Hände. »Ich kann mir nicht helfen, ich muß an Marcie denken. Du sagtest am Anfang, du wärst glücklich mit ihr. Und doch ist alles so schiefgegangen.«

»Man hat eben keine lebenslange Garantie auf das Glück, Ma. Aber ich riskiere es lieber und bin eine Zeitlang glücklich, als auf Nummer sicher zu gehen und zum Schluß mit leeren Händen dazustehen.«

»Beachte mich einfach nicht.« Emilys Gesicht war nicht zu sehen, als sie sich über die Spüle beugte. »Ich bin einfach egoistisch. Ich vermisse es, dich in meiner Nähe zu haben.«

»Ich werde immer in deiner Nähe sein.« Leslie zerhackte eine Karotte und bot Duchess ein Stück an. »Ich schaffe das hier schon alleine. Setz dich zu Dad. Ich bin in einer Minute bei euch.«

Ein Auto hielt neben dem Stall — Donna am Steuer, Melanie neben ihr. Es amüsierte Leslie, daß sich zwischen den beiden eine Freundschaft entwickelt hatte. Sie waren so verschieden und kamen doch überraschend gut miteinander aus. Sie verstaute die Salate im Kühlschrank und ging hinunter, um sie zu empfangen. Die drei Nächte, die Donna an Clarences Stelle dort verbracht hatte, hatten sie zusammengeschweißt. Jetzt, da die Angelegenheit mit Zaricki geregelt war — jetzt, da er hatte zustimmen müssen, daß Melanie und Gary unter dem bestehenden Vertrag im Gebäude wohnen blieben, trafen die beiden Frauen sich immer noch.

Als Leslie auf die Terrasse trat, stellte Harriet Melanie gerade den Taylors vor. Donna kam mit einem riesigen Pappkarton auf Leslie zu. »Hier«, sie hielt ihr die Schachtel entgegen, »mit den besten Empfehlungen von Melanie. Nimm es, bevor mir die Arme abfallen.« Sie grinste. »Ich hoffe, du hast viel Platz auf deinen Regalen. Dies ist eine Komplettausgabe ihrer Bücher. Signiert. Verpackt. Und hiermit abgeliefert.«

»Stell es hin. Dad kann es nachher reintragen.« Sie ließ den Blick über die Terrasse schweifen, zum Auto, fragte: »Ist Clare mit euch gekommen?«

»Nein. Er rief an und sagte, wir sollten nicht warten. Er käme alleine her. Er wollte vorher noch was erledigen.« Sie setzte den Karton ab und schaute sich das Haus mit seinem riesigen Balkon und der wunderbaren Aussicht an. »Wie habt ihr dieses Haus nur gefunden? Es ist wunderschön. Zum Verlieben.«

Harriet ließ Melanie bei Emily und eilte zu Donna. »Hast du mit Clarence gesprochen? Was hat er rausgefunden?«

»Er kam letzte Nacht ganz spät zurück. Er hat mit Beulah geredet. Sie wußte nichts davon. Sie war seit Jahren nicht mehr auf der Farm. Hatte keine Ahnung, daß es dich fast das Leben gekostet hätte, als sie dir die Besitzurkunde gab.«

»Und was ist mit Horace?« Der Halbbruder, der Clarence überredet hatte, Harriet dazu zu bringen, Beulah zu vetreten. »Wußte er Bescheid?«

»Oh, der wußte Bescheid. Er war es, der die Idee hatte. Er hat jahrelang ein Schweinegeld damit verdient. Er hatte die Befürchtung, daß alles den Bach runterginge, wenn man Beulah schuldig sprechen würde. Der Besitz würde an jemanden von Beulahs Seite der Familie weitergereicht werden. Oder wegen Steuerschulden beschlagnahmt werden. Wie auch immer, es würden auf jeden Fall Fremde auftauchen und herumschnüffeln. Als er herausfand, daß sie dir die Urkunde gegeben hatte, war er total von den Socken.«

»Und Ordain Fyvie ebenso.« Leslie konnte es immer noch nicht glauben. Die Sweeney-Farm war seit den frühen Sechzigern als Müllkippe für hochgiftigen Sondermüll benutzt worden. Eine Absprache zwischen Fyvie, der verzweifelt versuchte, den Müll seiner Chemiefabrik loszuwerden, und Beulahs Horace. »Hatte denn niemand je einen Verdacht?«

»Falls jemand einen hatte, kümmerte es ihn nicht weiter. Ordain Fyvie ist in dieser Provinz eine große Nummer. Und das meiste geschah, bevor die Leute über Dinge wie PCB Bescheid wußten oder sich darüber Sorgen machten.«

Als sie gehört hatte, wie Harriet den Polizisten mitteilte, daß der »Fetzen Papier«, an dem Fyvie interessiert war, die Besitzurkunde der Sweeneyschen Heimstätte war, hatte Leslie zu träumen geglaubt. Ein Fleckchen Buschland in der Wildnis? Etwas, das Harriet überhaupt nicht wollte! Sie hatte die Urkunde einmal mit der Post zurückgeschickt. Wollte sie sogar persönlich zurückgeben. All diese Gewalt für nichts. Selbst jetzt, da sie wußte, daß man die Farm in eine giftige, eiternde Wunde verwandelt hatte, ergab es noch keinen Sinn. »Warum?« fragte sie. »Warum mußte er so weit gehen? Wäre es nicht einfacher gewesen, es zuzugeben und es in Ordnung zu bringen? Das Bußgeld zu bezahlen, so wie andere Unternehmen auch?«

Bis zu einem gewissen Punkt stimmte Harriet ihr zu. »Das Bußgeld vielleicht. Es wieder in Ordnung bringen? Das bezweifle ich. Es hätte Millionen gekostet. Der Freihandelsvertrag hat ihm schon genug zugesetzt. Dies hätte ihm den Rest gegeben.«

»Statt dessen hat es uns fast den Rest gegeben. Wenn du nicht gewesen wärst, Donna — nie zuvor in meinem Leben war ich so glücklich, jemanden zu sehen, wie die herbeieilende Polizei.«

»Nackt wie ein neugeborenes Baby«, bemerkte Harriet.

»Die Polizei? Die waren nackt?« Donna starrte sie aus großen Augen an.

Leslie lachte. »Sie meint mich. Die Geschichte, wie ich meinen Slip verbrannte, muß ich mir wahrscheinlich noch mit neunzig anhören. Komm mit, Donna, ich mach' dir einen Drink und erzähl dir all das, was Ihre Herrlichkeit ausgelassen hat.«

Clarence kam rechtzeitig zum Mittagessen. Ein herausgeputzter Clarence — mit gepflegtem Haar, glattrasiertem Gesicht, mit sauberen Jeans und Turnschuhen. Er stieg aus dem Auto und blieb breit lächelnd daneben stehen. »Harriet«, rief er und winkte. »Komm doch mal für 'ne Minute her. Ich hab dir ein Geschenk mitgebracht. Etwas, das du hier draußen in der tiefsten Einöde brauchen wirst.«

»Der hat doch was vor.« Leslie sah nervös aus. »Warum steht er da und guckt so komisch?«

Donna ließ ein gutmütiges »Hmpf« hören. Dann, liebevoll: »Du denkst nur, er sieht komisch aus, weil du es nicht gewohnt bist, ihn in normalem Aufzug zu sehen.«

»Das ist es nicht«, protestierte Leslie, während sie beobachtete, wie Harriet auf das Auto zuging, sah, wie Clarence die hintere Tür öffnete, schrie auf, als ein schmaler, schwarzer Schatten heraussprang und sich vor Clares Füße legte. »Dieses Tier ist ein Killer! Clarence Crossley, du bist des Wahnsinns. Bring es weg von hier.«

»Dieser Hund«, sagte Clarence und beugte sich herunter, um die Leine abzumachen, »ist ein Schmusekätzchen. Er sieht vielleicht aus wie ein Killer. Er gibt vielleicht vor, ein Killer zu sein. Aber ich versichere euch — wenn es hart auf hart kommt, ist er ein Schmusekätzchen.«

Duchess erhob sich. Schnüffelte. Ging mit wedelndem Schwanz auf den Dobermann zu. Der wich mit gesträubtem Fell und zurückgezogenen Lefzen zurück. Duchess wartete, bis der Stummelschwanz sich bewegte, ehe sie mit der Begrüßung fortfuhr.

»Sie wollten ihn einschläfern«, erklärte Clarence. »Nachdem das alte Adlerauge nicht mehr gebraucht wurde, wollten sie ihn nicht mehr. Ich hab' ihn aus dem städtischen Hundezwinger geholt, und ich hab' ihn lange genug bei mir zu Hause gehabt, um zu wissen, daß ihr euch keine Sorgen zu machen braucht. Er ist furchterregend genug, um Leute abzuschrecken.« Er griff ins Auto und zog eine fettige Tüte mit Danishs und ein Sechserpack Cola hervor. »Ich liebe dich, Harriet. Und Donna liebt dich. Und Leslie liebt dich. Aber dafür zu sorgen, daß du heil bleibst, überfordert uns drei komplett. Wir können etwas Hilfe gebrauchen.«

Harriets Lächeln kam ganz plötzlich, und es war strahlend und allumfassend. »Ihr könnt aufhören, euch Sorgen zu machen. Ich habe die Absicht, es ruhiger anzugehen und von jetzt an ein normales, vernünftiges Leben zu führen.«

»Ich verstehe«, sagte Donna in ihre Eiswürfel.

»Aber klar«, sagte Clare und öffnete eine Cola.

»Wirklich?« sagte Leslie mit hochgezogenen Augenbrauen.

»Es ist mein Ernst«, sagte Harriet, »ich mache einen neuen Anfang. Von jetzt an braucht ihr euch keine Sorgen mehr zu machen.«

Sie blickten erst einander an und dann Harriet und sagten einstimmig: »Bis zum nächsten Mal.«

Alle fanden, daß es eine Einzugsparty war, an die sie gern zurückdenken würden. Sogar die Hunde amüsierten sich.

In der Ariadne-Reihe sind bisher erschienen:

Ariadne 1001 Anthony Gilbert: Das Geheimnis der alten Jungfer
Ariadne 1002 Marion Foster: Wenn die grauen Falter fliegen
Ariadne 1003 Joy Magezis: Untergetaucht
Ariadne 1004 Anthony Gilbert: Fette Beute
Ariadne 1005 Lauren Wright Douglas: Lauernde Bestie
Ariadne 1006 Jessica Mann: Das Gewerbe der Mrs. Knox
Ariadne 1007 Katherine V. Forrest: Die Tote hinter der Nightwood Bar
Ariadne 1008 Josephine Bell: Mord im Ruhestand
Ariadne 1009 J.R. Hulland: Der Tod studiert mit
Ariadne 1010 Masako Togawa: Der Hauptschlüssel
Ariadne 1011 Sarah Dreher: Stoner McTavish
Ariadne 1012 P.M. Carlson: Vorspiel zum Mord
Ariadne 1013 Val McDermid: Die Reportage
Ariadne 1014 Kim Småge: Die weißen Handschuhe
Ariadne 1015 Katherine V. Forrest: Amateure
Ariadne 1016 Dorothy Cannell: Die dünne Frau
Ariadne 1017 Kim Engels: Zur falschen Zeit am falschen Ort
Ariadne 1018 Dolores Komo: Clio Browne, Privatdetektivin
Ariadne 1019 Barbara Wilson: Der Porno-Kongreß
Ariadne 1020 Sonja Lasserre: Gestern, heute und kein Morgen
Ariadne 1021 Val McDermid: Das Nest
Ariadne 1022 P.M. Carlson: Sicher ist nur Mord
Ariadne 1023 Sarah Dreher: Schatten (Stoner McTavish 2)
Ariadne 1024 Joan Hess: Rufmord
Ariadne 1025 Sarah Schulman: Ohne Delores
Ariadne 1026 Dorothy Cannell: Der Witwenclub
Ariadne 1027 Barbara Wilson: Ein Nachmittag mit Gaudí
Ariadne 1028 Joy Magezis: Schüttelfrost
Ariadne 1029 Katherine V. Forrest: Beverly Malibu
Ariadne 1030 Susan Kenney: Zuchtrosen
Ariadne 1031 Mary Wings: Sie kam zu spät
Ariadne 1032 P.M. Carlson: Versuch mit Mord
Ariadne 1033 Val McDermid: Der Fall
Ariadne 1034 Anthony Gilbert: Schwarze Bühne

In der Ariadne-Reihe sind bisher erschienen (Fortsetzung):

Ariadne 1035 Marion Foster: Wenn die Macht ihr Netz auswirft
Ariadne 1036 Rosie Scott: Tage des Ruhms
Ariadne 1037 Katherine V. Forrest: Tradition
Ariadne 1038 L.A. Taylor: Das liebe Geld
Ariadne 1039 Gabriele Gelien: Eine Lesbe macht noch keinen Sommer
Ariadne 1040 Joan Hess: Die 755 Seelen von Maggody
Ariadne 1041 Lauren Wright Douglas: Sieben Leben
Ariadne 1042 Orania Papazoglou: Süß wie der wilde Tod
Ariadne 1043 Sarah Dreher: Grauer Zauber (Stoner McTavish 3)
Ariadne 1044 Susan Kenney: Tod nach Lehrplan
Ariadne 1045 Deborah Powell: Heißer Winter in Texas
Ariadne 1046 Lynne Murray: Der letzte Termin
Ariadne 1047 Mary Wings: Sie war schnell wie der Blitz